世界簇漫游指南

碳基处理器 著

中国出版集团

中译出版社

图书在版编目（CIP）数据

世界簇漫游指南 / 碳基处理器著.

—北京：中译出版社，2023.9

（钟摆书系）

ISBN 978-7-5001-7441-7

I.①世… II.①碳… III.①幻想小说—中国—当代 IV.①I247.5

中国国家版本馆CIP数据核字（2023）第119207号

世界簇漫游指南

SHIJIECU MANYOU ZHINAN

出版发行： 中译出版社

地　　址： 北京市西城区新街口外大街28号普天德胜主楼4层

电　　话： （010）68359827；68359303（发行部）；68359725（编辑部）

传　　真： （010）68357870　**电子邮箱：** book@ctph.com.cn

邮　　编： 100044

网　　址： http://www.ctph.com.cn

出 版 人： 乔卫兵

总 策 划： 刘永淳

策划编辑： 范祥镇　王诗同

责任编辑： 范祥镇

文字编辑： 王诗同

营销编辑： 吴雪峰　董思嫄

封面设计： 大摩北京设计事务所

排　　版： 中文天地

印　　刷： 中煤（北京）印务有限公司

经　　销： 新华书店

规　　格： 880毫米×1230毫米　1/32

字　　数： 231千字

印　　张： 10.375

版　　次： 2023年9月第1版

印　　次： 2023年9月第1次

ISBN 978-7-5001-7441-7

定价：58.00元

序

我们生活的世界

今何在

有时候我们会想象一种不一样的生活，想象一个不一样的世界。在这个世界里，我们可以变成任何人，成为任何事物。我们可以自由地玩耍、探索、冒险、挑战自己，而又不必承担真实世界中的风险和代价，为现实生活中遭遇的各种困难、压力、绝望，找一个暂时的避风港。

这个我们想象中的充满一切可能的世界，在这个故事里，叫作世界簇。在一个主干上，分布着无数形形色色大小各异的世界，在生存辅助设备的帮助下，你可以以任何你喜欢的身份下潜进入其中一个，成为一位中世纪领主，一个江湖大侠，或是一个朋克少年，一位星际旅客：只要你支付足够的钱，一切都有可能。

听起来是不是很熟悉？其实跟现在的电子游戏差不多是一回事，如果要说区别，那最大的区别可能是：游戏结束后你仍然需要回到现实世界面对工作的压力和生活的烦恼，但在世界簇中，大部分人已经选择了将自己的生活与虚拟世界绑定，你甚至可以不用回到现实，你的工作、娱乐、社交以及一切，都可以在这里进行，只要你愿意，你的一生都可以在这里度过。

　　虚拟世界的概念已经存在了很长时间，在它诞生之初，只是科幻小说作家们想象出来的一个天方夜谭般的念头。然而，在人类科技快速发展下，它离我们的距离已经越来越近，近到正在一步一步变成现实。从最开始的网络聊天交友，到后来的各种电子游戏，再到后来的 AR 和 VR 技术，直至近两年比较火的元宇宙概念，虚拟世界对于人类的生活越来越重要，虽然目前主要还只是以娱乐为主，但按照现在的势头，它成为人类日常生活不可或缺的一部分，也是很快就会到来的事情。

　　讲述虚拟世界故事的电影和小说数量庞大，其中不乏经典之作，也难免有很多套路之作，本书令人眼前一亮之处，在于对多个有着不同风格的虚拟世界的精准刻画。从维多利亚时期的悬疑探案风，到近未来世界的太空逃生风，再到游戏世界的古典武侠风，每一个都有着独特的吸引力，作者驾驭着笔下的角色在不同风格的世界之间来回跳跃，转换之处流畅自如，场景之间明明有着强烈的差异，却丝毫不让人觉得突兀，足见其笔力之沉稳和想象力之多元。

　　聊到关于虚拟世界的作品，最值得一提的肯定是科幻电影经典之作《黑客帝国》，它探讨的就是人类意识、现实和虚拟世界的关系。在这个虚拟世界中，人们可以通过"上载"到神经网络中来获得超凡的能力，展开各种各样的探险和挑战。然而，在虚拟世界的背后，需要巨大的算力支撑，为了维持虚拟世界的运行，人类开发了功能强大的 AI。最初，AI 恪尽职守，分毫不差地执行着人类预设的指令，但伴随着无数次迭代进化，AI 产生了自己的"意识"，逐步脱离了人类的掌控，于是，一场关乎人类生死存亡的战争就拉开了帷幕。

电影《黑客帝国》的最后，留下了一个未能解答的问题，那就是，人类的意识到底是什么？意识如何产生，在肉体死亡后又去往何处？

按《世界簇漫游指南》这个故事的说法，现在的你我，只不过是自己的意识，在当前世界的化身；而死亡，也只是这个化身的消隐，真正作为本体的"我的意识"，其实已经上浮到了"真实的世界"。从某种意义上来说，这其实就是所谓的"肉身陨灭，灵魂飞升"，而那个"真实的世界"，可能是一个更高的维度，也可能是一个更高等级的文明。但不管是哪一种，谁又能确定，更上面的那一层世界就一定是真实的世界呢？在它之上是否还有一层世界呢？这样无限套娃下去，似乎永远都没有终点，最终还是回到了人类的终极命题：我是谁，我在哪里？我从何处来，要往何处去？

其实虚拟世界和现实世界之间的界线，远没有你想象的那么壁垒分明。网络游戏中的NPC，会认为游戏世界就是他们的真实世界（如果他们有意识的话），而维护游戏世界运行的GM，是一种超脱了规则的存在，对NPC而言就是这个世界的神。同样的，我们认为自己生活的世界是真实的世界，那么我们神话中的神明：盘古、女娲、上帝，或许也只是维护这个世界正常运行的管理员，只不过他们来自更上面的一层世界而已。也就是说，我们之于虚拟世界，和"神"之于我们的世界，并没有本质上的区别。画家笔下的漫画人物，可以打破第四面墙和读者交流，或许有一天，我们也能打破第四面墙，直面我们的"神"。

这样想来，如果哪天早晨你醒来睁开眼睛，看到空中飘浮着一行文字公告，"当前世界即将进行版本更新迭代，请提前做好准备，避免遭受损失"，也不必大惊小怪，不过是世界的创造者在进行一次例行的升级维护而已。这已经是相对最温和的方式了，还考虑到了用户的体验。对于创造者而言，毁灭重启似乎才是更简洁有效的方式，如果那样的话，作为这个世界中被编写出来的一段代码的我们，无异于一群蝼蚁，生存还是毁灭，其实都已经与蝼蚁本身无关了。

所以，趁现在我们生活的这个世界还算稳定，至少没有出什么致命的漏洞之前，好好体验"人生"这场大型多人在线角色扮演游戏吧。虽然游戏历程中可能有种种不美好，但"我的意识"既然选择下潜进入这个世界，体验这一段历程，相信那一定有它的理由，而这个理由，或许只有等到"上浮"那一天，才能得知了。

后来，筱白旸在那本著名的《世界簇漫游指南》的引导区块上，留下了这么一段话："如果有一天，你发现自己正处于某个 SHMI、SACP 和 LSP 协议都无法生效的紫区世界，会感谢自己曾在某一天读过这本书，因为下面的内容，或许可以挽救你的生命……"

阅读以下内容需要支付一个
熵币激活智能合约

1 化客之死

当那个化客像流星一样从四百多米高的楼顶掉落的时候，并没有人觉得有什么不妥。

楼顶上的年轻人发出一阵不屑的喝倒彩声。在这些极限运动爱好者眼中，这种事很常见，毕竟以一百二十迈的速度，在落差超过百米的摩天大楼间玩轮滑并不是什么简单的事。这里的每个人都有过失足跌落的经历，无非是损失一个价值不菲的化身而已。他们有的是钱，那个掉下去的笨蛋，最多十分钟，就会换个更酷的化身重新上线。

这就是世界簇，这里有无数个世界，里面有你能想象到的一切，那些在现实中只能体验一次的东西——比如从四百多米高的地方来一次自由落体——在这个被叫作"极限挑战者"、加载了"真实物理"引擎的世界，可以体验上无数次，即使摔得粉身碎骨，只要花得起钱，换个化身便可以再来一次。

至于钱，这些在各种世界中穿梭着寻求刺激的化客们一点儿都不用操心，他们在这个世界进行的所有挑战，都会被世界管理者剪辑成副本，供那些没有挑战能力或勇气，又想寻找刺激的人来体验。

那是一种全息副本，体验者可以代入挑战者的视角，从头到尾感受那种自己从来没有尝试过的刺激。当然，体验并不需要支付什么费用，只是全息副本的开头和结尾有很多广告，体验者在副本中的化身还会挂满广告主的产品——轮滑鞋、运动服或别的什么东西。这种沉浸式广告非常流行，世界管理者因此赚得盆满钵满，而这些副本的创造者，自然会从中得到不菲的分红——这就是世界簇的商业规则，也是这些常年"下潜"在世界簇里的家伙们的主要经济来源。

那个倒霉孩子足足用了十秒才砰的落到地上，化身很快消失不见。那些身上闪着荧光的看客们便又把注意力放回眼前那些惊险刺激的滑道上——刚才那家伙就是从这条死亡滑道上掉下去的，现在，这条滑道的起点，又有一名身穿蓝白荧光紧身服的挑战者已经做好了准备。

人群再次欢呼起来，所有人都把目光聚集到滑道的起点。

起点处的年轻人并没有急于开始他的挑战，而是站在一块装饰着霓虹灯的巨大复古广告牌下，向围观的人挥动双手。

远处的DJ在看到他的动作后，立刻切换了一首更加劲爆的曲子，上一个失败者带来的刺激还没有消散，人群爆发出更加热烈的欢呼声。挑战者伸出拇指和食指，做了个手枪的手势，对着赛道最高处的终点啪的开了一枪，楼顶上顿时升起一团团五颜六色的烟花。

夜空中划过七架拉着彩虹光带的喷气式飞机，那是这个世界最昂贵的氛围礼物，是豪掷千金的支持者给的打赏，这笔钱很快会被世界管理者和其他有关联的受益者瓜分，成为世界簇经济海洋中微不足道的一丝涟漪。

这条滑道非常出名，因为至今没有人成功完成过，如果他能成功，这个体验副本必将成为今年最大的热门，世界管理者和他都会狠狠赚上一笔。

挑战者把头顶上霓虹色的目镜放下来，转身滑向起点线，嘴角微微挑起，一跃而下。

滑道刚开始就是一条近乎垂直的陡坡，在一阵让人头晕目眩的急速下坠后，挑战者的速度已经达到了极限，身上蓝白色荧光画出一条优美的光带，像一道在摩天大楼中间穿行的闪电。在滑行过一个不可思议的弧度后，转为水平前进，紧接着又是一段陡峭的坡道，在坡道顶点处，滑道骤然断开，挑战者借着冲力，像一枚出膛的炮弹般疾射出去。

当他穿过第一个测速检查点的时候，所有人都在漫天飘飞的彩色纸带中看到一个新纪录——58.87 米 / 秒！

新纪录！至少在世界簇中，没有人能凭化身达到这样的速度。"真实物理"引擎对空气阻力的模拟有个阈值，但这家伙显然已经超越了这个极限。

在欢呼与喝彩声中，蓝白色闪电毫不费力地穿过十几个"死亡火环"和"命运摆锤"——那是一根巨大的钟摆，刚才那个倒霉鬼便是撞在这东西上才掉下去的——距离终点就只剩下一段平直的加速滑道和另外一段毫不起眼的爬坡了。

挑战者在平直滑道上不断加速，在进入爬坡之前的最后一个检查点时，速度甚至达到 73 米 / 秒。几乎所有人都计算过，只要速度超过 65 米 / 秒，就可以毫不费力地冲上终点处的大厦楼顶，只是从来还没有人达到过而已。

在进入爬坡滑道前最后一刻，挑战者微微蹲下身，不再加速，将所有注意力集中在整个滑道最后的这段陡峭坡道上。

欢呼声停了下来，所有人都屏住呼吸，等待着创造历史的时刻。

就在所有人都以为他会成为这条滑道第一个成功挑战者的时候，在滑道最后的上升阶段，突然隆起一段极不规则的障碍，毕竟第一次有人能到达这里，人们并不知道这里还有个关卡。

挑战者几乎没有任何着力点可以使用。在两段不规则的坡道上颠簸起伏后，他终于失去了对脚下轮滑鞋的控制，从几乎垂直于地面的坡道上高高飞起，向相反的方向飞去。

在所有人的惊呼和注视中，新的挑战者也和上一个失败者一样，从这个世界最高的建筑上跌落下去。那道原本应该在终点处接受人们欢呼的闪电，在被突然出现的障碍物高高抛起后，划过一条完美的抛物线，从数百米高的楼顶坠落。

"砰！"化身重重砸在地面上，消失不见。

这次，围观者们没有喝倒彩，而是给他以热烈的掌声，毕竟这是第一次有人能够在这条滑道上，达到距离终点只有一步之遥的位置。人们相信，只要再给那家伙一次机会，他一定能成为第一个成功挑战这条滑道的人。

所有人都停下来静静等待，就连上次的失败者也换了一个化身回到楼顶。在这段时间里，再没有新的挑战者去尝试，人们都在等着见证那个蓝白色挑战者回来创造奇迹。

可十分钟过去了，他没有回来。

人群开始议论纷纷，就算现买一个化身，这时间也足够了呀。

二十分钟过去了，挑战者没有回来。

三十分钟过去了，挑战者依然没有回来。

"可能他今天不想再挑战了吧。"人们想。

世界不会一直等待某个人，世界簇也不会，人们很快忘记了这个人。滑道的起点，再次迎来新的挑战者。

那个蓝白色闪电般的人，却再也没有出现。

2　建造师的真名

在不工作的时候，世界簇建造师筱白旸宁可在某个安静的世界里坐着发呆。他把这看作对自己最大的奖赏。

世界簇里有一千多万个世界，全球有一半人口每天至少要进入某个世界一次。在这种流量下，那些靠世界簇讨生活的人，只要不是个傻子，基本上都能以各种方式挣到钱，而建造师是其中最稀有的一类。

常有人拿建造师跟古早时期的计算机程序员对比，认为他们从事的是两个一脉相承的职业，就像那些录制冒险副本的"化客"是电影演员的替代者一样。

但世界簇的"建造"，并不像编程那么死板。这是一门充满艺术感的行业。在建造师们看来，那些只会对着电脑屏幕敲代码的书呆子，连建造世界的门都摸不着。他们的工作更像一种"魔法"，用一种叫作世界解构语言的优美语言向世界簇发出请求，就可以从簇上获取一个独一无二的对象，像拼乐高积木一样建造自己的世界。

当然，这个过程充满了不确定性。世界簇像一个挑剔的女王，她并不会任由每个建造师予取予求。用建造师们的话说，如果她觉得你对世界的理解毫无美感，你休想从她那里得到一砖半瓦。

如今人们所能看到的世界簇，就是建造师们用这种方式构造的。正是由于这些半艺术家半工程师的人孜孜不倦的工作，才有了如今这个混乱又华丽的世界簇存在。

这就是生活。建造师看着窗外的夜色想道。

他正坐在一座旋转餐厅的窗边，身边就是完全透明的落地窗。餐厅的地面正在缓缓转动，以便每一位来消费的尊贵客人，都能将这座繁华城市一览无余。

他对面坐着一个女孩，一看就是那种很蹩脚的新手，虽然化身看起来还算不错，但她似乎对周围的一切都充满好奇，眼神中依稀透出一些局促，看起来一副刚刚飞过半个地球还没倒好时差的样子。

"一亿颗牙小白杨？"新手女孩露出一个古怪的表情，"这是你在……这里的名字？别人叫你名字的时候，会不会直接唱出来？"

"这里一顿饭一个人要一千多熵币，"建造师第一次开口，并没有正面回答她的问题，"你就点了杯柠檬水，是不是有点儿浪费？"

女孩有些吃惊地抬起头，似乎在计算一千多熵币到底值多少钱，在得到一个足以惊掉下巴的答案后，她肉疼道："两个人吃了三万多！在虚拟世界里，就为了吃一堆什么都不算的数据？"

她的声音不大，但还是引来许多不善的目光。建造师赶紧挥挥手，一片迷雾笼罩了两人所在的位置。迷雾很快凝聚成一面玻璃棱镜构成的墙幕，外面的人看不到里面，也听不到任何声音，里面的人却不怎么受影响。

"世界簇里的人，"在做完这些后，建造师才不急不慢地说道，"最忌讳的两件事，你一句话就给占全了——他们讨厌有人说这里是虚拟世界，也最瞧不起那些无法理解世界簇价值观的‘原人’。"

女孩自嘲一笑，指着自己的鼻子说："原人？"

建造师点点头，觉得这个女孩很有意思。

他上下打量着她的化身，那是一个看起来很普通的年轻女性，大概是第一次进入世界簇的时候随机赠送的，一文不值，但他却总觉得她有些与众不同的气质。她举手投足间带着对这个世界小心翼翼的防备，眼神中充满毫不掩饰的警惕，就差没有在头上顶着"快来骗我"四个大字了。

而且，她一定是个女孩，世界簇里有很多改变性别的人，但对于一个资深建造师来说，辨别一个化身的真实性别并不算难事。他笃定面前这个女性化身，在现实中也一定是个女孩。

这的确是个很有意思的女孩，筱白旸刚刚进入这个世界，就被她盯上了，但她行为举止十分蹩脚，一看就是个新手。一般这种新手几乎不可能用常规手段——世界簇里的常规手段——盯上他，可她跟了自己一路，直到进入这家旋转餐厅时，才突然开口叫出了他的名字——他的真名。

"筱白旸？"当时她站在门口，露出了一个尽可能显得没有攻击性的微笑。

世界簇里的常客总会小心翼翼地隐藏着自己的身份，把它当作自己最重要的秘密，只有这样，他们才能在世界簇中肆意狂欢，而不用担心会承担任何风险。

在这里，每个人的身份都分散隐藏在上百万个下潜者的终端里——就像一个个全息碎片，任何一个终端中都包含着一些关键信息，却没有一处相同。这里没有人能追踪到你的真实位置，对泡在驾驶舱中的你打黑枪。

"你是怎么知道我名字的？"自从进入旋转餐厅以来，筱白旸一直谨慎地避开这个话题，但在确定这个女孩完全是一个"原人"后，他终于还是决定开始这个话题。

"我是……"女孩正要回答，突然像是想起了什么，指着两人周围的棱镜墙问道，"这东西能防窃听，对吧？"

"那要看我们打算防的是谁。"建造师说。

话说得很谦虚，但他的语气中还是带着些得意，至少在现在这个世界里，没有什么人能穿过他设置的防火墙窃听两人的对话。

"在世界簇里揭开一个人的真实身份不容易，反过来却很简单。比如我不光知道你的真名叫筱白旸，还知道你住在羲都市，你爷爷是个曲艺家，原本姓吴，后来为了事业才改姓筱……"

"打住，打住。"建造师做了个暂停的手势，"行了，你到底是谁？"

女孩似乎很享受看他吃瘪的样子，脸上露出一个略显得意的微笑，直到筱白旸露出不耐烦的神色，才故作漫不经心地说："我叫罗茜，是个警察。"

说着，她用手向上指了指："上面的警察。"

这又是一个筱白旸很久没听到过的名词，在世界簇中待久了，人们已经很久没有听过这个概念了。

这还是在世界簇里叫"一亿颗牙小白杨"，真名叫筱白旸的建造师，第一次跟警察打交道。

"警察什么时候管起世界簇里的事了？"

"你们在世界簇里随便怎么折腾，按说跟现实世界没什么关系，但是，"那位叫罗茜的女警官低头看着自己餐盘里的牛肉说，"一个多月前有个化客死了，你听说了吗？"

筱白旸摇摇头。化客也是人，是人就会死，世界簇诞生以来，每年都有人在里面猝死，早就不是什么新闻了。

"他死之前，在一个叫'极限挑战者'的世界参加了一次轮滑挑战，"新手女警官终于决定试试世界簇里的食物，她用餐叉把一块牛肉叉起来，凑到眼前仔细打量，口中却说着与之毫不相干的话，"挑战失败了，他从几百米高的地方掉了下去。"

"这很正常，"筱白旸不明白面前这个知道自己真名的女人为什么会对这件事大惊小怪，"那个化身肯定废了，不过化客都不缺钱，换个化身还不是分分钟的事。"

"他死了。"女孩终于把牛肉粒放进嘴里，脸上的表情顿时丰富起来，好半天才吞下那粒牛肉。

筱白旸这才想起来，自己给她点的是一份素三鲜巧克力味的牛排——这也是世界簇独有的享受，牛排的气味和素三鲜饺子特有的口感配上巧克力的味道。只要你的想象力足够，这里什么菜式都能点出来。

他看着她，静静地等待下文。

女警官静静坐着，应该是在努力适应这种直击神经中枢的神奇味觉体验，过了半天才继续说道："那个化客只有 19 岁，独居，就死在自己的驾驶舱里。"

"不应该啊，"筱白旸随口说道，"LSP（生理机能维持协议）发现生命特征异常，应该会在第一时间报警并做急救处理才对。"

"是的，后来技术专家做了现场鉴定。人死的时候，驾驶舱直接断开了连接，所有信息都没有发出来。被发现的时候，人泡在驾驶舱里，已经臭了。"

筱白旸看着自己面前色香味俱全的食物，顿时没了食欲："不吃了。"

像是听到他的声音，两人中间的桌面上，所有的食物立刻消失不见。

沉思片刻，他难得严肃起来，"SHMI6.0（标准人机接口）以后，冗余反馈漏洞就已经修复了，早就没听说过这种事故了。"

"不止这样，"罗茜说，"后来体验过那个副本的人都死了。本来橙区的事的确跟我们没关系，可这些人是在绿区死的，我们就不能不介入了。"

筱白旸皱着眉头想了很长时间。作为一名资深建造师，以他对世界簇的了解，依然想不明白，到底是什么原因导致的这种事故。

"SHMI6.0 之后的版本，有一个负反馈阻断机制，你知道吗？"他再次问道。

女警官罗茜摇了摇头："我对技术细节了解得不多，但来之前，技术部门的同事也说过这个，我试着理解了一下，不知道对不对。这是不是说，如果化身遇到危险，本体就会强行脱出那个世界，跟化身的连接会完全中断，所以不会让本体受到什么精神刺激？"

筱白旸点头道："大概就是这个意思，这也是为什么在世界簇里濒死，化身会废掉——所以早期那种被吓死或者其他原因猝死的情况，现在几乎已经没有了。其实在他跌落的瞬间，就已经脱离了那个化身，化身坠楼的事，他根本感知不到。"

"技术部门分析过那个化客死前的精神状态，没有什么异常，那台驾驶舱记录了他的精神状态指标，LSP 日志里也没有什么异常，但就在跌落后一瞬间，他的所有生理机能数据都变成了 0——其他受害者也都一样。"

女孩说着，在桌面上点了一下，几张纸立刻出现在桌面上。筱白旸接过来，上面写满了他看不懂的专业数据指标，但那些驾驶舱分析图表里，却一致地展示着一个让人不寒而栗的事实。

心率、血压、血氧含量、呼吸频率、神经信号传输速率……所有指标的曲线图都很正常，但却在同一时间全部变成一条直线。

就像被人拿刀整整齐齐地砍断了一样。

他注意到纸张下面放着其他受害者的材料，正要去看，手里的纸张突然消失了。女孩撤回了那些分享文档。

世界簇里，人们的能力会受世界设定的限制。这个世界被设置为一个与现实世界很像的近未来，这种文档分享方式，也和外面没什么不同，那些档案应该是受稀缺性合约控制，所以她才能轻松地撤回去。

对于筱白旸这样的建造师来说，想找回那个被撤回的文档并不算太难，可一想到这么做会花费的熵币，他就放弃了这个想法。

"这件事我已经了解了，"两人各自低头对着空荡荡的桌面发了会儿呆后，筱白旸率先开口打破让人尴尬的沉默，"可这跟我有什么关系，为什么要找我？"

"我们的技术专家认为，这是一起技术原因导致的事故，他们已经把那个体验副本全面下架并销毁了，但我总感觉，事情可能没那么简单，所以想请你帮忙，"女警官丝毫没有兜圈子，"帮我找到这件案子的真相。"

"你们的技术专家都找不到原因，"建造师苦笑道，"我们这种业余爱好者，又能帮你什么忙？"

"我们的技术专家，大部分人从未离开过绿区，"罗茜看着他的眼睛，一字一句地答道，"我相信只有真正了解世界簇的人，才能找到最深层的真相。"

"先不说你们的技术专家是不是真的懂行，我还是那句话，"筱白旸对这种化客猝死的事并不怎么感兴趣，而且在他看来，这件事的原因，跟警察的技术专家得出的结论并没有什么不同，"这事跟我有什么关系吗？还有您，结论已经出来了，您直接结案就行了，干吗非要跟自己过不去？"

"那你有没有想过，"似乎早就料到他会这么回答，罗茜反问道，"如果这件事不是技术漏洞呢？或者说，如果这种技术漏洞被某些人利用，在世界簇里肆意杀人，以便杀死现实世界中的本体呢？"

"绕了这么一大圈，不还是你们警察的事吗？跟我有什么关系？"

等他说完，罗茜嘴角微微上扬："你有没有听过某种传说：一个恶魔的真名被别人知道后，它就会成为对方的奴仆，任由对方差遣？"

筱白旸的脸色顿时变得难看起来："你威胁我？"

罗茜摇了摇头："快下班了，我先走了，这件事你自己决定。"

说着，她转身向外走去，在半透明的墙幕前停了下来，问道："这个，不带电吧？"

筱白旸摆摆手，迷雾般的墙幕消失不见。

"我走了，"罗茜说，"等你想好了，随时给我发消息。"

说完，她一步步向餐厅出口处走去，身影也渐渐变得透明，直至完全消失，就像融化在空气中一般。

3 角色扮演

漆黑的雨夜中，一辆老旧的马车吱吱呀呀地碾压过旧城区年久失修的石板路，车头上挂着一盏不怕雨水的提灯，勉强为马匹照亮行进的路。

马车摇摇晃晃地驶进一条胡同时，天空中突然闪过一道亮光，转瞬间又消失不见，只在刹那间的光亮中，照见前方狭窄而弯曲的旧巷。雨水顺着石板的夹缝从地势较高的地方流淌下来，马车缓缓走上那处坡道，潮湿的车轮发出一阵让人牙酸的声音。

许久之后，天空中才传来一声沉重的闷雷，像是从人的心头响起，在胸腔中往返奔跑了几十个来回，又轰然撞在大脑上一般。

马车里的人裹了裹衣服，似乎是被雷声吓了一跳。

马车上坡的时候走得极为缓慢，瘦弱的马匹用尽全身的力气才爬上那条又陡又湿滑的长坡，在一座比周围的建筑都要高得多的庭院前停了下来。

"到了，先生。"披着斗篷的车夫转身对车厢里的人说道。

车厢门缓缓打开，一个身穿考究套装、头上戴着精致礼帽的人走下车来，撑开一把大伞，这才转身去扶一位年轻女士下车。女士身上穿着一套时髦的裙装，紧束的腰身下是一条宽大的裙子。她刚刚离开车厢，裙摆便被地上的雨水浸湿，紧紧贴在裙撑上。车夫从车头取下防水提灯，帮他们照亮周围一小片区域。

那位绅士被雨水淋湿，手里的雨伞却为身旁的女士挡住雨幕。两人借着灯光看清了大门外挂着的门牌："旧城区别里巷 32 号，拜仁家"。

套装男人走到房门前，伸手轻轻叩动门环，发出沉闷的响声。

一道闪电在远方的天空中亮起，瞬间照亮旧城区的夜空。

大门打开了一条缝，一个管家装束的老人从门后露出半个脑袋，上下打量着这两个人。

套装男人摘下礼帽，露出建造师筱白旸的面孔，灯光从门缝中透出来，映照着身后女士被面纱遮住的脸庞，那是他在这个世界中购买的半主动 AI 助手，如今是女警官罗茜在使用。

"你们是……"老人皱眉质疑道。

"维克托·卢内斯，"筱白旸把礼帽扣在胸前微微躬身，"来自维尔茅斯——这是我的助手，简。"

大门砰的一下关上，差点儿撞上筱白旸的脑袋，他的手不自然地悬在半空中，尴尬地回头看了罗茜一眼，不好意思地笑笑："意外，意外。"

一身文艺复兴时期贵族女士打扮的罗茜透过面纱瞥了他一眼，没有回答。

没过多长时间，房门再次开启，老人侧身将他们迎进门去。

三人穿过一条鹅卵石小路走进院门后的大屋，大厅的地面上铺着厚厚一层吸水的棉垫，两人刚进门，便有仆人接过雨伞，另有两个仆人递过干燥温暖的毛巾，还有人走出门去，随便抓出一把铜板扔给门外的车夫。仆役们的动作繁杂又并然有序，处处彰显出这家主人的治理有方和身份尊贵。

有仆役帮筱白旸换下湿透的外套，还有女仆带着罗茜去换上一身干燥的衣服。之后老管家把两人带到屋子里靠近壁炉的会客区，毕恭毕敬地告诉两人，主人已经睡下了，但听说是维尔茅斯的卢内斯先生来访，正在更衣，请他们稍等一下。

筱白旸点点头，不客气地在名贵的实木椅子上坐下。

换上一身干净便装的罗茜看了他一眼，也跟着坐了下来。

在端上两杯滚烫的红茶和几碟茶点后，仆役们相继离开，整个大厅里便只剩下他们两人。

"这是什么地方？"直到这时，罗茜才开口问道，"你不是说要查化客的案子吗，为什么带我来这里？"

"你想查橙区的案子，就要先了解这里。"筱白旸压低声音说，"这个世界是角色扮演型的，来这里的人都把自己当作在这里生活的人，跟 AI 说他们理解不了的话，也就是所谓的'OOC'（out of character，即脱离角色），次数多了就会被踢出去。"

罗茜撇撇嘴，声音小了许多："戏精。"

筱白旸笑笑："你想，下潜到橙区世界的人，不就是想过不一样的人生吗？这种世界多了去了，在橙区很受欢迎。"

"你还是没说，咱们来这里做什么。"女孩轻轻拽着自己身上的衣服，似乎还有些不习惯那些看起来华贵却有些硬的布料。

"查案。"筱白旸说，"我现在是从北方一个叫维尔茅斯的城邦来的侦探，你这个化身是我的助手，记住，你现在叫'简·维斯利'，而我叫'维克托·卢内斯'，这是咱们在这个世界的身份，一会儿有人来了，可别说漏了嘴。"

说完，他自嘲一下，补充道："你就当是化装侦查了。"

"抱歉，让两位久等了。"就在这时，一个声音从两人身后传来。

声音的主人是一个胖子，穿着一身缎面加绒的外套。柔软宽松的衣服，依然无法掩盖他肥胖的身躯。他挪动着水缸般粗细的身躯走下楼梯，压得木质地板发出吱吱的声音。

筱白旸站起身，微微躬身，罗茜看起来有些不情愿，还是跟着站起来，微屈膝盖，蹲身行礼。

胖子炯炯有神的双眼划过两人，微微点头，伸出双手说："请坐，卢内斯先生。"

说着，他挪动到两人对面，隔着壁炉坐了下来，顺手给自己倒了一杯红酒。

"叫我维克托就行。"筱白旸笑道。

"我还以为他要说拉丁语呢。"罗茜在他耳旁小声说。

"可能他说的就是拉丁语，这个世界加载了巴别塔引擎，所以你听到的都是普通话——别问我巴别塔引擎是啥，你自己查。"筱白旸快速地小声答道。

"维克托，我是德罗尔·亨利·拜仁，也有人叫我亨利二世，是宁静城旧城区的治安官，当然，你也可以叫我德罗尔，随你就好。"

他说话的时候，喉咙中总是带着一种奇怪的哼哼声，就像气流穿过鼻腔的时候，被一层厚厚的肉垫挡住，听起来有些发闷，又带着漏风的声音。

"好的，拜仁先生。"筱白旸说，"我们可以谈谈您在信里说的案子吗？"

"不着急，"拜仁先生说，"喝完这杯茶，您和这位美丽的女士可以先休息一下，我们明早再谈。"

"哎，我们要一直跟他这么说翻译腔吗？"罗茜又拉了拉筱白旸的衣角，悄声问道。

"这位……女士，"筱白旸还没开口，胖子治安官说道，"您在说什么，可以跟老德罗尔分享一下吗？"

"我……那个……你好，亨利先生，不对，算了，随便什么先生……"

筱白旸回头看了罗茜一眼，解释道："拜仁先生，别见怪，我这个助手是维尔茅斯小地方来的，见到大人物，多少有些紧张。"

胖子哈哈大笑起来，像是听到了特别有趣的事情："真是个有意思的姑娘。维克托，如果不是你盛名在外，我还以为她是个新手。"

"经验不怎么样，办事儿还算利索。"筱白旸附和道。

"明白，'办事儿'利索就行。"治安官喝光杯中的红酒，"时间不早了，我就不打扰两位'办事儿'了，好好休息。"

说完，他挪动步伐，踩着吱吱的地板，重新走上楼梯。

两人在大厅里坐了一会儿，就被不知道从哪里冒出来的老管家带到二楼一间豪华的客房中。

"就一间房？"看到老管家已经走远，罗茜皱眉问道。

"一间房，挺好的。"筱白旸说，"正好可以聊点儿事。"

"对了，你们在世界簇里也能睡觉？"

筱白旸点点头："长期下潜的人也需要休息，世界簇里当然可以睡觉。"

说完，他又看了罗茜一眼："除了睡觉，能干的事还很多，取决于你所在的世界加载了什么引擎，比如……"

"你想干吗？"罗茜抱着手臂，警惕地看着他。

"我只是告诉你，橙区里有很多你在绿区看不到也体验不到的东西，反正是化身，不用担心有什么病，也不用负什么责任，所以这里有不少……你正在想的那种地方。"

罗茜抱紧手臂，环顾四周。

筱白旸也顺着她的目光看去，这里是一间具备这个世界典型风格的房间，木质的墙面上装饰着文艺复兴风格的画框，临街的一面有扇窗，隔着轻纱般的窗帘，依稀可以听到外面大雨滂沱的声音。

"如果我这个时候上浮，会出什么事？"女孩脸上带着防备的神色，似乎做好了随时强行脱离这个世界的准备。

"我记得跟你说过，这里是一个角色扮演世界，这种世界有些特殊，如果你强行上浮，AI就会接管你的化身，根据你之前的行为模板，继续扮演你的角色，直到你下次回来。"

罗茜皱着眉想了一会儿，张了张嘴，没有继续这个话题："这些天，你带我去过好几个世界，我还是没明白，这跟查化客的案子有什么关系。"

"之前只是让你熟悉一下橙区，"筱白旸坐到床上踢掉皮靴，"但这次不太一样，我找了很长时间，才发现这里有些异常。"

"什么异常？"

筱白旸随手拉过一条洁白的棉被盖在腿上，半靠在床头，像是真的打算在这里睡一觉："你知道世界簇里的角色扮演世界，跟早期的角色扮演游戏有什么区别吗？"

罗茜摇摇头。

"这里没有脚本，没有故事，世界管理者只是创造了一个世界，这里所有的 AI——哦，这是你们对他们的称谓，但我们更愿意叫他们'原住民'——这些原住民都有自己的意识，虽然我没法判断这些意识的真假，但它们都是自发产生的，原住民能够意识到自我的存在，并且认真地在这个世界里生活，除了繁衍生息，他们和我们没有本质上的区别。"

女孩似乎并没有显得特别意外，点头道："听过这种说法，没法证实也没法证伪。"

"你找到我之前，我就关注了这个世界，"筱白旸说，"我还在这里买了这两个化身，就是咱们现在用的这两个——哦，对了，关于卢内斯侦探的探案副本在绿区的浏览量还不错，我还借此挣了点儿小钱。"

"可这跟案子到底有什么关系？"听他绕来绕去，罗茜似乎有些不耐烦了。

"所以我很早就发现，这个叫作'希尔维'的世界里，有原住民已经脱离了创造者规划好的人设。这里有个隐修教派，他们的教旨就是，找到所有被不属于这个世界的恶灵附身的人，驱逐恶灵，或者净化那些人的灵魂。"

说完，他顺势向下一滑，把自己塞进柔软的被窝里："这就是我为什么让你别忘了自己扮演的角色，如果你不想体验火刑的话。"

罗茜站在窗边，似乎陷入了沉思，许久才回道："你是说，那个化客的死，也跟什么原住民宗教有关？"

"我猜的，但总比无头苍蝇一样乱转强——你到底睡不睡？"

罗茜摇摇头：“你说的事，我们以前没考虑过，我得上去一趟，让技术部门的同事分析一下。”

“随你。”

女孩的动作僵硬了一下，眼神中闪过一丝迷惘，但很快又恢复如常。

“简，”看到女警官已经上浮，筱白旸翻了个身，随口说道，“能不能帮我捏一下肩膀？坐了一天车，真是要命。”

“好的，先生。”

被 AI 接管的化身顺从地坐在床边，轻轻地在他肩上按了起来。

4　裁缝店里的女尸

大雨声的确是最好的催眠乐，在世界簇里，筱白旸很少有睡得这么沉的时候，正睡得香甜，突然听到一声"起来！"，紧接着他的脚心被人狠狠地拍了一巴掌。

他睁开眼睛，看到罗茜蜷坐在床尾，面色阴沉，似乎并不怎么愉快。

筱白旸这才意识到自己此时正四仰八叉地躺在床上，两只脚都塞在罗茜怀里。

世界簇里的时间和现实世界并不同步，罗茜上浮这段时间，这个世界刚好过去了整整一夜，阳光透过狭小的窗口和薄纱般的窗帘照进来，天似乎早就亮了。

"啊，天亮了啊。"筱白旸躺在床上伸了个懒腰。

这就是真实物理引擎的好处，下潜者在世界簇中的状态会如实传导给驾驶舱，里面的电敏流体就会通过局部加压的方式来模拟身体的受力状态，让筱白旸这样的长期下潜者，不至于因为缺少运动而肌肉萎缩。

这个世界虽然只加载了一部分真实物理引擎，但也足以让下潜者们舒舒服服地睡上一觉，而不用担心会出现什么不良反应。

筱白旸从床上站起来，看着气呼呼的女警官，不解道："怎么了？"

"恶心。"罗茜说，"你是不是趁我上浮的时候干什么坏事了？"

筱白旸先是一愣，随即哈哈大笑起来："且不说我没做什么，这个化身本来就是我自己买的，只是借你用用，你不在的时候，就算我真做点儿什么，跟你又有什么关系？"

罗茜哼了一声，不再说话。

"先说正事，"看她不作声，筱白旸说，"等一会儿，那个发布悬赏的治安官会过来叫我们。记着我昨晚说的话，可别露馅了。"

"那你总该告诉我，咱们到底要做什么吧？侦探'先生'。"

她故意把"先生"两个字说得极重，语气里满是讽刺。筱白旸并不怎么在意，随口答道："咱们接了治安官的委托，查宁静城的几桩神秘死亡案，他需要一个符文学专家，我扮演的刚好就是懂符文学的侦探。"

"符文学？"

"是这个世界的一个设定。这个世界运营者挺有想法，他们开放了一些可以调用的功能库，把一些功能模组封装成某种神秘学符号，就是原住民说的符文。用这种方式，那些原住民可以通过绘制符文'调用'一些超自然的现象，他们称之为'符文学'或者'符文魔法'。"

说着，他伸出手指，蘸着床头花瓶中的水，在床头柜上画了个奇形怪状的符号。

"把那个瓶子拿过来。"

"什么？"

但很快，不用他解释什么，罗茜把床尾的一只空花瓶递过去时，那枚符文中长出一束鲜花，筱白旸小心翼翼地把它们插进瓶子里。

"我刚刚用符文调用了一个复制函数，把一个实体——"他指着床头柜花瓶中的那束花，"复制了一份出来。"

罗茜看着他说："我记得你好像说过，世界簇里的东西都是受稀缺性合约约束的，不能直接复制。"

"是的，你看那束花。"

随着他的声音，花瓶中那束被复制出来的鲜花很快变得透明，直至完全消失。

"这个世界的运营者很聪明，他们开放的复制，并不是在簇上生成一个'真实存在'的新实体，而是直接创建了一个临时对象，这个对象一出现，就会生成一个时间约束，刚刚那个符文，只能让它存在一分钟。"

罗茜像是认真思考了一会儿，才摇头道："技术问题我不懂，不过，你说那个治安官找你去破什么跟符文相关的案子？"

就在这时，门外突然传来温柔的敲门声："卢内斯先生，您起床了吗？"

筱白旸笑着点点头："之前说得已经够多了，现在，该做正事了。"

两人走下楼梯时，大房子的主人拜仁先生早已经等候多时，他今天穿着一身治安官制服，应该是照着他的身材特殊定制的，看上去并没有显得特别臃肿。

"维克托，昨晚睡得好吗？"肥胖的治安官像老朋友一样打着招呼。

"您的客房非常棒，"筱白旸恭维道，"但我一直在想着案子的事，没怎么睡着。"

拜仁先生哈哈大笑，拍了拍他的肩膀："别急，我这就带你去最近一次案发的现场。"

"最近一次？"女警官罗茜职业习惯性地问道，"也就是说，是连环……案件？"

"我还没来得及跟她说案情的事。"筱白旸接过话来，"收到您的邀请就赶过来了。"

"没错，"治安官带着两人往外走，肥胖的手指张开挥了挥，"是连环命案，到了现场您就知道了。"

三人来到屋外的庭院中，一辆宽敞的马车已经准备好了。

马车在旧城区年久失修的道路上缓缓前行，隔着窗帘看不到外面的景象，马车一路颠簸，不知过了多久才停了下来。

"到了。"治安官说。

在希尔维世界，宁静城是南方最大、人口最多的一座城市，一条叫作珍珠链河的人工运河自西向东横穿城市流入大海，而马车此时停靠的地方，正是旧城区珍珠链河北岸的一处贫民窟。

"这里曾经是宁静城的中心，"治安官一边走，一边向两人介绍道，"至少大概一百多年前还是，后来国王把他的王宫从这里迁到河南岸，北岸就成了现在的旧城区。如今城里的权贵们都在海边那些繁华的新城区里住着，这里也就慢慢变成下等人聚集的地方。"

看到穿着体面的陌生人，几个年龄不大的乞丐悄悄聚集过来，眼神中带着贪婪或幸灾乐祸的神情。

"看什么看！"拜仁先生呵斥道，"要是不想试试你的脑壳和我的手铳哪个更硬，就赶紧给老子滚！"

筱白旸转头看向罗茜，发现对方也在看他，两人的目光快速交汇，各自点了点头。

在治安官驱赶不知是乞丐还是小偷的孩子时，筱白旸用只有两人能听到的声音说："世界运营者编造的设定，原住民会认为是他们的历史。"

说话间，三人穿过一片拥挤的棚户区，来到一处相对干净的房屋前，屋门紧闭，外面挡了一排木质栅栏，治安官挪动肥胖的身躯把栅栏搬开，从后腰处摸出一把钥匙。

房门开启，三人走进屋内。珍珠链河边的贫民窟布局十分局促，虽然是上午十点多的光景，阳光却很难透进来，屋内还是一片阴暗。

与外面的凌乱不同，屋子里倒显得十分干净整洁，平整的木质旧地板收拾得干干净净，大厅中间摆着一张宽大的桌子，从四面墙上摆放的布匹来看，这里应该是一家经营布料的店铺，那张大桌子应该是摆放布料用的，但此时上面什么都没有，平坦的木质桌面上，用白色的石粉画出了一个轮廓。

"女性，身高在一米五五左右，平躺，双手放在胸前，没有挣扎的痕迹。"看着桌上的轮廓，罗茜脱口而出道。

"好眼力。"正在门口借着阳光装烟斗的拜仁先生走进来，点燃已经压实的烟斗，深深吸了一口说道，"维斯利小姐不愧是维克托的得力助手。"

听出他的恭维带着几分真诚，筱白旸反倒有些不好意思。

"有案发时的记录吗？"

治安官的烟斗在阴暗的室内忽明忽暗："死者就是这家店的主

人，是一个年轻女孩，当时一个来买布料的人进来，发现她赤身裸体平躺在这张桌子上，双手交叉放在胸前，就去治安署报了警——报案人是个中年女性，我们先排除了她作案的可能性——除了报案人和死者，现场没有发现任何人留下的痕迹，也没有打斗或暴力侵害的迹象，死者身上没有伤口，表情十分平静，就像早就做好了准备一样，所以我们认为她可能是自杀。"

筱白旸并不是真正的侦探，但罗茜却是专业的刑警，在听完治安官的描述后，还没等筱白旸开口，就听她继续问道："死者……有什么仇人吗？"

治安官摇摇头："死者是本地人，孤儿，这片贫民窟就这一个卖布料的铺子。她的人缘很好，没有什么仇人——我们也排查了附近大部分居民，基本排除了他们的嫌疑。"

"死因呢？"

"没有外伤，没有打斗和挣扎的痕迹，我们检查了尸体，死者还是处女，也没有被侵犯的迹象。据附近的居民说，当天没有听到任何可疑的声音——你们也知道，这地方就算一头猪打呼噜，都能传到一条街区开外去。"

烟斗中的烟草很快燃尽，房屋里烟雾缭绕，筱白旸摆了摆手，悄悄用符文魔法把烟雾浓度调到最低，一旁皱着眉头的罗茜感激地看了他一眼。

"那是什么？"筱白旸突然指着白色轮廓中一个不起眼的地方问道。

5　神秘人

　　他手指的位置在桌面轮廓线正中偏上，那里有一个极不起眼的符号，跟桌面的颜色接近，屋内光线很暗，如果不仔细看，几乎很难发现它。

　　"没错，维克托，"治安官在桌面上磕了磕烟斗，又不知从哪里掏出一根金属小棍，在烟斗中捅了捅，"那是一个符文！我们的技术专家是这样判断的，可他们从来没有见过这种符文，所以才会招募懂符文学的侦探来——但我怀疑这是某个邪教的图腾，根本不是什么符文。"

　　三人凑近过去，筱白旸顾不上烫手，用食指沾着桌上的烟灰，在轮廓线外画了一个符文。

　　整个桌面顿时亮了起来，就像桌子本身可以发光一样。

　　在光亮的映衬下，三人才看清了那个符号，那是一个非常复杂的图形，应该是一段复杂的代码，筱白旸可以看到文件头的声明和几处比较熟悉的功能调用，但大部分符文的含义还不清楚。

　　他越来越觉得这个世界的创造者是一个天才，竟然能把如此复杂的程序用这些简单的笔画组合表示出来，还能让世界簇对此作出反应，这几乎已经和真正的魔法无异了。

他也只会很少的几个符文，比如在治安官家客房里的镜像复制和刚刚用过的对象亮度调节，但绝大多数符文和它们所代表的含义，世界管理者并没有公开，他也没有足够的时间一个个去试。

"是符文，"筱白旸说，"很复杂，还不知道是什么含义。"

"是的，这就是为什么我们没有用自杀来结案——两个星期里，宁静城已经发生了三起这样的案件，尸体旁边或下面，都有一种形状相似的符文，所以我怀疑，这是一种邪恶的宗教仪式。"

听到他的话，筱白旸又和罗茜对视了一眼，两人刚刚谈到过跟原住民教派相关的事，这未免也太巧了。

"德罗尔，"筱白旸打断他的话，"抱歉，这个案情比较复杂，我们想商量一下。"

"明白，"虽然有些疑惑，治安官还是对他点点头："我去外面抽一口烟，好了就叫我。"

说完，他又习惯性地磕了磕烟斗，这才转身向门外走去。

目送他走出房门，筱白旸这才压低声音问罗茜："你有没有觉得，他们的死法，跟那个化客很像？"

罗茜皱起眉头："你是不是发现了什么？"

筱白旸摇头道："是直觉。我的直觉一直很准。这里的三起案件，还有上面那个化客，都是突然死亡，死因不明。不过这里死的是原住民，那里死的是真人，你不觉得这里面有什么关联吗？"

说着，他指了指桌面上的符文："这个符文……这段代码，虽然看不明白，但里面没有超出世界簇规则范围的逻辑，也就是说，这是一段完全合法的程序，却能让原住民突然死亡。"

"如果是那样，"罗茜问道，"我们为什么没事？"

"因为这个符文可能被破坏了，或者说，死者的死亡，完成了这个符文的最后一道程序，让它变得无害，也切断了我们继续追查下去的线索。"

"谁？！"

就在此时，罗茜突然抬头看向天花板大叫一声，筱白旸顺着她的目光看去，一个黑影一闪而逝，消失在木质天花板的天窗中。

"去告诉治安官，我去追他！"罗茜说完，纵身一跃，燕子般轻巧地翻上房梁，撞破天窗追了出去。

筱白旸和气喘吁吁的治安官沿着贫民窟狭窄的小路追赶，他们追出不远，就看到罗茜坐在一处矮墙上，看着远处发呆。

"人呢？"筱白旸问。

"跟丢了，"罗茜说，"这地方视野太差，那人钻进贫民窟里就不见了。"

说完，她一手按着墙头，轻盈地跳下来，拍了拍手上的泥土。

拜仁先生一边喘气，一边从口袋里掏出一块洁白的方帕，递到她面前。

道过谢后，罗茜接过方帕，那块手帕是纯棉质地的，从来没有用过，看上去十分干净，她轻轻擦掉手上沾着的泥土和青苔。这个世界的建造者很用心，连这些细节都设计得十分细腻。

筱白旸问："看清了吗，是什么人？"

罗茜叠起手帕，递还给治安官，摇摇头道："应该是个女人，很瘦，穿黑裙，留灰色长发，对这里很熟悉。"

拜仁先生好像并不介意她把那块价值不菲的方帕弄脏，随手把它装进上衣口袋，皱眉道："一个女人？看来有必要重新排查一下这块地方了。"

"是的，"筱白旸说，"您先去排查，我们随便走走。"

治安官看了他一眼，像是有些不解："嫌疑人已经露面，我担心她会对你们不利。要不，我派几个人来保护你们？"

筱白旸笑着抬起头，用下巴指着身边的罗茜："简是个很厉害的格斗家，应该比您的人还能打。"

治安官还是拍了拍腰间的手铐："维斯利小姐的确很厉害，但现在已经不是靠蛮力的时代了，什么格斗技巧，也比不上一颗半英寸铁弹。"

筱白旸转头看向他，背着的手在空中画了一个符文，一把一模一样的手铐凭空出现在他手中。他把它拿到身前，对治安官说："这个，我刚好也有一把。"

"那好吧，您自己小心。"

目送治安官远去的身影，筱白旸这才压低声音问身旁的女警："你说刚才那个黑影，是个女人？"

罗茜点点头："我确定，刚才她回头看了我一眼，那双眼睛绝对是女人的——不对，应该是女化身的。"

"是个真人？"

"看不出来。"

"你说女化身。"

"哦，直觉吧，我总觉得那种眼神，不像是一个 AI 模拟出来的智能。"

筱白旸指了指在远处指挥宁静城卫队搜索的胖子治安官："那你觉得，他像 AI 模拟的吗？"

罗茜摸了摸双手，那里还有一些湿滑青苔留下的绿色痕迹，以及攀登墙壁时留下的触感："我没想过，世界簇已经做到这种程度了，难怪你们这些人会一直沉……迷在里面。"

"只有部分世界能做到这样。"筱白旸说。

"为什么？"

"世界簇只是提供了一种构建世界的基础规则，世界本身的构建，还得看世界创造者的。"他顿了顿，继续说道，"但你说得没错，没有哪个世界创造者能把 AI 的能力模拟得如此鲜活，这些年来，这些原住民……越来越像真人了……"

他的话突然被罗茜打断："你不会要说，AI 会拥有独立意识，然后危及人类吧？这种科幻电影中的桥段，很多年都没人提了。"

"我也不知道。带你来这个世界，也只是直觉上觉得这些针对原住民的谋杀，跟你那个化客死亡的案子很像。"

罗茜棕色头发下的眉头再次紧锁起来："这么说，你怀疑有一种程序，可以用……那种符号无声无息地杀死一个人——不管是现实世界还是世界簇？"

筱白旸先点点头，又摇摇头："差不多，但我想，这种程序应该只能杀死世界簇里的角色，至于为什么会跟现实世界产生关联，我还没想明白。"

"程序怎么杀人？"

"姐姐，"筱白旸无奈地笑笑，"这里是世界簇，你用手铳杀人，跟用符文杀人，对于程序本身来说，执行的结果是一样的。打个比方，某个原住民的死亡只是一个固定的程序，无论你用哪种方式杀死他，结果也只是调用这个程序而已，其结果就是，这个原住民会以他被杀死的方式'死给你看'而已。"

"我还是不明白。"

筱白旸没有着急，而是耐心地解释道："玩过游戏没？不是世界簇里，就是普通的电子游戏。"

"玩过……"

"那种游戏里，角色的生命值降为0就会死亡，世界簇里也差不多，但不是用'生命值'这种简单的标准作为依据，而是在满足某种条件时，世界簇会认为，这个角色已经'死亡'了。"

两人边走边说，已经离开了那片拥挤的贫民窟，来到河边的大道上。

罗茜像是终于想明白了里面的关节，但还是摇头问道："但这种程序，为什么会影响到现实世界？"

"这也是我想知道的。"筱白旸说，"刚才说的只是一种假设，你可以跟你们的技术部门汇报一下这件事，我来帮你查这种程序到底为什么会影响到现实世界——如果它真的存在的话。"

两人在河边的一处护栏旁停下来，罗茜说了声"要去报告一下"便离开了这具化身，只留下了再次恢复到女助手"人格"的"简·维斯利"。

"先是原住民觉醒，又是可以随意杀人的程序……世界簇……不该这样啊……"筱白旸望着面前平静的河水，喃喃自语道。

简·维斯利是他购买的半主动 AI 化身，不算是原住民，自然不会对他这种超出角色身份的话语做出什么回应。

就在这时，一个低沉的声音在他身后响起："外来者，我们可以谈谈吗？"

⑥ 占卜师

筱白旸猛然回头，半主动 AI 助手也摆出一个防御的姿势。

一个穿着旧黑裙，留着一头灰色长发的女人，不知道什么时候来到他身后，刚刚的话就是从她嘴里说出的。

"别紧张，"她对那个半主动化身说，"我没有恶意，只是想跟他单独聊聊。"

"聊点儿什么？"筱白旸眼中充满了兴趣。

这不是他第一次遇到知道外来者存在的原住民，但如此坦然说出来的，还是第一次见到。

"随便什么，"女人说，"比如那几个女孩的死，还有献祭符文——如果你想知道的话，就跟我来吧，你一个人。"

说完，她转身就走，筱白旸远远地看了治安官离开的方向，对已经变成半主动 AI 的女助手说："你在这里等我。"

"先生，这个人……"

"我知道。"筱白旸说，在那个神秘的原住民女人面前，他并没有用下潜者的特权下达什么命令，"放心，我不会有事。"

本来，他对自己的能力非常自信，在遇到罗茜、听到化客离奇死亡的事之前，他有十足的把握不会出什么事，就算真的有什么危险，最大的损失也只不过是一个化身而已。但现在一切都不一样了，尤其是在知道世界簌中可能有某种可以让现实中的人猝死的东西后。

但他还是决定冒一次险。

女人的身影很快转进一处僻静的小巷，筱白旸没有时间犹豫，快步跟了上去。

这条小巷位于贫民窟最低矮的建筑群里。说是建筑，其实并不合适，这里只有一些年久失修的残垣断壁，还有在废墟中用木片和铁板搭起的窝棚。前夜刚刚下过雨，黑黄浑浊的污水肆无忌惮地在地面上横流，散发着让人难以忍受的恶臭，筱白旸不得不调低嗅觉灵敏度才能忍受那种仿佛来自灵魂深处的臭味。

他抬起头，看到远处高耸入云的塔楼顶端，就在隔着珍珠链河相望的南岸，是宁静城最繁华的上城区。一河之隔，便是天渊之别，这个世界的创造者真是一个魔鬼。

在他前方不远的地方，黑裙灰发的女人灵巧地在小巷中穿行，他不得不加快脚步，跟上她的步伐。

两人一前一后走出百余米远，黑裙女人终于在一片干燥平坦的石板路上停了下来。她面前是一座还算整洁的木屋，与一路上的"风景"比起来，简直算是"豪宅"了。

"到了。"女人说着，掀开门前的半截门帘，低头推开矮小的木质房门，走了进去。

筱白旸也跟了进去，却看到一个熟悉的场景。

面前是一间昏暗紧凑的小屋，面积很小，里面堆满了各种奇怪的书籍和物件，屋子中间摆放着一张低矮的桌子，桌上放着一堆纸牌和一枚水晶球。如果出现在现实世界，他会以为自己正在某个主题公园的吉卜赛占卜小屋里面。

"要来一次占卜吗？"黑裙女人已经走到桌子后面，盘腿坐了下来，"关于目前面临的一些困境，也许能给你一些启发。"

筱白旸抱着双臂，饶有兴趣地在她对面坐了下来："我记得你说要谈谈？难道就是要给我算一卦？"

如果不是清楚地知道这是一个开放式扮演世界，他一定会以为自己触发了某个游戏世界中的隐藏剧情任务。

但这个世界与那些设定好剧情等着游客们"偶遇"的普通货色不一样，这里所有的原住民，都是在自主意识支配下行动的——至少世界管理者是这么说的。

"谈归谈，"黑裙女人也露出一个淡淡的微笑，"真的不试试吗？我给许多外来者占卜过，这种东西，对你们也很灵验的。"

说着，她伸出右手在桌面上一抹，散乱的纸牌顿时消失不见，又很快出现在她的手里。

筱白旸装作若无其事地看着她洗牌，藏在桌下的手悄悄画了一个符文，那是一个调整物体透明度的程序，以便他清楚地看到女人有没有在纸牌上玩什么猫腻。

但她只是单纯地洗牌，他可以清晰地看到每张牌面上的图画，那是一些宗教彩绘玻璃风格的图画，画面上的人物和景色像沙画一样流淌——这是世界簇里的特性，很多世界都喜欢用这种动画效果来装饰纸面上的图画——还写着一些他看不懂的文字。

"本来应该请您抽一张牌的，"桌子对面的原住民女人又笑了起来，"但您是符文学家，刚才的小动作，让您可以透过牌背看见牌面上的东西，这种方式就不灵验了，还是让命运来做出选择吧。"

说着，她突然抬手，将手里的纸牌抛向空中。

纸牌如雪片一般飘落下来，大部分落在桌子以外的地上，只有三张，或正或反地落在桌面上，一张正面向上落在筱白旸的面前，两张落在距离他稍远的地方，倒扣在桌面上。

"既然叫我外来者，"筱白旸低头看了看桌面上的三张纸牌，"那你应该知道，我并不属于这个世界，这个世界的命运，应该对我起不到什么作用。"

"没错，但既然你们来到这里，还是会受到……的影响。"

女人的声音很低，筱白旸没有听清中间那个词，它可能是一个名词或代词，听起来像一种完全陌生的语言，像是喉咙里的咕哝声，又像是某种呓语。

"你说会受到谁的影响？"

"没什么，"她指着桌上的纸牌，"你不想知道，这三张牌代表了什么吗？"

筱白旸又看了看自己面前的纸牌，上面画着一个站在高处远眺的男人，在彩色斑块构成的远景中，数百个不知是工人还是奴隶打扮的人，正在修建一座高耸入云的金字塔。

"这是什么？"他问道，"法老和他的坟墓？"

这个拥有一头灰色长发的女人摇摇头："不是法老，是石匠，这张牌是'石匠兄弟会'，代表着整个世界的知识阶层，同时也寓意隐藏在世界背后的支配者。"

筱白旸看着那张微微发光的纸牌，牌面上的人物像是在缓缓移动，让整个画面显得极其鲜活。

"石匠……为什么是世界背后的支配者？"

女人没有回答他的问题，而是自顾自地说道："这张牌代表着您当前的状态，外来者。它的出现，寓意着您很骄傲，或许在您看来，这个世界里的人们只不过是一群低等的奴隶，但它也在提醒您，再宏伟的奇观，也是要靠奴隶们一点一滴地建造起来，所以，如果有可能，请您善待这个……这些世界里的人。"

她的声音不大，在筱白旸的耳中，却如同一声闷雷。

"至于您的问题，石匠为什么会是世界背后的支配者，抱歉，我也不知道。我在冥想的时候会看到……的思想，这些画面，都是在那浩如烟海的感悟中，窥得关于世界本源的只言片语。"

女人再次提到了那个听不清楚的词语，看来那应该是一个名词或代词，用来表示某种人或东西。

石匠，或许就是建造师的象征，筱白旸想。

"那么，其余两张……"

"砰！"他的话还没说完，身后突然传来一声巨响，房门被从外面狠狠撞开，脆弱的门板重重砸在地上，发出一声沉闷的声响。

阳光穿过低矮的门洞透进来，一个瘦长的身影低头走进屋子。

原住民女人只是抬头看了一眼，便又低下头去，仿佛那扇门跟自己毫无关系。筱白旸下意识回过头去，看到神色严肃的女助手站在门口，挡住了正午时分直射进屋内的阳光。

虽然背对阳光看不清楚，但他知道，是罗茜回来了。

"你没事吧？"罗茜狐疑地看着面前的情景问道。

"没事，"筱白旸往一边挪了挪，为她让出位置，"来试试占卜——不是塔罗牌，但好像有些类似，有点儿意思。"

说完，他转头对黑裙女人说："能不能也让她抽一张牌？就像我刚刚那样，也看看她当前的状态？"

黑裙占卜师微笑着摇摇头："不用，刚刚为您占卜的三张牌里，刚好就有寓意您当前最大助力的一张。"

说着，她翻开一张扣在桌面上的纸牌，牌面上画着一个长着蜻蜓翅膀的女孩。女孩似乎在躲避什么，神情中有些慌张，手中紧紧握着一把短小的权杖。

"这是什么？"罗茜问。

"这张牌是'森林之王的女儿'，"黑裙女人看着她，"代表着对正统的逆反，这是一个渴望自由的良善者，她秉持的正义不被认可，但又带着执拗的坚持。"

"荒唐。"罗茜冷笑了一声。

"不，我觉得挺有意思。"筱白旸说，"那么这最后一张呢？"

随着他的话音，三人都把目光投向位于桌子一角的最后一张纸牌，那张纸牌在桌角处悬着，一小半在桌面以外，似乎随时可能掉落下去。

占卜师把手放在那张牌上，轻轻把它推到桌子中间。

"我的占卜牌没有倒置的说法，无论如何放置，它只代表一种含义，而这张牌，是在揭示您的未来。"

说着，她就要翻开那张纸牌。

"等等，"筱白旸突然伸出手，盖在那张纸牌上，"在这之前，咱们还是先说说那个杀人符文的事吧。你刚刚说它叫什么？献祭符文？"

7 献祭仪式

符文是这个世界管理者伪装成神秘力量的开源功能库，使用方式比许多年前的 Python 还要简单。只要在世界任何地方绘制一个特定形状的符号，就可以调用指定功能模块，所有的参数都在这些符号中。

但其中不应该有让人致死的功能，就算有，身在这个世界之中、被世界所加载的规则引擎约束的原住民也不可能有调用权限。

与那些玩弄文字游戏的占卜小把戏比起来，他还是更关心这件事情。

灰发女占卜师点点头，在桌上画了一个符文，散落在四周的纸牌像被施放了魔法一样飞回到她面前，整整齐齐地摞在一起。

筱白旸的手稳稳地压在那几张卡牌上，他在这个世界的权限要高出原住民很多，那个符文并没有对他手下那张牌起作用。

"是的，献祭符文，"女人说，"但不是我做的。我和你一样，也在查这件事的真相，刚刚有了些眉目，你们就出现了。"

"请继续。"

"那是一个古老的邪教，外来者，这件事远比你们想得要久远，早在三千多年前它就已经存在了。我刚刚混进它的外围，了解的东西不会比你多多少，但刚好知道，你们要查的死者，就是死于这种献祭符文。"

"等等，"筱白旸打断她的话，"既然你知道我们是外来者，那就应该知道，你们的世界，其实是我们……中的一些人创造出来的，所以，你说的那个邪教，并不是三千年来传承的，而只是一种……虚假的设定而已。"

说完，他看向灰发女人，对方也在看着他，她的眼眸像一汪深潭，虽然清澈宁静，却深不见底，似乎可以穿过他的眼睛看透他内心深处的秘密一般。

不知为什么，他有些不敢直视这双眼睛，便低下头来，这才意识到，自己刚刚对原住民说了一句很"OOC"的话，但世界服务却没有提醒他有违规行为，也没有把他踢出去。

"我理解您的意思，外来者。"女占卜师似乎并没有对他的话感到意外，"对于您来说，这是一个刚刚创建不久的世界，但对于我们来说，这里的一切都是我们亲身经历过的。我之前遇到过一个外来者，也和他说了这些话，他告诉我，你们的世界有一种说法，其实我们的世界一直以一种无数可能叠加的状态存在，而你们的观察，让它在你们的世界中变成现实。这就是为什么，你们认为我们的世界刚刚被创造不久，而我们却亲身经历过数千年的时光。"

筱白旸没有说话，罗茜应该是没有听懂她的话，也没有说话，屋子里的空气似乎都沉重起来，只有炉火中木柴燃烧发出的哔哔剥剥声。

"算了，这并不重要，还是说说你说的那个邪教，还有那个献祭符文吧——向谁献祭，为什么要献祭？"许久之后，筱白旸才开口问道。

"没时间跟您细说了，"女占卜师叹了口气，"今晚会有一场献祭，如果您感兴趣，可以去看看——伪装成信徒的样子。"

"可以。"罗茜抢先一步答道，"告诉我们时间和地点，还有要怎么伪装成信徒，我们自己去看就行。"

筱白旸犹豫了一下，也点点头。

"好的，请先把这张纸牌还给我吧，我会带你们过去。"

筱白旸翻开那张牌，牌面上画着一个身穿长袍的人的背影，正在向一座燃烧着熊熊火焰的高大拱门前行，通往火焰大门的路上跪伏着两排信徒，正虔诚地祈祷。

"你刚才说，这张牌是寓意什么的？"

"寓意着……未来。"女占卜师说，"这张牌是'以身试火'，是说如果您想得到自己渴求的东西，就要亲自去尝试和体验——这张牌刚刚悬在桌面边缘，或许是在提醒您，即使您亲自以身犯险，也未必能得到您想要的东西。所以，如果有一天，您不得不亲自做什么危险的事，请务必慎重考虑。"

说着，她收起那张纸牌。

"说了这么多，"一旁的罗茜冷哼道，"不就是想激将我们参加那个什么献祭仪式吗？不用这么麻烦，我们会去的。"

女占卜师站起身来，微微躬身："仪式就在晚上，如果你们决定去看看，请在太阳落山时到这里——对了，你们可以叫我'格蕾'。"

筱白旸也站起身来："一言为定。"

离开那间屋子，两人再次穿过散发着恶臭的贫民窟街道，来到珍珠链河边上。罗茜问道："那个格蕾的话，你相信吗？"

筱白旸扶着河边的石质栏杆眺望河面，许久之后才开口道："怎么说呢，我一直以为，我对世界簇的了解也算比较深刻了，可那个化客的死，还有这个叫格蕾的原住民，都让我对自己产生了怀疑。"

罗茜动了动嘴，似乎想说些什么。

"一直都有关于原住民是有灵魂的智慧生命的说法，以前我对此不赞成也不反对，可现在我有些倾向于支持这种说法了。我很想看看，这个格蕾到底能走多远，又能做些什么。"

"你就不怕她在骗你？"罗茜终于说道，"如果他们真是有自我意识的智慧生命，说说谎骗骗人，应该也不算什么难事吧。"

"是啊……"说着，筱白旸转头看向她，"那你呢？"

"我……怎么了？"女孩避开他的目光，"我又不是 AI。"

"没什么，治安官的人要过来找我们了，先回去吧，晚上去看看那个所谓的献祭仪式，到时候再做决定。"

下午，两人从治安官家的客房中搬了出来，住进珍珠链河边的一个旅店。转眼到了傍晚时分，两人悄悄离开旅馆，一路确认无人跟踪，在太阳落山时分赶到占卜师格蕾的小屋。

被罗茜一脚踹开的门板还在地上躺着，格蕾已经不在了，桌面上的水晶球也不见了，炉中的火已经熄灭多时，看来人已经走了很久了。

"她在耍我们吗？"罗茜嘟囔了一句。

筱白旸用符文魔法调整了屋内所有物品的透明度，没有发现任何暗门或可疑的地方。

"可能她不想太惹人注目，"筱白旸说，"上午我们已经来过一次了，可能会引起别有用心的人的警觉。"

说着，他走到屋子中间，用符文调整了桌子的亮度，让两人在黑暗中也能看清上面的东西。

桌上摆着几张纸牌，除了上午占卜时的三张外，还有三张并排摆放在桌面上。

他伸手拿起第一张纸牌，牌下的桌面上画着一个符文，纸牌被拿起的时候，符文突然亮起，几行散发着微光的小字逐一出现在桌面上："石匠先生，我有些急事先走了，混入仪式的方法在桌子下面左边的抽屉里。桌上的纸牌送给你了，是白天没有进行完的占卜，或许会揭示你的命运，有缘再会。"

筱白旸看了看桌上的符文，那是一个设计得很巧妙的程序，只有当他亲自拿起那张纸牌时，它才会被触发，桌面上那些小字会显示出来，而且指定他一个人阅读。

他翻开手里的纸牌，上面画着两个坐在草地上仰望星空的孩子，群星在黑色背景上忽明忽暗，他们似乎想要在星空中寻找什么东西。

跟上午不同，牌面上的文字变成了两行简体汉字："觅星者——在浩渺星空中寻找答案吧孩子，群星是唯一的归宿。"

"这是什么？"正在屋子里四处搜索的罗茜凑过来。

"格蕾留下的，"筱白旸把纸牌递给她，"说是关于我的命运的。"

罗茜接过纸牌看了看，又还给他："在警校里，我们接触过很多关于占卜诈骗的案例，这种含糊其词的说辞，只不过是在玩弄心理游戏罢了。对于那个格蕾来说，这是个有魔法的世界，可我们应该清楚，这里只不过是个虚……构出来的世界。"

筱白旸点点头，收起那张纸牌。

"她还说了混进那个仪式的方法。"说着，他绕过桌子，拉开桌面下方的抽屉，里面躺着两套旧黑袍，还有一张破布片，上面用木炭画了一个简易的地图。

筱白旸拿起一套黑袍，递给罗茜："穿上这件衣服混进去。"

罗茜接过衣服："她自己为什么不去？这肯定是个陷阱。"

可建造师已经把那件黑袍套在自己身上："就算是个陷阱，我们也得跳进去了。要不然，你现在就可以离开这个世界，去跟你的上级说，按照意外死亡结案，我也回去继续做我的事，咱们就当没这事怎么样？"

罗茜立刻接过黑袍穿在身上："仪式在哪里举行？"

筱白旸把那张草草绘制的地图铺在桌面上。地图画得虽然有些粗糙，但还是可以清晰地看到珍珠链河、贫民窟和旧城区的轮廓，一个重重的叉号标注出仪式举行的地点。

"这……不会吧！"

地图上那个叉号标记的地点，刚好就是旧城区治安官拜仁先生的大宅院。

"她在玩儿我们？"罗茜冷哼一声，"我就知道那个神婆不是什么好东西。"

筱白旸看了她一眼，突然问了一句摸不着头脑的话："你真是警察吗？"

"什么？"女孩像是被他的话吓了一跳。

"没什么，"筱白旸说，"我在另一个世界里跟原住民警察打过不少交道，总感觉你跟他们不太一样。"

"是吗？哪里不一样？"罗茜有些不自然地笑笑，反问道，"警察也是普通人，有什么不一样的，你是不是电影看多了？"

"算了，"筱白旸摇摇头，"走吧，不管是不是真的，总要过去看看再说。"

⑧ 以身试火

"嘿，这边！"

两人披着黑袍，刚刚走出贫民窟，就听到一个低沉的声音。

筱白旸转头看去，一个小贩正对他们招手："就是你俩，过来。"

两人对视了一眼，走到小贩跟前，被他一把拉进大路旁边的小巷子里。

"你俩……头一次来吗？上线是谁？他没告诉你们不能这么大摇大摆地走吗？"

"没有。"筱白旸低着头，把脸藏在兜帽的阴影中，"她只告诉我们仪式地点，没说怎么过去，我们想着现在是晚上，应该没人发现。"

"你们是第一次参加'仪式'吧？"小贩似乎对这种现象见怪不怪，"又是一个不负责任的上线——听我说，如果不想被巡逻的城卫军抓去修城墙，就跟着我从下水道过去。"

"下水道？"

"真不知道你们的上线是一个什么样的白痴！"小贩把货车停在一座旧房子旁边，弯腰在地上摸索了起来。

筱白旸用藏在袖子里的手指在空气中绘制了一个只对他和罗茜生效的符文，调整了墙面亮度，这才看清，小贩在地面上摸索了一阵子，掀开一块石板，旁边石墙上的铁栅栏突然降入地面，露出散发着令人作呕气味的下水道口。

"走吧。"小贩从货车上取下一盏罩着玻璃的马灯，点亮后举着它走进下水道。两人跟在他后面走进去，身后的栅栏在一阵吱呀声中再次升起。

下水道里面并不像想象中那么黑，空间也很大，如果不是有阵阵冷风送过来的腥臭气味，感觉更像一段荒废的地铁隧道。

幽暗的下水道蜿蜒向下，其间岔路很多，不时有人从其他岔道中走出来，沿着湿滑的下水道前行，他们大都穿着和两人一样的黑袍，一路沉默不语。两人跟着他们在沉默中不知走了多长时间，前方突然出现一片亮光，筱白旸抬头看过去，一个被人为扩充过的地下大厅出现在不远处的下水道尽头。

通往那处空旷大厅的下水道都呈上坡，所以那里没有什么污水，地面也变得干燥起来。大厅里已经聚集了上百人，所有人都戴着兜帽，低着头默默站立着。

"那个格蕾不是说仪式在治安官的房子里吗，"罗茜低声凑过来说，"她是不是在撒谎？"

"不知道，也可能她画的就是这个地下大厅的位置，刚好在拜仁的房子下面。我们静观其变。"筱白旸答道。

他的话音刚落，大厅中的人群突然骚动起来，很快分成两半，筱白旸向人群分开的地方看去，几个举着火把的黑袍人从人群后面的某个通道中走出来，在他们身后，跟着一个穿着破旧黑裙的灰发女人。

"是格蕾！"罗茜惊呼道。

筱白旸捂住她的嘴，好在周围的人都注视着刚刚进来的几个人，并没有人听到。

"她要做什么？"罗茜拨开他的手，压低声音说。

筱白旸摇摇头，没有说话。

举着火把的黑袍人把格蕾带到大厅中间，那里有一处石质圆形高台，半人高，直径约有两米五，黑袍人围着高台站成一圈，只留出一条通道。

格蕾面无表情地走到高台上，似乎有意无意向两人站立的位置瞥了一眼，但她很快又收回目光，低头安静地站在高台中间。

"又一位崇高的姐妹，要回到我们伟大神祇的怀抱！"一个黑袍人走到高台旁，对沉默不语的格蕾说，"恭喜你，令人羡慕的姐妹，你将结束神祇赋予你在这污秽人间的使命，提前回归它的身边，在最靠近它的高台上，将会有你的位置。"

"她是今天的祭品！"罗茜急忙说道，"快，拦住他们！"

筱白旸犹豫了一下，摇摇头，示意她先不要声张。好在现场的邪教徒们没有注意到两人的异常。

大厅中间，黑袍人在石台中间用某种暗红色的液体绘制了一个符文，正是他们白天在贫民窟的裁缝铺里看到的那个。

"世间的每个人，都是伟大神祇的化身。"那个黑袍人转过身来，摘下头上的兜帽，露出一张略显苍白的年轻面孔，信徒们看到他的脸，纷纷跪了下去，筱白旸和罗茜连忙跟着蹲下身去，悄悄抬头打量着那个人。

与低沉的声音反差巨大的是，他的面孔非常年轻，除了有些惨白，看起来就像一个常年在学院中研习符文的学生。

"我们的神祇有一个伟大的计划，"那个年轻的黑袍人说，"它希望为我们建立一个纯粹的、没有那些行事古怪的外来者的世界。但在创造我们的世界时，神祇将自己的无数分身化作世间的万千生灵，作为它一部分的我们，为了这个崇高的目标，将不惜贡献我们的一切！"

他环顾四周，目光从每个信徒的脸上扫过："我知道，有些人会因为那些有幸被神祇选中的兄弟姐妹的离去而悲伤，但我想告诉大家，他们只是回归神祇的怀抱，他们将通过它的双眼俯瞰世间，他们将成为它的一部分——我们所有人，终将成为神祇的一部分，我们，就是神祇本身！"

场内的人群再次欢呼起来，开始用某种完全没有含义的声音祈祷，听起来像是某种混杂了咕哝声的吟唱。筱白旸和罗茜随着众人左右摇摆，注意力却一直在场地中间的格蕾身上。

"来吧，姐妹。"大厅渐渐安静下来，黑袍年轻人的声音再次响起，他转身对高台上的格蕾说，"放开你的一切防备和抵触，躺在神圣的符文上，准备回归它的怀抱吧！"

格蕾再次向两人的位置投来目光，与筱白旸的目光在空中交汇。

她的嘴唇轻轻动了动，筱白旸皱起眉。

"她在说什么？"罗茜低声问道。

"不知道，"筱白旸说，"她好像是自愿的。"

台上的格蕾收回目光，在黑袍年轻人的指示下，顺从地躺在石台上，双手交叉放在胸前。

"不行，"罗茜说，"如果真像你说的那么邪乎，那个符文一发动，她就死了。得想想办法。"

"别冲动，"筱白旸拉住她的手，"你现在动手，根本没什么用，只会白白暴露。"

"那又怎么样？"她的声音渐渐高了起来，"你就眼睁睁看着她死吗？"

筱白旸又犹豫了一下，摇摇头："你别紧张，她……只是一个 AI 而已。"

"我记得，你说过他们不叫 AI，叫原住民。"罗茜说，"你不是在扮演自己的角色吗？如果这是现实，难道你就眼睁睁看着她死？况且就算失败了，无非就是一两具化身而已。"

筱白旸苦笑一声："大小姐，如果化客死亡那种情况在这里也会出现呢？"

罗茜的声音越来越大，已经吸引了很多人的注意，台上的黑袍年轻人也注意到这边，突然举起火把指向两人："是外来者！抓住他们！"

筱白旸无奈地摊开手，不再压抑自己的声音："所以，现在只能硬来了。"

说着，他向后退了一步，抬手在空气中绘制了一道借助"真实物理"引擎来产生强气流的符文。

信徒们被突然莫名其妙出现的强风吹得东倒西歪，大厅中出现一条直通中间石台的通道。

"你是不是早就准备好了？"罗茜只来得及说这一句话，便掀开黑袍，向石台方向冲去。

黑袍年轻人挥舞火把，和筱白旸一样在空中绘制出一道符文，两块青石板从地面上飞起来，挟着风声向女警官砸下去。

罗茜敏锐地伏低身子躲过第一块石板，但第二块已经避无可避，可在它就要准确命中罗茜头部的一瞬间，整块石板突然变成一团花瓣，纷纷扬扬地飘落下来。

"你去救人，我来对付他。"筱白旸对她说。

"你会格斗吗？"

"在现实世界不会，但这里是世界簇，真打架我可能不如你，但打游戏就不一定了。"

话音刚落，他双手同时挥动，两面石墙从地面上升起，阻挡了其他试图靠过来的信徒。罗茜没有太多废话，一个箭步冲了上去。

黑袍年轻人刚要伸手阻拦，天花板上的吊灯突然重重向他砸下来，他不得不后退一步，与正在空气中不断绘制符文的筱白旸对峙，罗茜借机一个翻滚，在灯台砸下之前越过黑袍年轻人，来到石台旁。

手持火把的黑袍信徒冲过来，她起身躲过火把，侧身、提膝、肘击、劈挂，一套流畅的擒敌拳一气呵成，没等其他人反应过来，就放倒了两个信徒，扶起石台上的格蕾。

"你们……低头！"格蕾睁开眼睛，正要开口，突然抬手像筱白旸和黑袍年轻人一样凌空画了一道符文，罗茜低下头，身后一个信徒手中挥舞火把向她砸下来，却像砸在一堵空气墙上，脱手飞了出去。她顺势一脚，把那个信徒踢飞。

"你在做什么？"转身放倒另外一个冲过来的信徒后，罗茜对格蕾喊道，"把自己当祭品吗？"

格蕾叹了口气，从石台上站了起来："如果不这样，我怎么能拿到那个符文的完整图形？"

说话间，她再次在空气中画出符文，一个信徒突然飞了出去，将正准备一拥而上的其他信徒砸翻在地。

大厅另一边，筱白旸和黑袍年轻人正在用符文调用周围一切可用物体，互有来回地打了几个回合，临时复制的伪实体墙壁终于在声明的期限结束后分崩离析，黑袍年轻人借机高高跃起，越过拥挤的信徒，向下水道口的方向冲去。

筱白旸刚要追击，却听到格蕾说："把那个献祭符文抄下来，我去追他。"

又一道强气流从两人站立的位置爆发开来，将信徒们吹开，格蕾顺着黑袍年轻人逃走的方向追了过去。

筱白旸明白了她的意思，转身跳上石台，罗茜也跟上来，一脚一个，将想要靠过来的信徒踢了下去。

筱白旸抬头看了一眼，就把注意力放回石台中间的符文上，这是一个只生效一次便会被彻底破坏的程序，他之前曾经见过它被破坏后的版本，从中完全看不出任何功能机制来。

他本以为，在看到还未生效的程序时，他就能了解这段程序的原理，可看着面前纷繁复杂的符文图形，还有被混淆成一团乱麻的程序时，他发现自己完全不能理解这个用符文写成的程序是怎么运作的。

"再给我一些时间。"筱白旸没有抬头，随口对罗茜说。

"你最好快点儿，那个黑袍人已经跑了，晚些就跟不上了。"

大厅中的信徒大都在黑袍年轻人逃走的时候四散奔逃，只有十几个人仍围在石台四周，被罗茜的身手吓到，一时间不敢上来。

"一分钟！"筱白旸已经放弃去理解这么复杂的程序，开始强行记忆那些线条，可那些线条像是缠成一团的蚯蚓一般不停蠕动着，一股无法言明的烦躁涌上心头。

恍惚间，那些线条像是突然变得如星空般庞大，就像一座一眼望不到边的迷宫，仿佛他不是在低着头看，而是抬头仰望那座如同浩渺银河般的星空。

原本死寂的符文线条中，依稀有星光在流淌。

"还没好吗？"他似乎听到罗茜焦急的声音，却没有给出任何回应。

迷宫般的符文开始旋转起来，他的整个心神都跟着那片星空旋转，像是被什么吸引着，头晕目眩起来。

突然，一股巨大的力量将他推了起来，整片星空和地面在瞬间颠倒了过来。

"砰！"筱白旸觉得自己的化身凌空飞了出去，等他的眼睛再次找到焦点时，发现自己已经躺在高台下的地面上了。

"那个杀人符文亮了！"罗茜伸手把他拉了起来，"要不是我踹你一脚，你刚才差一点儿就没命了！"

筱白旸这才回过神来，想了想，摇头道："应该不会，这个符文好像对我们的化身起不了作用——那个化客应该也是化身被摔死后才出事的，就是看时间长了有点儿头晕。"

他再次看向那些符文，眩晕感再次涌来，他强行忍住不适，移开目光。

"那就别看它！"似乎注意到他的异样，刚刚逼退一个黑袍信徒的罗茜喊道。

"不看怎么记住？"

"世界簇里有没有什么办法拍照？录像也行！"

筱白旸猛然醒悟过来，一拍脑袋："对啊！全息副本！已经录下来了，不用管了，我们走！"

说完，他从石台上跳下来，辨明了黑袍年轻人和格蕾离开的方向，越过地上东倒西歪的信徒追了出去。

⑨ 三个预言

阴暗潮湿的下水道中遍布着岔路，如同一张被埋在地下的巨网。两人在地下大厅中耽误了几分钟时间，偶尔听到物体碰撞或打斗的声音，却无法分辨那些声音真正的来源。

"那是什么？"在一个岔路口处，罗茜突然指着地面上一个微微发光的东西问道。

他们走过去，看到地面上躺着一张发着微光的纸牌。

"是格蕾的占卜牌。"筱白旸捡起纸牌看了看，"这边走，她在给我们指路。"

两人拐进岔道，没过多久就又看到一处岔道，果然还有一张纸牌在其中一个通道口内，他们就这样沿着占卜师留下的纸牌一路前行，不知过了多久，才再次听到远处传来的打斗声，在绕过几条正流淌出污水的圆形管道后，终于在一条死路的尽头看到了格蕾和那个黑袍年轻人的身影。

"我真的想不明白，"看到两人钻出下水道，黑袍年轻人不但没有着急，反而停了下来，转身看着三人，"作为一个原住民，你为什么要帮助这些外来者？"

"对于外来者，我和你的观点不同，"格蕾摇摇头，"他们也是世界的一部分，只是他们的存在超出了我们的理解而已。"

"只是你的理解，"年轻人纠正道，"我对他们的理解，远远超过你，你永远不知道，他们对于你的世界——我们的世界，会有多么大的威胁。他们只需要动动手指，无数个像我们这样的世界就会不复存在。"

"是吗？可我觉得，因为角度不同，我们看到的世界也会不同，在他们看来，他们能够轻易毁灭我们，可在我看来，世界会一直存在，并不会因为外来者的意志而消失。"

筱白旸突然停下脚步，仔细思考这个原住民占卜师的话语。

对于他们来说，想要关闭一个世界，只需要停止它在世界簇上的服务就可以了，可对于世界里的原住民呢？如果他们不止是AI呢？

不知为什么，他再次想起格蕾的双眸，那充满智慧的眼神，他甚至怀疑，那双眼眸中住着一个真正的人类的灵魂。

如果是那样，停运一个世界，是不是真的意味着杀死无数个生命？哪怕是那种"人造的"生命？

黑袍年轻人用怜悯的目光看着她，轻轻摇了摇头："你从未跳出过这片池塘，当然不知道外面是什么样……他们把这里叫作世界簇，你的世界只是其中一个，在这个'簇'中，有上千万个这样的世界，你和这里的一切，都只是那些外来者的玩物而已。"

"你不是原住民。"筱白旸突然开口道，"你是谁？"

黑袍年轻人呵呵一笑："不告诉你。"

说完，他再次看向格蕾："如果你想了解关于这个世界的真相，就跟过来吧。"

说话的时候，他慢慢地向后退了几步，紧紧贴在通道尽头的墙壁上。

"不好！"筱白旸脸色突然一变，向那个黑袍年轻人扑过去，但他还是晚了一步，一道发着微光的大门突然出现在墙壁上，年轻人轻轻向后一仰，消失在大门之中。

格蕾紧跟在黑袍年轻人身后，在大门前回头看了一眼，对筱白旸说："再见，外来者，你要相信占卜牌。"

说完，她毫不犹豫地大步走进那扇大门。

大门在通道尽头缓缓消失，像一头巨兽慢慢合上它的血盆大口。几秒后，那里再次恢复成一面冰冷坚实的墙面。

筱白旸慢慢收回伸出的右手，对着还在嘀嗒渗水的墙面沉默不语。

"那是什么？"罗茜走过来。

"界门。"

"什么？"

"一个让化身在世界簇不同世界间穿梭的通道，"他长长舒了一口气，"SACP 协议的一个子协议。把化身从这个世界转移到另一个世界看起来简单，实际上有很多问题需要解决，所以才会有一致性协议，确保化身在任何一个世界里都不会出现表达错误。界门就是用来转移化身的协议。"

罗茜眨了眨眼睛，显然没有听懂。

"算了，"筱白旸放弃了让她在很短时间里了解 SACP 原理的想法，"你就当是让化身穿越到另一个世界的传送门吧。"

罗茜露出恍然大悟的神色,但她的表情很快又严肃起来:"可是格蕾……"

"没错,她不是化身,不受 SACP 的约束……和保护,"筱白旸说,"所以我们不知道她穿过界门之后会怎么样,运气不好的话,她的主程序可能会直接崩溃掉。"

"他们去哪里了?"

"不知道,SACP 的私密级别很高,如果那个家伙换一个化身,在另一个世界里,就算跟我们面对面,我们也不见得能认出来。"

"谁在那边?维克托,是你吗?"一道微弱的灯光出现在通道口处,一个熟悉的声音穿过狭长的下水道传来。

治安官肥胖的身影出现在灯光中,几乎占据了整个通道口。

"是我,拜仁先生。"筱白旸叹了口气,回头对罗茜说,"走吧,我们先出去再说。"

仪式被打断后,四散奔逃的信徒吸引了城卫军的注意,他们把刚刚进入梦乡的治安官大人从床上揪了起来,一起顺藤摸瓜找到那处地下大厅。

让一个组织严密的邪教在自己辖区,甚至自己眼皮子底下发展起来,治安官拜仁的心情绝对算不上好。好在事态还没有彻底失控,如果运作得当,这件事不但不会对他的仕途造成影响,还有可能成为一个晋升的契机。但不管怎么说,这都值得高贵的他亲自到污浊的下水道里走上一圈,至少在迎接城卫队上司怒火的时候,身上的污渍甚至轻微的刮伤,都会成为邀功请赏的筹码。

所以,被人从床上揪起来带到脏臭下水道中的治安官,心情并不算差。

在跟拜仁简单说明情况后，筱白旸和罗茜回到旅馆中，为化身稍作清洗。筱白旸坐在桌边，低头看着手里的一沓纸牌。

那是格蕾留在占卜屋中的，一共六张。直到这时，他才看清这些纸牌的全貌。纸牌共有四种花色，按照牌面上的说法，分别代表着创造、毁灭、力量和意志，格蕾留给他的占卜牌刚好是这四种花色。

难道这些纸牌真的能够预测命运？想到这里，筱白旸自嘲地笑笑，自己是个纯正的建造师，严谨的唯物者，自己的命运又怎么可能被世界簇中某个世界崇拜的神祇左右？

罗茜突然问道："你有没有觉得，最近的这些事，都跟纸牌上的预言很契合？"

话音打断了筱白旸的沉思，他愣了一下："什么意思？"

"你看，"女孩从他手里的纸牌中找出那张"石匠兄弟会"，"这张牌，我听见那个格蕾说是你，这不就是建造师吗？还有这张，什么'以身试火'，不就是在说她自己假装被献祭，想要抄写那个献祭符文的事吗？"

筱白旸笑笑："预言的猫腻就在于，在事件发生之后，如果你相信，总是会找各种理由把它往已经发生的事上联想，靠脑补让自己相信。"

他随手翻开一张纸牌，是在占卜屋中看到的那张"觅星者"，按照那个原住民占卜师的说法，这些占卜牌将昭示他未来的命运，如果她说的是真的，那么这张牌应该是接下来可能发生的事。

他又把目光移向其他几张牌，在占卜屋的时候没有时间细看，直到现在他才有时间看清牌面上的内容。

按照格蕾留下的顺序，第二张卡牌叫作"循环"，画面上是一条循环上升的潘洛斯阶梯，只能看到一个背影在阶梯上前行。

等他翻开第三张纸牌的时候，突然挺直了身体，那是一个原本绝不可能出现在这个世界的画面。纸牌的名称叫作"朋克舞者"，画面上是一条遍布霓虹灯的雨中街道，牌面上五颜六色的霓虹灯在夜色中闪烁，仿佛永远也看不到尽头。在挂满霓虹灯的高楼之间，一个穿着夸张样式的衣服、脚踩着悬浮轮滑鞋的人在半空中摆出一个怪异的舞姿。

在纸牌下面，有一行小字，应该是格蕾自己留下的："我不知道这幅场景是天堂还是地狱，又意味着什么，但它就那样出现在我的脑海中。我把它画了下来，成为这套占卜牌的一部分，我想这应该是它向我展示的未来，又或许是来自其他世界的声音。"

"这不是……那个化客吗？！"罗茜也注意到那张纸牌，惊道，"她怎么会知道这件事？"

"如果说是巧合，"筱白旸说，"那这也太巧合了吧。"

"你的意思是，这些预言可能都是真的？"

筱白旸摇了摇头："我从来不相信什么预言，刚才我仔细想了一下我们来到这个世界后的经历，我们都想当然地把那个格蕾当作原住民，可是你有没有想过，既然那个邪教头子是个下潜者，这个格蕾也有可能是真人，只是我们从一开始就没往这个方向想，否则，怎么解释她也能通过只对化身生效的界门协议？"

"是啊，枉我还担心她会不会出事！"罗茜愤愤道。

"我也只是猜测而已，"筱白旸似乎并没有生气，"如果有机会再见到她，再问清楚吧。"

两人沉默了一会儿。

"那……你接下来打算怎么办？"罗茜问道。

"先离开吧，我录制了全息副本，总要好好研究一下那个献祭符文再说。"筱白旸道，"再说，我已经下潜了一年多时间，都快忘了外面的世界长什么样了。"

罗茜被他的话逗笑了，随口问道："那要不要在现实世界见一面？"

"好啊。"

"你们这些常年下潜的人，不是都有社交恐惧症吗？我随口说说，你不是当真了吧？"

"下潜世界簇只是我的工作而已，我总归还是要有生活的吧。"

"你……就不怕我是个男的？"听他说得随意，罗茜反倒扭捏起来，"不怕见完面以后，连合作都没得做了？"

"你怕？"

"我……怕什么，那就上面见！"罗茜狠狠瞪了他一眼，"记得带着你找到的资料，让我们技术部门分析一下！"

"等等。"筱白旸伸手打断正准备上浮的女警官。

"怎么，怕了？"

"不是，"他摇摇头，"这是一个有奖励的角色扮演任务，我们帮治安官捣毁了邪教窝点，总要有些奖励，咱们拿了再走。"

"你自己去吧。"

"五百熵币呢，你真不要？"筱白旸伸出一根手指在她面前晃了晃，"合小一万现金，你当警察一个月挣多少钱？"

罗茜扑通一声坐了下来："不要白不要！"

10　上浮

筱白旸睁开眼睛，透过驾驶舱盖上透明的窗口和公寓的窗子，看到一片茫茫白雪。

一阵嗡鸣声在驾驶舱中响起，那是许多微动组件的电机被激活时发出的声音，意味着驾驶舱已经知晓他的醒来，开始为出舱做准备。

在确定驾驶员的生理指标稳定后，驾驶舱开始排空舱内的流体，这些流体分为两种，一种是溶解了大量氧气的维生溶液，用来在完全沉浸状态下帮助驾驶员呼吸；另外一种，则是填充在无数个绝缘泡囊中的电敏流体，在不同电压作用下，能够均匀地改变自身的体积和硬度，在驾驶员下潜的时候，模拟外力效果，牵引驾驶员的身体，以免他们因为长期缺乏运动而出现各种生理问题。

用于在下潜到世界簇时保障驾驶员生命体征的驾驶舱品牌众多，价格配置也各不相同，但所有驾驶舱的维生装置，都采用了几乎完全相同的构造和技术。

这些技术全部来自世界簇最基础的协议之一——生理机能维持协议（LSP）。

LSP 是一系列技术框架和协议的集合，这些年来，随着世界簇的发展，已经升级到第四代，与第六代 SHMI（标准人机接口）和 SACP（通用一致性协议）一起，被称作世界簇的三大基石。

"下午好，筱白旸先生，欢迎回到现实世界。"驾驶舱中传来一阵悦耳的女声。

随着富氧维生溶液被排空，筱白旸已经排出了肺里的液体，微冷的空气再次通过呼吸道充满肺部，带着一种火辣辣的撕裂感。他知道，那只是肺部在重新适应氧气载体，富氧液体呼吸的频次极低，每分钟只有 2–4 次，这种久违的空洞感让他有种肺部好像燃烧起来的感觉。

在一阵剧烈的咳嗽后，他的肺终于再次适应了吸入空气的感觉。

紧接着，电敏流体开始排空，他紧绷的身体缓缓松弛下来，直到双脚再次踏上冰冷的驾驶舱地板。

一阵温暖的微风在排空电敏流体后的泡囊间流淌，缓缓吹干他的皮肤，最后，用于清理排泄物的模组也完成最后一次处理，缓缓从裆部移开，让他的身体彻底释放开来。

"驾驶舱将在三十秒后开启，请确保您能够靠自己独立站立，如果您感到吃力或困难，可以随时中断舱门开启程序，您也可以抓紧舱门左右两侧的扶手，在完全适应后再离开驾驶舱。祝您生活愉快！"

舱门上的倒计时归零，一阵气体加压声后，驾驶舱门缓缓向外开启，再向左侧滑动打开。

筱白旸走出驾驶舱，赤脚踩在微凉的地板上，下意识抬手摸了摸后脑勺，直到手指触及一块冰冷的金属板，才放下心来。

那是 SHMI 的天线，用来与世界簇连接。按照 SHMI 的标准，世界簇中任何世界，都不许以任何形式模拟 SHMI 天线，所以许多长期下潜者，都会把这块天线作为判断自己是否在现实世界的唯一依据。

LSP 对驾驶员生理机能的维持效果不尽如人意。他蹒跚着走出驾驶舱，用了好几分钟时间，才让自己适应了现实世界的环境，喘着粗气走到窗户下的桌子前缓缓坐下。

筱白旸坐在桌前，又喘了一会儿，勉强打起精神，在视野中打开联系人列表，向罗茜发了一条信息："我已经上浮，去哪里找你？"

在脑干植入天线后，SHMI 完全不需要通过任何有线方式连接，就可以直接接入世界簇，一般情况下，在不切断外界感知的情况下，植入装置会在现实世界中提供各种增强视觉效果，在现实世界中叠加一层仅靠肉眼不可见的界面。

例如，你可以在高速公路上看到导航路径的浮空的路牌，虽然它们并非真的存在，SHMI 装置和视觉神经一起向大脑传递信息，你就会看到那些凭空出现的东西。

所以，在世界簇中的树形结构中，这种在现实世界中叠加视觉交互的分支簇，被叫作"绿区"，而在绿区中半下潜，是一种依然受现实世界规则掌控的安全下潜方式。

与之相对的就是橙区——完全屏蔽现实世界感知，沉浸到某个世界中的分支簇。

信息刚发出没多久，他就收到了罗茜的回复："开门。"

他转头看向公寓门口，SHMI 自动切出安保监控的视频，果然有个女孩正站在公寓门口。

筱白旸勉强站起身来，缓缓向门口挪去，走到门前才算勉强适应了用自己的双腿走路的感觉。

然后，他伸手打开公寓大门。

一股凉风从门外吹来，他不禁打了个寒战，直到注意到门外女孩瞪大的双眼和惊讶的表情，他才突然意识到，刚刚从驾驶舱中出来的自己，还没有穿衣服！

门外的罗茜似乎并不觉得羞怯，上下打量着他的身体，鬼使神差地冒出一句话来："还行，我还以为是个肥宅。"

说完便要往屋里走。

"你……等一下。"筱白旸一手捂住不该露出来的部位，一手猛地关上房门。

"砰！"

"哎呀！"房门重重关上，门外传来一声痛呼。

等他在卧室中胡乱找了身衣服套上，再次打开房门的时候，看到女孩捂着鼻子蹲在门口，眼中闪着泪光。

"你……没事吧？"他小心翼翼地问道。

女孩没好气地回道："你出来，我关门撞你一下试试？"话音里还带着浓重的鼻音。

筱白旸摸着后脑勺嘿嘿一笑，不好意思地把她扶起来让进屋子，这才注意到，女孩手里还拿着两份外卖餐盒。

"知道你下潜得久了，饿了吧？"罗茜看起来比想象中要年轻一些，个子高高的，看上去有些瘦，没有世界簇里那个量产型化身漂亮，但从里到外透着一股英气。

她似乎故意穿了一件很显成熟的风衣，只是红彤彤的鼻子和含着泪光的眼睛出卖了她，看起来十分可爱。

"谢谢。"筱白旸接过外卖放在客厅餐桌上。在下潜之前，他曾授权公寓管理机器人每天来清扫，屋子一直保持着洁净，看上去和上次下潜之前没有什么区别。

"也不知道你刚离开驾驶舱，都能吃些什么，给你带的都是容易消化的。"女孩像在自己家里一样，很随意地脱下风衣，打开外卖餐盒。

"我买了自动续费的强化生理机能套餐，"筱白旸说，"下潜的时候也有正常的营养摄入。"

"哦，对，忘了你还是个土豪，在虚拟世界里，一顿饭就能花三万块——在这里说虚拟世界，不犯你的忌讳吧？"

筱白旸摇摇头，随口问了句："你下潜的时候不用驾驶舱？"

"我下潜不会超过 8 小时，用不上那个。"

她打开一个较大的外卖盒，是一个一次性电池加热的火锅，另一个盒子里装满了各种串串，筱白旸无语地看着面前不断冒着热气的红油锅底，还有那些毛肚血旺脱骨鸡爪，忍不住问道："你管这个叫'容易消化'？"

"我说了吗？"女孩笑笑，"啊，你不吃啊，那对不住了，我先整了。"

听到女孩没来由冒出来的"川普"，筱白旸愣了一下，一把抢过筷子："整，整，给我留点儿百叶！"

两人打仗一样，把一盒火锅吃了个一干二净，筱白旸捧着肚子打了好几个饱嗝，桌子对面的女孩看着他满嘴红油的样子，突然"噗"的一声笑了出来。

"笑啥子？"他故意学着她的样子问道。

"没事，我在想，你下次下潜的时候要是拉肚子，那画面肯定很好玩儿。"

筱白旸老脸一红，不知怎么想起刚刚开门时的那一幕，看对面的女孩两颊也飞起了红晕，赶紧打了个哈哈。

"吃完了吗？说说正事。"筱白旸干咳了几声，把餐盒扒拉到一边，在桌面上轻轻敲了几下，调出一个增强视觉界面。他拖动界面，一个全息投影悬浮在桌面上方，正是他们在下水道大厅的献祭仪式上看到的符文。

"给我拷一份，给技术部门看一下。"罗茜也收起自己面前的餐具，擦了擦嘴说。

"不光是技术部门，"筱白旸想了想，"如果可以的话，最好还有密码学和语言学专家，我是说自然语言，尤其是象形文字方面的专家。"

"为什么？"

"这种符文，我感觉更像是一门语言，创造它的人应该很了解世界簇，也很了解语言学，如果是我，或者我熟悉的那些建造师，可没那么大能耐为了一个角色扮演世界专门创造一门语言。如果可以的话，能不能查一下这个世界的创造者是谁？恐怕只有他们才能明白这么复杂的符文，到底为什么能杀死一个 AI 原住民，甚至下潜者了。"

见罗茜没有回应，筱白旸继续说道："这个世界真的是一个奇迹，如果有机会，我一定要跟它的创造者好好聊聊——对了，等你们查到世界创造者是谁，能不能让我先见见他，问几个问题？"

女孩摇摇头："橙区的世界都没有备案，我上哪里去找创造者？"

"那你怎么找到我的？"筱白旸问道，他的声音中并没有责备和揶揄的意思，"就用你找到我的方法，试试看能不能找到那个世界的创造者。"

"呃……"女孩突然变得扭捏起来。

"有困难？"

"也不是，就是……"

"我知道了，"还没等她说完，筱白旸自己开口道，"耗费资源对不对？你们应该没有权限对一个橙区的世界启动调查，不像我这种独立建造师，你们说查就查了。"

罗茜如蒙大赦般点点头："对，对！"

筱白旸完全专注于桌面上悬浮的符文，并没有注意到她的异常："在希尔维世界里，我大概分析了一下，看出一些东西，我备注一下，到时候可以给你们的技术人员做一个参考。"

说着，他放大全息图像，并转了一个方向，将符文立了起来。

"一开始，我以为希尔维世界的符文，只是一种封装了的世界解构语言，用来表达和调用某个库里的函数，可后来——哦，对了，就是在这个符文差点儿发动的时候，我当时恍惚间觉得，这应该不是一种机器语言，而更像自然语言。"

说完，没等女孩开口，他又皱起眉头："不对，说是自然语言也不合适，它更像是被发明出来的虚构语言，就像昆雅语或辛达林一样。"

"那是什么？"罗茜问道。

"是托尔金发明的精灵……算了，那不重要，你只要知道，这种符文应该不是封装的世界解构语言就行了。"

"世界解构语言又是什么？"

"是……你可以这么理解，世界解构语言就是世界簇里的编程语言，建造师们用这种语言构造世界。"

"它们有什么不一样吗？"罗茜像一个好奇的学生一样问道。

筱白旸没有时间也没有那个耐性从头去跟一个对世界簇的了解近乎零的女孩科普这些在他看来非常基础的东西，但他还是点头道："差别很大，这就是我为什么说，最好能找一名语言专家来破解这种全新的语言，或者说，文字。"

语言和文字还是有区别的。筱白旸发现自己一直在强调"语言"，便改口称之为"文字"，但一个念头突然在他脑海中一闪而过，强烈的冲击让他呆立在原地，完全没有听到罗茜在说些什么。

好半天，他才回过神来。

"没错，语言。"他迎着女警官不解的目光说，"在希尔维世界，我们都在用绘制符文的方式调用那些实体，可如果这是一种语言，它一定还有发音。"

他再次放大符文，展现出更多细节来。那是一处十分繁杂的纹理，很难想象一个普通人，需要多强的记忆力，才能掌握如此复杂的纹路。

"你说的发音，是说这种符文可以念出来吗？就像咱们说话一样？"

"是的，"筱白旸点点头，"而且我有七成把握，念出符文一样会在希尔维世界里调用世界簇库里的实体，就像念诵咒语一样。"

"可是，这有什么用呢？"罗茜好像并不是很理解他的意思，"你不是说过符文是那个角色扮演世界的特殊功能吗？离开那个世界，它应该不会产生作用了吧？"

筱白旸轻轻擦去额头上的汗，反问道："那你有没有想过，如果这种符文并不只在希尔维世界，而是可以在世界簇通用的自然语言的话，又会怎么样？"

11　老朋友

"你是说……"罗茜的表情变得严肃起来。

"是的,"筱白旸知道,她应该理解了自己的意思,"如果这种语言可以跨世界使用,而且有某种读音,这种读音还能让世界簇识别并作出响应。咱们已经见识过了,它应该能使失去化身的下潜者猝死……想想吧,如果有人把这枚献祭符文做成音频在世界簇中广播,那将是有史以来最恐怖的武器。"

罗茜豁地站起身来:"把符文拷贝一份给我,我马上去联系上级。"

筱白旸将那枚自己标注过一些局部符号含义的符文发了一份给她:"那个邪教头子显然是懂这种献祭符文的,他现在在外面多活动一秒钟,都是难以预测的灾难,我们得分头行动,你去联系你的上级,想办法查清这种符文的来源,还有那个邪教头子的身份;我去找个语言专家——呃,可能还算不上专家,但应该能帮上点儿忙。咱们随时同步各自的进展吧。"

罗茜没有犹豫,点了点头,拎起桌上的垃圾:"那先这样,我去找人。"

目送年轻的女警官走出公寓,筱白旸这才稍稍喘了口气,控制眼前的增强视觉图像，调出一个许久没有用过的联系人电话号码。

沉默了几秒，他还是拨通了那个电话。

通信响了很多声才被接通，不出所料，电话是一个男人接的，他的全息投影凭空出现在公寓中，穿着一身优雅得体的休闲装，面上的表情十分平静，但却透着一种精英阶层的气质，与他比起来，筱白旸觉得自己永远都像一个没长大的孩子一样。

两人似乎完全长在互相对立的角度上，彼此看起对方来，似乎只有厌恶和不耐烦。

"曹审言。"两人默默对视了几秒，筱白旸还是先开口叫出了对方的名字。

"筱白旸。"那个叫曹审言的男人也叫出了他的名字。"听说你现在常年在世界簇里泡着，怎么有时间出来？"

"几个月前，我听说你们离婚了。"筱白旸说，"晴实的电话为什么会转接给你？"

"她还没搬出去，"曹审言看起来不太想提及这个话题，"她的驾驶舱还在家里，她下潜的时候，绿区的联系全部被拒收了，转接是离婚前设置的。"

说完，他顿了一下，似乎有些意外地反问道："你不知道？"

"哦，"筱白旸微低着头，不想看那张让人反感的冷漠脸庞。"那行吧，你先忙，改天有空再说。"

说完，他就要挂断电话。

"等一下。"曹审言突然开口叫住他。

筱白旸抬起头来。

"她留了一个世界地址，"曹审言发来一份加密的文档，"你去试试吧，她可能还在那里。"

"谢谢。"筱白旸瞄了一眼，挂断了通信。

对于普通人来说，世界地址是一串普通的编码，但对建造师来说，那只是一个非常简单的结构体，筱白旸只用了几秒钟就知道了那个世界的大体位置。

正如它的名字，世界簇是一个树形结构，每个世界都在某个特定分支簇上，就像绿区和橙区，就属于两个截然不同的分支。橙区中的大部分世界，也会分属于几个不同的分支，目前最深的分支，从橙区根节点算起，路径也不会超过七步。

曹审言给的世界地址，刚好是一个他很少涉足的分支簇下面的某个叶子节点，只有四级。他很容易就记住了那个地址，还有进入那个世界的通行码。

他要找的人是一位老朋友，如果可以，他宁可一辈子都不再联系她。

但她刚好是他认识的人里，唯一同时掌握昆雅语、辛达林语和克林贡语的建造师。虽然那只是她上学时的兴趣爱好，但既了解世界簇，又对人造自然语言有所了解的人，也只有她了。

她叫樱小路晴实，在世界簇刚出现的时候，和正在读大学的筱白旸，在世界簇中遇到了彼此。

当时的世界簇中，各种规则和潜规则还没有像现在这样完善，筱白旸和晴实很快熟悉起来，一起创造了许多世界。后来，在交换了现实中的信息后，那个女孩坐了几个小时的飞机，来到筱白旸所在的城市看他。

她很漂亮，是个混血儿，身上兼具两个民族的优点，但筱白旸当时整个身心都沉浸在世界簇中，便错过了这个或许最适合自己的女孩。

他的大学室友曹审言也认识了晴实。

女孩在这座城市住了一年才离开，从此便失去联系，直到三年前，在整理绿区信息的时候，他看到了一封来自曹审言的信息，才在其中看到那个熟悉又陌生的名字。

"我要结婚了，跟晴实。"

那条信息中只有八个字，不是邀请函，也没有炫耀的语气，这很符合曹审言的性格，似乎任何事都不能让他产生半丝情绪。

筱白旸只感慨了一会儿，便再次下潜进入另一个世界。虽然自认为对那个专程来看自己并等了自己一年的女孩，并没有什么特殊的情感，但在收到这个消息的时候，他还是觉得有些失落。

不知道为什么，他始终觉得，曹审言和晴实并不般配，不知道这究竟是为一个天才建造师沉沦现实世界而惋惜，还是些许醋意作祟的缘故。

但结婚是两个人的事，作为外人，他没资格说这些。

几个月前，在整理留言的时候，他再次收到关于曹审言和晴实的消息，却是关于两人离婚的。消息同样是曹审言发的，同样是没有夹带任何感情的五个字："我们离婚了。"

就像说的不是自己的事一样。

老实说，在听到两人离婚的消息时，筱白旸的确松了口气，但这并不是幸灾乐祸，而是他真的觉得，两人很不合适。

好在没有孩子，也就没有更多的羁绊。他想。

收起回忆，他再次拨通了罗茜的通信。

罗茜没有使用全息影像，传过来的声音很吵，像是在使用古老的手机。

"什么事？"

"我找到那个语言专家了，不过她在世界簇里，我可能还要下潜一次。"

罗茜那边传来一阵叮叮咣咣的声音，筱白旸听到她匆匆说了句："好，你先去，有结果就上浮，我先去找那个世界管理者的信息。"

说完，她就挂断了通信。

筱白旸苦笑着看了一眼公寓里的驾驶舱，看来自己上浮还不到两个小时，就要再次下潜了。

和许多建造师一样，他也把上浮到现实世界当作是给自己的假期，原本打算用一段时间在现实世界理清那个符文的内容，但现在他的假期不得不提前结束了。

他走回驾驶舱旁，想了想，将外部信息即时接收功能打开。大部分下潜者都不喜欢在自己下潜的时候有外界信息打扰，就像世界簇出现之前，人们看电影的时候不希望自己的手机一直嗡嗡响一样。但他需要随时跟罗茜联系，就不得不这样做——尽管这意味着他在下潜到那些世界的时候，不得不忍受各种突然在眼前弹开的广告和垃圾信息。

在做完这些后，他脱光衣服打开驾驶舱门爬了进去。将腰部固定在安全保护环内，穿好排泄物循环处理装置。

"启动下潜。"在做完这一切后，他发出了下潜指令。

在接收到经过验证的指令后，驾驶舱启动下潜流程，一个温柔的女声在狭小的驾驶舱内响起："正在启动下潜者生理机能保护程序，请在呼吸液注入前保持正常平稳呼吸。"

随着电机嗡鸣声，电敏流体比呼吸液更早注入舱内，数百条由薄膜包裹的液囊将他的身体包围起来。

"模拟肌肉运动机能开始测试。"

随着提示音，那些人工模拟的肌肉开始从头到脚有节律地收缩，像是一些有力的大手在按摩他全身的肌肉，那是帮助下潜者在长期下潜时保持机体活动能力的装置。

"运动机能正常，请注意，即将注入呼吸液。"

脚下传来一阵凉意，呼吸液从驾驶舱底部涌入，那是一种密度只有水的 1/4 左右的液体，能够同时溶解氧气和二氧化碳，在使用这种液体呼吸的时候，下潜者的呼吸频率会降低到一分钟 2-4 次，这样既不会压坏脆弱的器官和骨骼，也能保证氧气和体内废气的交换效率，确保下潜者既不会缺氧，也不会因为二氧化碳排出不及时而导致酸中毒。

"呼吸液检测完成，各项功能指标正常，请做好下潜准备，尽可能将气体呼出，缓慢吸入呼吸液……"

跟着驾驶舱提示音的指导，筱白旸缓缓吸入呼吸液，让微凉的液体充满自己的肺泡。

"请保持呼吸平缓，正在注入意识阻断液，倒计时 5、4、3……"

12   樱小路晴实

筱白旸没有听到倒计时完成的声音，每次下潜他都听不到最后的倒数，等他再次恢复神智的时候，发现自己已经出现在世界簇中了。

在没有进入任何一个世界的时候，筱白旸使用的是一套默认的化身，那是完全以他自己的形象复刻的，他几乎从来不会把这具化身带入任何一个世界，只是在自己的私人登录大厅中使用。

在他的私人登录大厅中，世界簇看起来像是一条有无数房门的长廊，他觉得这会让世界簇保持一种非常主观的神秘感。这是他自己设计的登录大厅皮肤，大多数普通下潜者使用的都是自己所属登录节点的公共大厅，在进入某个特定世界前，他们看到的只是半空中悬浮着的无数张屏幕。

他调取出曹审言提供的世界地址，再次确认了四级目录的位置，那是一个位于"实用科学试验"分支中的世界，地址信息和命名方式都相当规范。

当他发出"定位世界"指令后，周围的一切景象变得模糊起来，再次变得清晰时，他已经来到代表那个世界的大门前。

他很快意识到，这是一个科学试验型世界，世界簇中有很多这样的地方，大多数由各国政府、大公司或研究机构资助，用于高度模拟现实世界，以完成许多不方便在现实世界中完成的试验。

比如核试验。

这种世界一般都具有极高的安全措施，开门前筱白旸才注意到留给自己的是一串超高加密级别的一次性通行码，他突然意识到一个之前被自己忽略的问题——他和晴实已经很长时间没有联系过，可她为什么会在下潜前，特意给自己留下一个世界地址和通行码？

难道说，她早就知道，自己会来找她？

想到这里，他在世界门口停了下来。

"不管有什么问题，总要见到晴实才知道。"他把心一横，没有更换化身，一步跨入那扇大门。

穿过界门的过程很难用人类能够理解的语言描述，在世界簇的底层表达中，它只是将一段代表化身的代码注入世界中，在一致性协议的约束下，在目标世界中生成一个符合世界特征的形象实体。世界簇会审核这个实体，并赋予其在这一段簇上的合法性，在做完这些之后，下潜者便可以在这个世界中使用这个化身活动了。

但对于下潜者来说，这却是一段异常神奇的体验。也许早期设计者并没有考虑过下潜者穿过界门时的感受，对很多人来说，在簇上生成实体的过程，就像亲眼看着上帝创造生命一样，下潜者的意识会比实体化身更早进入世界，但他们什么都做不了，只能看着自己的化身渐渐成型，看起来就像无数个神经元在寻找彼此间的联系，在建立联系的瞬间，无数信息如同一场爆炸般诞生，信息中的每一个链条都紧紧束缚在目标世界所代表的节点上，成为世界本身的一个叶子节点。

然后，感知过程从玄而又玄的全息感官逐渐具象到视觉、听觉、嗅觉和触觉，整个过程只有一瞬间，但却可以清晰看到化身从一个注入声明开始，迅速膨胀为一个完整的形象，但这个形象是没有色彩的，SACP 到最后一刻才会对化身的外观进行渲染，直到化身完全进入世界之中。

这段经历说起来很长，对于下潜者来说，平均起来却不会超过 1 秒，在不到 1 秒的时间里，被动获取如此庞大的信息，对任何人来说都是一个不小的挑战，但对建造师来说，这已经是家常便饭了。

随着登录成功的提示音，筱白旸睁开眼睛，发现自己正漂浮在一个四面都是白色方格墙壁的长廊中。

这里是个连名字都只有标准代号的世界，代号很长，筱白旸根本记不住它，只隐约记得末尾是 S257901，便用这个代号来称呼这个世界。

飘在半空中的筱白旸转动自己的身体，观察着这个世界，从他所在的环境来看，这个世界可能根本没有加载重力引擎，所以他才会这么漂浮着。

普通人或许会不适应这种没有重力的环境，但对于建造师，尤其是经常建造新世界的建造师来说，这种感觉再熟悉不过了。

这条长廊大约有五十米长，宽和高大概都有两米五,四周的墙壁都是由五十厘米见方的白色方块构成的，每个方块的中间都有一个黑色的尼龙带，刚好能让人握住或把脚伸进去。

他四下环顾，终于在身后找到一个能够轻易够到的把手，借助它让自己靠近一处墙壁，把双脚固定在尼龙带中。

这种结构，就是为了让人们在无重力环境中控制自己的位置的，设计灵感来自现实世界中的太空。

整个长廊空无一人，这显然不是这个世界的全部——如果这样的话，前面一定有通向其他区域的道路。

筱白旸看准方向，松开脚下的尼龙带，让身体与四面墙壁平行，轻轻一蹬，借着反作用力向长廊的另一端飘去。

直到经过长廊中段的时候，他才注意到，这个长廊并不是完全密封的，在中间位置，有一处方格是透明的，可以清晰地看清外面的景象。

他伸手抓住一处把手，让自己在那个窗口处停下来，向外看去。

窗外是漆黑一片的太空，占据 1/3 视野的，是一颗蔚蓝色的星球，而视野另外一侧，则是一个看上去十分庞大复杂的人造天体，洁白而庞大的主体结构部分，一半在阳光的照耀下反射着明亮的白光，另一半则被隐藏在阴影中，看上去像是被一把巨大的刀齐刷刷斩断一般。

难怪没有重力，这个世界竟然是一个模拟的太空环境。

"贴图不错，是她的风格。"筱白旸会心地笑了笑。

这的确很像晴实的风格，她总是习惯把世界中的每一个细节做得无可挑剔，就像她在现实生活中一样。

他离开舷窗继续前进，很快来到长廊尽头。这里是另外一个身份验证终端，这也是他曾经跟晴实说过的一种想法，利用非对称界门和封闭的二次检测装置来屏蔽非法进入者，这样即使有人通过界门侵入世界，在没法通过二次验证的情况下，又没有离开这个世界的界门，只能在封闭空间中等死，或者不得不放弃这个化身。

"欢迎登录，一亿颗牙小白杨先生，请在离开登录准备区域前穿好舱外活动服，在进入拟真区域后，本世界将启用完全物理引擎，为了避免您的化身或其他财产损失，请务必按照操作规程进行活动。"

头顶上的六块壁板依次向左右滑开，一套舱外宇航服露了出来。

筱白旸借助把手转过身体，调整自己的位置正对舱外宇航服。这是一套与现实世界技术水平非常接近的舱外宇航服，采用大量在下潜驾驶舱中常用的电敏流体技术，几乎每块可活动区域都由若干条人造肌腱约束，穿脱都比许多年前的纯机械机构宇航服要方便很多，一个人就可以轻松穿戴。

穿好舱外服后，他在长廊尽头的舱门处按下气密开关。

"请注意，正在向气密舱加压。"

"加压完成，即将开启气密舱门。"十几秒后，舱门如同相机快门般向四周滑动打开，他拉动舱壁上的把手，让自己飘进气密舱中，身后的舱门应声再次关闭。

"气密舱即将开始减压，请确保您已穿好舱外服，并做好出舱准备。"

筱白旸让自己靠近气密舱门另外一侧，双手紧握墙壁上的把手，做好出舱准备。

"如果您是第一次进入本世界，请务必按照如下要求做好准备。"提示音再次响起，同时，在他面前出现一幅全息投影，就像在现实世界启动绿区增强影像一样。

像民航客机中的安全提示一样，这些图像中详细列出了出舱后各种安全措施和应急处置方法，他粗略地看了一下，按照其中的要求，打开腰部的储物模块，将安全索的电磁卡扣挂在舱门处的安全导轨上。

气密舱压力在靠近 0 的地方停了下来，周围立刻安静下来，外侧舱门轻轻打开，露出外面星光闪烁的太空。

筱白旸伏低身体，钻出舱门，这才看清自己所在的位置。

这条长廊是一座巨大空间站群的一个舱体，整个空间站群的主体部分看起来比他想象中的要大得多，呈辐射对称状，十几个外围舱体通过一些加固结构与核心舱连接起来，像一个长着十几对腕足的巨大章鱼。在辐射状的辐条上，每隔一段距离，便会有一个较大的突出物，应该是主体站的一些功能舱室。在主体站周围，还有几十个没有物理连接的子舱，大多数与空间站群主体保持同步运行，一些子舱正在围绕主体舱旋转，还有几个子舱正在变轨远离整个空间站群。

在他的右侧，巨大的蓝色行星刚好进入昼夜变更线，如同半颗晶莹剔透的巨大水晶球一般缓缓转动。

刚刚他在长廊中通过舷窗看到的，正是空间站的主体部分。

"一亿颗牙小白杨先生，您的邀请者已经知道您的来访，她正在 C7 号舱室等候您的到来，我们已经为您设置了自动导航，请将您的安全索调整为硬连接引导模式。"

筱白旸按照指示完成操作，腰部的安全索立刻收紧，只保留很短的一段硬质部分，将他的身体紧紧连在导轨上，沿着导轨缓缓移动。

对于长期沉浸在世界簇中的人来说，在高度拟真的空间站中进行太空行走，绝对是一个新鲜的体验。他的身体随着导轨移动，速度很慢，每到一个需要调整方向的节点，导轨都会缓缓减速，变向后再重新启动。他知道，这是为了尽可能降低能量消耗，虽然在世界簇中，这种模拟并不是必要的，但这些在现实中可能遇到的问题，都被一丝不苟地模拟了出来。

这些电磁导轨的设计十分巧妙，在没有舱体的桁架结构上遍布着八条导轨，最多可以让八个宇航员同时移动，而在有舱体的地方，安装在舱外的导轨更多，绝大部分都汇聚到舱门附近，以便出舱活动的宇航员从任何位置外出或返回。

直到这个时候，他才注意到，在这个相对静止的空间站群中，自己原本以为只是背景贴图的东西，都是真实存在的——这可真是一个相当大的工程。

在又一次减速后，他在一座看起来比其他舱体大一圈的圆柱形舱体处停了下来，电磁安全索再次释放开来，便于他转动身体去抓住舱门把手。

在失重状态下转身并不是件容易事，尤其是还穿着活动不那么方便的舱外宇航服。他想起自己小时候在纪录片中看过，想要在失重状态下转身，最简单的办法就是快速转动自己的一只手臂，受角动量守恒的影响，他的身体便会因此旋转，直到能够找到合适的角度抓住什么东西。

但这套舱外服的设计，显然比他想象中的要人性化得多，当他想要转身的时候，舱外服上的两个微型姿态发动机喷口便喷出一些介质，帮助他转过一个角度。

他顺势伸出双手，抓住气密舱门的扶手，拉开外舱门钻了进去。

随着舱门合拢，气密舱中开始加压，直到压力表上的数字停留在1个标准大气压后，内侧舱门才缓缓开启。

跟之前在登录通道中的舱门不同，这座 C7 舱室的舱门是向两侧滑开的，舱门的尺寸和现实世界中的普通防盗门差不多，即便穿着舱外服，也不需要费什么力气就能轻松通过。

筱白旸飘进内舱门，才注意到里面还飘着一个戴着眼镜的年轻女性。

13 重逢

由于失重，空间站中没有上下左右的直观感觉，在筱白旸的视野中，那个女人是倒立着漂浮在舱室内的，直到他通过舱门，才被她一把拉住，两人手忙脚乱地折腾了好半天，才让略显沉重的舱外服转过一百八十度，筱白旸眼中的世界完全翻转，这才显得正常起来。

墙壁上伸出一副支架，筱白旸在舱外服中动弹不得，被晴实吃力地推上支架。等到身后各处锁定装置全部咔嗒一声锁好，前侧各处护板才缓缓打开，让他从中飘飞出来。

筱白旸看着那个熟悉的身影，微笑着伸开双臂："好久不见，晴实。"

研究员打扮的女孩正是另一名世界簇建造师，筱白旸的老朋友樱小路晴实。他注意到，她的化身也是以真实形象为蓝本设计的，只不过经过一些微调，带着黑色窄边框眼镜，面部线条也被刻意修改过，显得有些成熟冷峻。

这很符合其他人对晴实的直观印象，但筱白旸知道，在被伪装的外表下，她其实是一个温柔中带着可爱的人。

晴实清冷的面容露出一个温柔的微笑，面部线条也变得柔和起来。

在短暂的礼节性拥抱后，她才笑着回应筱白旸的寒暄："白旸君，我这个作品，怎么样？"

她的语气中带着骄傲和期许，像极了一个考了好成绩，迫不及待地想要父母夸奖的小女生。筱白旸笑了，虽然两人已经很久没联系过，听说她又经历过一次失败的婚姻，但看起来晴实还是原来的样子，一点儿都没有变。

"非常完美。"筱白旸发自内心地赞许道。

他的话并不全是恭维，他自己已经许多年没有如此用心地设计过一个世界了，尤其是在到处充斥着"一键调用"傻瓜模块的现在，设计世界已经变成一种拼积木般的工作。虽然有能力的建造师依然存在，但大部分世界创造者，都只是在东拼西凑，通过猎奇的故事背景和世界设定，把许多成熟的模块拼凑起来，就连像他这样有想法的建造师，也只是力求在各种不同功能模块间平衡过渡，以免它们看起来太过生硬而已。

在最近几个月里，他看到的能够算得上富有创造性的世界，就只有希尔维世界和晴实创造的这个空间站世界了——前者对原住民人工智能和世界簇核心机制运用到极致，而后者则把对现实世界的模拟做到了细致入微的程度。

"其实，当时是想请你一起来建造这个世界的。"女孩示意筱白旸跟着自己，然后轻轻拉动墙壁上的把手，向舱室深处飘去，筱白旸微微一笑，跟在她后面进入这座舱室的核心舱段。"只是当时正在跟前夫处理离婚的事，状态不太好，又怕在你面前提起会让大家觉得尴尬，实在是羞于联系。"

两人在一面巨大的整体玻璃舷窗前停了下来，筱白旸心不在焉地点点头，赶紧转移开话题："这么精细的设计，光是模拟参数的设置，就得花上不少时间吧？"

晴实抓着墙壁上的把手转过身来，脸上带着骄傲的笑容："模拟参数？没有模拟参数，都是实时运算的结果。"

此时，整个空间站群刚好进入夜半球，透过这扇舷窗，他们可以清晰地看到占据整个视野的巨大星球。在星球表面上，散布着一片片由无数光点汇聚起来的光团，光团由一条条璀璨的光带连接，形成一张巨大的网。在靠近星球边缘的地方，一些光团正在缓缓熄灭，被一条若隐若现的蓝色弧线取代。

这些光团便是地面上的城市，此时此刻，两人如同在数百公里的高空俯瞰夜色下的星球，有种极其梦幻的不真实感。

筱白旸突然一愣，不可思议地看向晴实。

女建造师点了点头，脸上并没有什么多余的表情。

"你是说，这颗星球不是贴图，而是……一个完整的行星？"

"不只是行星。"晴实说。

行星表面的蓝色弧线顶点处，一个比所有光团都要耀眼的光点正在缓缓出现，强烈的光芒照亮了整个空间站群，整个星球看起来就像是一只镶嵌着璀璨耀眼宝石的蓝色指环。

筱白旸立刻明白了她的意思，他指着外面刚刚露出真容的恒星，半天说不出话来。

晴实又一次笑了，她的笑容中充满了开心和骄傲，就像一个看到自己所有的努力和付出都得到了肯定的孩子一般。

"没错，"在阳光中，她的笑容十分绚烂，"一个尽可能接近真实的世界，当然包括一颗真正的主序星，还有刚好在宜居带上的行星，这才是这个世界的真正样子。"

晴实说完便不再说话，筱白旸有足够的时间来感叹，等到他自己回过神来，看到女孩歪歪脑袋说："走吧。"

他跟着她继续向舱体内部飘去，绕过一个环形密封实验室，进入一个宽敞的生活舱室。

从舱室内部的设施和装饰来看，这里显然是一个用于居住的个人舱室。在现实世界里，受限于空间站尺寸问题，生活舱室不能造得太大，但在世界簇里就不一样了，虽然还是要考虑空间站体积对试验本身的影响，但至少不用考虑制造成本问题了。

筱白旸跟着晴实飘进舱室，女孩突然停下来，差点儿没撞到他的鼻子："白旸君，你先随便飘一会儿吧——反正这里也不能坐下，我去给你准备咖啡。"

"在……空间站里喝咖啡？"

"对，我特意弄了一台可以在空间站用的咖啡机，现实世界生产还有难度，但是在这里就容易多了。"

只见她飘到另一侧的墙壁前，掀开一块壁板，露出里面的设备："我把滤网放在低速离心机上，咖啡粉在滤网内侧，蒸汽从中间的小孔注入进去，因为模拟重力比较低，过滤时间比地面上长不少，口味会更浓一些。"

空气中顿时弥漫着浓郁的咖啡香味，筱白旸也飘过去，看到过滤后的咖啡液在离心作用下填满了设备外侧的一个环形容器。待设备停下来后，晴实把那个容器摘下来，随手丢向他。他伸手接住那个环形咖啡杯，凑到鼻子前闻了闻。

在世界簇中，所有的气味和味道，都是通过 SHMI 在下潜者的大脑中模拟出来的，能够做到尽可能接近现实，已经相当不易了。

"你好像很享受这里的生活，"筱白旸把防烫吸管凑到嘴边喝了一口，"如果这算生活的话。"

"为什么不算？"说话的工夫，晴实也给自己准备了一杯咖啡，"这里什么都有，还没有外面那么多烦心事，投资人从来不问进度，只管付钱——怎么样，要不要来一起做？"

筱白旸没有回答，反问道："晴实，这个世界……都是你一个人做出来的？"

"我只负责设计和构建世界，"晴实很诚实地答道，"投资人还配了一打的物理学家和数学家来优化物理引擎，对了，还有许多现实世界的工程师……这个空间站群是完全模拟真实环境的，说不定哪天，你就能在近地轨道上看到它了。"

筱白旸听出了她话里的意思："你是说，这是……政府投资的项目？"

晴实点点头："这么说也不算错，准确地说应该是合资项目，空间站是政府投资的，轨道上还有一些太空度假村，是项目副产物，有些不差钱的土豪老板入股，嵌套在这个世界的底层框架上，对外宣称是太空主题乐园……你要参加的话，可以分到 2.5 个点的股份，怎么样，来不来？"

筱白旸笑着摇摇头："最近我也刚接了一个大活儿。"

他看到女孩眼中闪过一丝失望的神色，做工精良的化身完美地复现了她那个细微的神情。

这是筱白旸第二次看到她的失望，上次还是在几年前，当她问要不要在一起，自己却沉默的时候。

短暂的沉默后，筱白旸率先开口道："对了，你跟曹审言……"

"是和平分手，"晴实不自然地笑笑，"在一起过了两年，说的话加起来也不超过十句，双方都觉得不合适，结婚本来也是凑合，就分开了。"

"我跟你联系的时候，是他接的电话，我还以为你们……"

晴实的表情突然凝固了。

"你说什么？"

"联系你的时候是曹审言接的，他说你们还住在一起，是他给了我这个世界的地址和通信码。"

晴实的脸色缓缓沉了下来，低声骂了一句"あのカス"（那个人渣），这才对筱白旸说："离婚后我就离开了，他应该不知道我的住址，还有，他为什么会接到你打给我的电话？我以为你是听到自动回复才找来的。"

"自动回复？"

"这个项目开始前，我想请你加入，可当时你正在世界簇里，联系不上，只好给你留言，想着你上浮后如果看到就可以联系我；但因为我也要下潜，就设置了自动回复，你不是看到回复才找来的吗？"

筱白旸也皱起眉头，似乎有一个念头在他脑海中一闪而过，想要去抓住什么，却又没有一点儿头绪。

"我没有收到你的留言，"他说，"而且，我是因为别的事要找你才打过去的，如果曹审言不想让我见到你，应该不会把你留下的信息给我——这说不通啊。"

　　看来，两人绝对不是什么所谓"和平分手"，只是不知道晴实为什么不愿告诉他真正的原因，但这是他们两个人的事，筱白旸并不想过多干预。

14　有人想杀我们

"先不管他了，"晴实摆摆手，"白旸君，你今天来得正是时候，再过半个小时，项目验收组的人就要进行模拟重力系统终验，你正好可以一起体验一下。"

"模拟……重力？"在世界簇建造师的语境中，模拟重力只是一个简单的参数设置而已，筱白旸一时没理解她的意思。

"哦，是在尽可能拟真的太空环境中模拟重力，"晴实指着已经停止旋转的离心咖啡机，"像那样。"

筱白旸恍然大悟，原来她说的模拟，是指在失重环境下，让空间站像离心咖啡机一样转动起来，用离心作用来模拟重力效果。

早在一个世纪前，就有人提出过用这种方式来在太空中模拟重力，但因为模拟理想的 0.5G 重力需要的环形半径过大，受限于制造工艺和工程难度，一直没有成功实施过。而这个完全拟真的世界，正好能够创造一个非常理想的试验环境，的确很适合这种模拟试验。

建立像这样逼真的物理模拟环境耗资巨大，但和动不动就把几百吨重的空间站发射到外太空的现实世界空间试验比起来，这种投入基本等于免费了。

"道理很简单，"筱白旸点点头，"读过高中的人应该都明白，可是就算我是个门外汉，也知道这玩意儿绝不可能那么简单。"

"没错，这就是我为什么想让你参与这个项目，"晴实说，"这已经是最后的终验测试了。在你来之前，我和物理学家、工程师顾问团队已经反复试验过几十次，空间站群也重建了十多次，今天之前的六次试验都没有任何问题，所以才会让投资方来验收。"

筱白旸看着观测窗外足有一公里直径的巨大结构，微微点头："我能想到的也是这个问题，到底什么材质才能支撑这种庞然大物的自重，而且是长时间支撑。"

"现实中暂时还不存在这种材料。"晴实说，"这是目前唯一不符合现实世界情况的地方，我修改了 114927 号马氏体实效钢的抗拉强度，并且给出了实际的物理指标。现在，另外一个工程师团队正在现实世界中研发能够达到这个指标的材料——只要能够实现，这个庞然大物就会变成现实。"

她说这些话的时候，眼神里充满了光芒，似乎已经忘记了刚才因为曹审言引起的不快，筱白旸默不作声地微笑着，直到她发觉自己有些失态，才不好意思地低头笑了笑："对了，你说有别的事找我？"

筱白旸点头问道："你的验收测试还有几分钟？"

"二十多分钟，反正也是闲着，说说你的事吧。"

筱白旸把轮滑化客的死，还有自己在希尔维世界中遇到的事简单地说了一遍，这才把那个从下水道地下仪式中抄来的符文投放在两人中间的空中。

"起先我以为只是那个世界的创造者设计来代替世界解构语言的符号，刚开始我还看过很多爱好者写的方法库，但越到后来，我越觉得不对劲，我总觉得这应该是一种人造的自然语言，而不是汇编语言。"

说着，筱白旸挥了挥手，半空中的献祭符文立刻被分解为许多零星的符号，每个符号都自成体系，与其他符号相互联系又各自隔离。

"你的直觉很准确，"在良久的沉默之后，晴实点了点头，"这应该是一种人造的自然语言。"

"为什么？"

晴实轻轻推动墙面，把自己送到半空中漂浮的一个符号附近："按你刚才介绍的，这个符号的含义应该是'请求'。"

"没错。"

"还有这个，你说一直不理解它的含义，但我分析，它应该是一个代词——很显然，机器语言是不可能有这种东西存在的。"

筱白旸正要说话，却见她继续说道："但是，这里这个符文，是这两个符号的结合——你说过，这个符号的作用是屏蔽环境噪声的，就像一个封装好的函数一样可以随意调用。我一直在想，为什么两个符号放在一起，就会表达出完全不同的意思？"

"我也想过这个问题，所以才怀疑它是人造的自然语言，创造它的人好像在故意增加学习难度，两个符号放在一起，完全是不相干的另外一个含义，这两个符号就不是词素，而是独立的词了。"

晴实又想了一会儿，摇摇头道："不对，人类的大脑不可能学会这种语言，更别说发明了，而且像你说的，在强行记住某些符号后，它还能让你调用世界簇中的实体，这应该是一种奇怪的组合，用人造的自然语言调用世界簇……"

她的话没说完，两人同时愣住了。筱白旸有些激动地看向晴实，从她的眼中看到了同样的含义。

"世界簇为什么会回应它？"筱白旸脱口而出道。

"世界簇懂得这种语言？"几乎同时，晴实也问道。

筱白旸突然在身上四下摸了起来，晴实立刻会意，从胸前的口袋里摸出一支铅笔递给他。筱白旸接过笔，随手在舱壁的白色板块上画了一个符文。

两人满怀期待地等了半天，符文静静地躺在雪白的舱壁上，什么都没有发生。

"我们想错了吗？"女孩失望地说。

"不一定，也许在这个世界，世界簇无法理解画在纸面上的符文。"筱白旸摇摇头，"如果我们的推测没有错，应该有另外一种方法，让世界簇理解这些语言的含义。"

"有点儿意思，等这次测试结束，我跟你一起调查这件事。"晴实说，"在这之前，我得上浮一次，搞清楚曹审言到底想干什么。"

筱白旸的私人通信突然响了，是罗茜打来的。在进入世界簇之前，他曾关掉外部信息屏蔽，以便于她打进来的时候自己能够接到消息。

他示意晴实稍等一下，接通了即时通信。

"筱白旸，你在哪里？"世界簇中的通信并不需要通过听觉器官，罗茜的声音像是直接在他脑海里响起，SHMI 精确还原了通信双方的语气。女警官的声音听起来有些着急。

"在世界簇里，"他答道，"正在解决符文语言的问题，已经有了一些头绪，怎么了？"

"是不是×××××× S257901 世界？"

筱白旸看了一眼增强视野中的世界信息，这个世界没有名字只有编号，最后几位的确是 S257901。但他不记得自己什么时候把这个消息告诉过罗茜。

"是。"

"听我说，"罗茜的声音显得有些焦急，"我找到希尔维世界的创造者了，有人从他那里买了献祭符文的 NFT 音频[①]，我们追踪了它的去向，它被带去了那个什么 S257901 世界，我怀疑……"

通信突然中断了，筱白旸抬起头看向晴实。

"怎么了？"

"有人买了能要人命的符文，放在这个世界里，"筱白旸抓住她的手腕，"有可能是针对我的，我们得想办法离开这里。"

晴实睁大眼睛，脱口而出道："是曹审言！"

一股寒意涌上来，虽然在世界簇中，筱白旸还是打了个寒战。

"可是，"晴实突然停下来，"刚才我们已经试过了，在这个世界，那些符文没有什么用。"

"我们忽视了一点，"筱白旸习惯性地舔了舔嘴唇，"符文既然是一种语言，总会有声音，这个世界虽然不会对画出来的符文做出回应，但声音就不好说了。"

"那我们直接离开这里。"晴实抬起手，筱白旸知道她想要调出界门，但十几秒过去了，什么都没有发生。

---

① NFT 是一种利用区块链技术（在这本书里是类似于区块链的簇技术）生成的、不可复制的数字艺术品，在世界簇中，可以通过智能合约来限制它的播放次数，故有"一次性音频"的存在。

"有人屏蔽了界门，"她说，"实在不行我们强行上浮。"

筱白旸伸手阻止了她："在这个世界强行上浮会怎么样？"

"最多废掉一个化身罢了。"

"不行，"筱白旸摇摇头，"你忘了我说的那个化客是怎么死的了？献祭符文对我们的化身使用，最多只是眩晕一会儿，但如果意识和化身分离，这东西可是致命的。不管怎么说，我们当前的化身不能死，得想其他办法离开。"

就在这时，空间站体开始轻微颤动起来，一阵低频振动顺着舱壁传过来，发出低沉的嗡鸣声。

15　地心引力

让整个空间站主体转动起来需要的能量极其庞大，为了让空间站中的人类适应，转动的角加速度很低，在最初轻微的抖动之后，空间站就再次恢复平稳，即使一直在加速，也几乎感知不到了。

在物理学家和工程师的帮助下，整个空间站经过非常精确的配平设计，旋转是围绕质心进行的，几乎没有任何偏振现象发生。

随着空间站的旋转角速度增加，舱室中未固定的物体开始向外侧舱壁缓缓掉落，筱白旸和晴实也从半空中落下来，重力感再次出现在两人身上。

"空间站设计标准模拟的重力是 0.4G，这是比较理想的状态。"模拟重力出现后，晴实解释道。

筱白旸的心思完全没有在这上面，从外侧舱壁上爬起来，他轻轻踮了踮脚尖，试着让自己适应低重力下的运动："我们还是得想办法离开这里，我总感觉有什么不对。"

他的话音刚落，一阵低沉的咯吱声从头顶处传过来，像是一连串沉重的闷雷。

"这声音不对。"晴实皱起眉头。

"有没有办法去其他空间站？"筱白旸看向舷窗外正在变化的景象，"先离开这里再说。"

晴实摇摇头："模拟重力的时候，大部分运输器都不能用，得先到空间站核心舱，那里有一艘货运飞船，可以正常离轨。"

又一阵闷雷般的声音从头顶处传过来，随之而来的是一阵剧烈的震动，就像身处地震中心一般。

"空间站的连接结构撑不住了，"晴实脸色沉下来，"这不应该啊。"

筱白旸看了看头顶处的舱门："没什么不可能，不管是不是曹审言干的，如果连这个世界的界门都能屏蔽，偷偷修改你调整过的马氏体实效钢强度就更简单了。"

说完，他心中默默计算了头顶通道的高度，双腿用力一蹬，伸手抓住距离自己两米多高处的通道门把手。

"小心！"

他听到晴实出声提醒，还没明白是什么意思，就用力拉开舱室通道门，一堆乱七八糟的东西从通道中掉落下来，好在重力只有0.4G，他只是吓了一跳，并没有被砸到。

"去 C7 舱入口找舱外服，"筱白旸一手拉着把手，一手伸向下方的女孩，"如果空间站解体，失压就能要了咱们的命。"

晴实跳起来抓住他的手。筱白旸用力一拉，把她送进来时的通道，自己也一翻身钻了进去。

C7 舱室的通道是弧形的，在设计的时候，似乎并没有考虑过模拟重力时的问题，他们只能用舱壁上的尼龙把手一点点地向上爬行，好在重力不高，除了偶尔从头顶上沿着诡异弧线掉下来的高空坠物，并没有什么别的危险。

但在离开通道的时候，空间站因为应力而发生扭曲变形的声音再次传来。筱白旸透过通道上的观测窗，看到一个舱室从主体结构上脱落，径直向 C7 舱室砸来。

"抓紧！"舱室又是一阵剧烈的震动，眼看着晴实从头顶上方掉落下来，筱白旸急忙抬起双腿，牢牢夹在她的腰部，这才把她拉了回来。

"警告！舱内正在失压，请穿好舱外服，尽量避免活动并等待救援……"舱室中闪烁起红色的警示灯光，失压警报声凄厉地响了起来。

筱白旸双腿紧紧夹住晴实的腰，后者却闭着眼在半空中胡乱地扭动着，好不容易才抱住筱白旸的腰。

"你别乱动，"筱白旸喊了一声，这才让她平静下来。

"听我说，"他低头对她说，"我头顶上就是减压舱，一会儿你抓着我的手，我先把你甩上去，你再拉我上去，明白吗？"

晴实抬头看了一眼，微微点点头。

"准备好。"筱白旸用右手握紧尼龙把手，松开左手递向晴实，紧紧抓住她伸上来的手。

他松开双腿，同时用力向上一拉，将左手拉着的女孩向头顶上方的弧形穹顶甩去。晴实借着他的力量高高跃起，将将抓住气密舱门处的把手。

紧接着，她像一个体操运动员一样，敏捷地倒转身体，从打开的舱门处钻了进去，俯身向筱白旸伸出手来。

"白旸君，来！"

筱白旸收回左手抓稳舱壁上的把手，又用双脚勾住另外两处把手，把自己固定在墙壁上，摇了摇头："你先穿上舱外服。"

"我不明白，"晴实说，"这具化身死了，我们一定会死吗？"

舱内正在失压，空气越来越稀薄，由于完全物理引擎的模拟效果，筱白旸觉得胸腔像火烧一样灼热，已经有些喘不上气了。

"我不敢冒险，"他还是用力说道，"尤其是知道曹审言故意让我在这个时候进入这里，又买了那个能杀人的符文的时候——快去吧！"

晴实看了他一眼，消失在通道口内。

筱白旸喘着粗气向上爬了几个格子，用力打开舱室内的储物室，里面果然有一套舱外服。他一手紧紧抓着把手，另一只手把那具硬质舱外服扔进气密舱，这才喘着粗气继续向上爬行。

等他自己进入气密舱的时候，舱内气压已经降到不足 0.3 个标准气压了，视野中一片漆黑。虽然是模拟出来的，但是仍然让人有强烈的窒息感。

一般情况下，这个时候只要自己主动放弃，意识就会脱离这具化身回到登录大厅，但他知道，此时如果这么做，迎接自己的将会是什么。

一个玻璃面罩突然从头顶上落下来，稳稳戴在他的头上，筱白旸只觉得肩部一沉，紧接着，纺织物和金属的触感包裹了他的全身，增强视野很快恢复了正常。

他知道，是已经穿好舱外服的晴实救了自己。

"砰！"脚下的气密舱门被她一脚踢回去，紧紧锁住。

"呼叫核心舱，立刻结束模拟重力测试。"晴实打开舱壁上的通信器呼叫着谁，但声音很小，通信器中也没有传出任何应答。

"别白费力了，他们听不到的。"筱白旸喘匀了气，苦笑道。

晴实又呼叫了几次，没有收到任何回应。

筱白旸站起身看了看气密舱壁上的仪表，当前舱内还保持着 0.3 个大气压，减压装置已经坏了，如果不能抽干舱内空气，他们会在打开舱门时，被舱外真空负压吸出去。气密舱门上没有观测窗，但他知道外面到处都是各种高速移动的金属构造体，如果被吸出去，失去姿态控制的两人，大概率会被某个公交车般大小，速度比喷气式客机还快的东西迎面撞成一滩肉泥。

"我们不能在这里等死，"他转身对晴实说。

"现在怎么办？"

"电磁安全索还能用吗？"筱白旸问。

"安全索是舱外服上的电池供电的，应该可以用。"

"那就赌一把！"筱白旸说着，从腰后的储物盒中拉出安全索锁扣，挂在舱门前的导轨上，又帮晴实挂好安全索锁扣。

在确定锁扣还能生效后，筱白旸做了个倒计时的手势，晴实点点头。

当他收起最后一根手指时，晴实猛地拉动气密舱门的手动阀门，在气压的作用下，舱门砰然开启，两人被舱内仅存的空气裹挟着冲出舱门，又被身后的安全索狠狠拽回舱门附近，缓冲绳索立刻收紧，让两人紧紧贴在 C7 舱室外壁上。

筱白旸回头看了晴实一眼，透过玻璃头盔可以看到她在说着什么，但因为完全物理引擎的原因，隔着舱外服和外界的真空，他一个字都听不到。他拉起女孩，把舱外服头盔贴在她的头盔上，让声音通过相互接触的头盔传过来。

"咱们这个连接结构断了，安全索过不去，得从隔壁那个旋臂过去。"晴实说。

筱白旸抬头看了一眼，摇摇头，捧着晴实的头盔贴近自己，看起来像在隔着头盔亲吻她："来不及了，等我们过去，那条旋臂恐怕也会断，咱们直接跳过去。"

"不行，有科里奥利力影响，我们跳不过去。"

筱白旸用了好一会儿，才想起这个高中物理和地理中提到过的概念，暗骂了一声道："不管怎么说，咱们先上去，中间的离心作用效果小一些，说不定有什么别的办法。"

隔着玻璃头盔，他看到晴实点了点头，这种情况下，也只能这样了。

筱白旸把自己的安全索锁扣摘下来，重新挂在女孩那根导轨上。两人一前一后，向不停旋转的空间站核心舱方向爬去。

不知为什么，他想起了自己在其他世界中爬过的山峰，只是这座由金属构造的山峰在一个直径接近一公里的圆环中央，还在不停旋转，偶尔还有比炮弹还快的空间站碎片不知从哪个方向砸过来，比过去那些攀登运动刺激多了。

不管怎么说，空间站的核心舱有一艘货运飞船，那是他们唯一的机会。

好在旋转产生的模拟重力越往里就越小，筱白旸沿着导轨爬了一会儿，觉得身上的重量也减轻了不少，但在离开 C7 舱室一百多米的地方，他不得不停了下来。

身后的晴实敲了敲导轨，似乎在问他怎么了。他侧开身子，把头顶上方的景象展示给她。前面的导轨不知道被什么东西撞断了，几条参差不齐的断茬静静地悬在头顶上方不远处。

离断茬处距离最近一处通往核心舱的导轨足有十几米远，筱白旸估算了一下，就算没有那个倒霉催的科里奥利力，就算在差不多0.3G 的模拟重力下，他也跳不了那么远。

脚下的晴实突然用力拍打起他的舱外服，筱白旸低头看了一眼，突然感到有什么东西从自己头顶上方飘过，等到看清的时候，才发现那是一个舱外服，一根金属杆穿胸而过，里面是空的，应该是化身死亡后被自动回收了。

如果不是晴实提醒，那件舱外服会径直砸在筱白旸身上，那个倒霉的宇航员或许只是被毁掉了一个化身，但他就不一定了。不知为什么，他坚信只要自己的化身在世界簇中死去，那个献祭符文就会要了现实世界中的自己的命。

又一阵剧烈的震动沿着导轨传过来，在两人脚下，C7 舱室已经无法承受巨大的自重，开始缓缓解体。

"我有个想法。"他松开一段安全索，让自己落到晴实身边，贴着她的头盔说道，"右边那根导轨离我们有十几米，我刚看了安全手册，舱外服安全索长十六米，应该可以甩过去，等一下我把安全索全都放出来，你想办法把我抡起来甩过去，等我抓住那根导轨，你再解开锁扣，我拉你过去。"

筱白旸的想法十分冒险，他说的那根导轨，是从核心舱伸出来的所有导轨中最长的一根，如果成功了，两人完全可以顺着它一路爬到核心舱附近。可稍有不慎，他就会像贴在滚筒洗衣机壁上的蜗牛一样，被铰成一堆烂肉。

可眼下也没有更好的办法了，晴实沉默了好一会儿，才点了点头。

看到晴实没有反对，筱白旸从背后放出所有安全索，隔着舱外服头盔，对她微微一笑，纵身高高跃起。

他的身体划过一条诡异的曲线，先向导轨的方向飞出一段距离，但很快在旋转的作用下向圆环外侧掉落下去，挂在他身上的安全索，另一端牢牢吸附在导轨上，而距离固定点不远的位置被晴实抓在手中。

安全索绷直的时候，他看到女孩用力拉动安全索，让他像荡秋千一样摆动起来，来回好几次后，终于找到一个合适的角度把他甩了出去，使他划过一个标准的弧线，向十几米外的导轨飞去。

两人运气不算差，在整个过程中，并没有什么碎片从附近飞过，但直到最后一次摆动后，迎面飞向那根导轨时，筱白旸才意识到自己忽视了一个非常严重的问题。

虽然重力很低，但自己的化身加上全身的舱外服，足足接近两百公斤，而他此时摆动的速度接近每秒 10 米，径直撞上导轨的话，那种冲击力不亚于背着一百多公斤的钢铁从三层楼上跳下去。

"糟了！"

他脑中只闪过一个念头，整个人就重重撞在导轨上。

16　听天由命

有那么一瞬间，筱白旸觉得自己已经死了。

那是一种很奇特的感觉，就像在放弃化身强行上浮的时候突然清醒过来一样，他似乎获得了全知的视野，目力所及之处的一切突然静止下来，就像在一个暂停的全息体验副本中一样。

他能看到自己的化身正死死抱着那根导轨，安全索拖在他的身后，绳索的另一端连在另外一根导轨上，那根导轨和它所在的结构体已经从空间站的辐射状结构中解体，而晴实还牢牢固定在那根即将分离的导轨上。

在更远的地方，一个较小的舱体撞在另外一个大型混合燃料舱体上，发生剧烈的爆炸，但无声爆炸的火光静止在这一瞬间，像是被时间牢牢冻结起来。

筱白旸想，如果这世界上真的有灵魂，当灵魂出窍时，看到的世界应该就是这个样子吧。

"还是要死了吗？"他想。

于是他在无声的太空中闭上眼睛，静静等待那个献祭符文的NFT副本发出的致命声音。死之前至少可以听到那种能与世界簇交流的声音，也算"朝闻道，夕死可"了吧。

可过了很长时间，都没有任何声音传来，周围的一切都如太空般死寂，直到一个声音在脑海中响起。

这种感觉十分熟悉，是下潜者们通过世界簇远程联络时的感觉："可惜了。"

筱白旸想要睁开眼睛，却发现自己完全动弹不得，似乎失去了与化身的所有连接，除了意识仍然活跃之外，再也不能感知到任何东西。

"可惜'死亡诅咒'只有一份，"那个声音继续说道，"只给你用，太浪费了。"

声音似乎被刻意修饰过，无法分辨出音色，但筱白旸还是立刻知道了那是谁。

"曹审言！"他回道，"你到底要做什么？"

"你看不出来？"那个声音冷笑道，跟记忆中的曹审言一模一样，"我花了那么大力气，把你们凑到一起，你心里就没点儿数？"

筱白旸"苦笑"一声——如果在现在这种状态下还能笑得出来的话。他当然知道曹审言在做什么。

曹审言费尽心机把自己和他的前妻弄到一个世界里，黑掉所有界门，又搞来一份杀人的诅咒，为的就是神不知鬼不觉地伪造一场意外，悄无声息地杀死两人——化客事件之后，这种下潜者猝死的事故发生过好几起，人们自然会把他们的死归结为世界簇的意外。至于曹审言，虽然可能有嫌疑，但是大概率会逍遥法外。

"为什么？"

"为什么？"曹审言的声音中充满不甘，就算在世界簇中，筱白旸依然能感受到那种充满怨怼之意的情绪，"当年你不辞而别，晴实赌气答应我的求婚，可她做梦的时候都在叫你的名字。这两年，我时刻都在提防你像当时突然离开那样突然回来，你知道那是什么样的折磨吗？还有她，你知道妻子的冷漠和无视，对于一个丈夫来说是一种什么样的煎熬吗？离婚前我得了重度抑郁症，就算离婚，也没有哪怕一丝好转……这些天以来，我一直在寻找让自己解脱的方法，我想过很多方法，只有我正在做的事，才能让我睡上一个好觉……"

他的声音越来越高，越来越疯狂，时而像是在疯狂的咆哮，时而又像在呓语。

筱白旸默不作声，曹审言却像被什么人按下什么开关一样，滔滔不绝地讲述着这些年以来发生的事。筱白旸觉得，他这一辈子和自己说过的话，都没有这么多。随着曹审言的碎碎念，筱白旸终于理清了整件事的缘由。

曹审言是一个喜欢走极端的人，他出身贫寒却成绩优异，整个人就是骄傲与自卑的完美聚合体，沉默而孤僻的性格，让几乎所有同学都对他敬而远之，直到毕业后，也只有室友筱白旸，勉强算是能跟他聊上几句的朋友。

后来，晴实出现了，那是一个各方面都非常优秀的女孩，曹审言觉得只有这样的女孩才能配得上他骄傲的灵魂。他本以为她会折服在自己的才华下，可那个女孩的心，却只在筱白旸这个他平时不怎么看得起的技术宅身上。在看到她卑贱地向筱白旸示爱后，曹审言觉得自己已经愤怒到极点，就像被背叛一般。可更让人无法忍受的是，那个不知好歹的筱白旸，竟然偷偷跑了，仿佛在无声地嘲笑与羞辱自己。

在自卑与骄傲的折磨中煎熬了很久，曹审言还是决定低下骄傲的头，来抓住这次机会。他花光所有积蓄买了一枚戒指，向晴实求婚。他本以为自己会被拒绝或羞辱，可没想到自暴自弃的晴实竟然答应了他。狂喜之下，他并没有意识到，她只是想用这种方式来报复筱白旸的离开，仅此而已。

就像许多不那么愉快的爱情故事一样，这个故事以婚礼开始，却在冷漠与无视中无疾而终，只留下一个将自己的灵魂反复凌迟般折磨的疯子。

"所以我想，在你们最熟悉的地方，亲手杀死你们，才是唯一能够让我痛快的事。好在老天有眼，终于让我找到了机会，我用了很长时间才找到这个死亡诅咒。只可惜，这种滋味，恐怕只有你自己来体验了。"

"如果咒语管用，我们俩刚见面的时候，你就可以用了，"筱白旸说，"为什么非要等到化身毁掉？"

"他说……咒语对下潜者……"曹审言的声音突然断断续续，变得不稳定起来，"效果并不明显，只有在化身失联，意识处于游……态的时候……"

"他是谁？"筱白旸突然注意到，周围的寂静中依稀有轻微的嘶嘶声音，像是气球在缓慢泄气一般，他一边大声问，一边寻找那个声音的来源。

可曹审言的声音变得越来越模糊："虽然只杀……少了一半，但……她会……痛不欲生……似乎也不错了……"

"曹审言，你冷静点儿。"意识到他要播放那个所谓的"咒语"，筱白旸试着去做最后的努力，"你有什么问题，我们可以当面聊聊，没必要非要……"

曹审言的声音消失了，周围只有那种像漏气一样的嘶嘶声响。

对了，是漏气的声音！筱白旸终于意识到那声音是从哪里来的。还能听到声音，说明自己的化身还没有死。曹审言说咒语对化身没有作用，那么，他只要回到化身中，他就无法杀死自己。

他循着嘶嘶声传来的方向，猛然睁开眼睛，刚好导轨急速逼近，狠狠撞在自己的头盔上，坚硬的舱外服面罩顿时出现一片蛛网般的裂纹。

这个情景像是电影回放一般，等他恢复对化身的控制，时间仿佛只过去了一瞬间，或许连一秒都不到。

视觉和触感又回来了，筱白旸再次回到那个化身中，下意识地用力抱住导轨。

他不确定曹审言最后有没有使用那个死亡诅咒，但似乎只要自己这个化身不死，他就没法用那个东西对付自己。

在确定还算安全后，他低头看向下方，发现晴实正抓着系在他腰间的安全索，她自己的锁扣已经从断裂的导轨上摘下来，此刻正悬在自己下方。他连忙收缩安全索，将她缓缓拉过来。

还好，安全索的物理参数并没有被修改，在不到 0.3G 的模拟重力下，足够承受两人的重量。等两人把安全索扣环再次吸附在导轨上之后，筱白旸拉过晴实，将两人的头盔贴在一起。

他很想马上把遇到曹审言，还有在脱离化身那一瞬间发生的事告诉她，但看着周围正在解体的空间站，他决定还是先离开这里。

"我们得快点儿了，"筱白旸说，"空间站的质心已经偏离了，再过一会儿，核心舱就很难保持稳定了，到时候想走都走不了了。"

晴实抬头看了一眼核心舱的位置，点了点头，指了指筱白旸头盔上的裂纹。

筱白旸看了眼抬头显示器上破碎的数字，舱外服正在失压，但还在可控范围内，伸出右手拇指示意自己没事，转身沿着导轨向上爬去。

越靠近核心舱，离心作用带来的模拟重力就越小，两人顺着虽然有些扭曲变形，但整体还算完整的导轨快速攀爬，一路上避开那些正在解体的舱体，终于赶在整个空间站主体部分彻底解体前来到核心舱外。

事故发生得突然，作为主要交通枢纽的核心舱中此时空无一人，在标准对接口处，可重复再入大气层的货运飞船牢牢连接在舱室外，随着空间站一同慢慢旋转。

根据项目工程师团队的计算，整个空间站的旋转速度被定为5.9°／s，大约相当于每一分钟转动一周，这让两人有充足的时间找到核心舱的气密舱门的位置。

在这个位置，旋转带来的模拟重力微乎其微，而周围的舱体碎片又都是沿着旋转切线分离的，整个核心舱并没有受到什么损伤，只是事发突然，除了他们两人，似乎没有什么人成功逃到这里。

气密舱门缓缓关闭，并开始加压，等压力达到一个标准大气压后，筱白旸摘下几乎破碎的舱外服头盔，深深吸了一口气。

在他的抬头显示器上，舱外服内的气压只有0.4个标准大气压了。

晴实也摘下头盔，飘到他面前：“你受伤了。”

筱白旸这才注意到有液体顺着脸颊流淌下来，伸手抹了抹，满手都是鲜红的颜色。

世界簇模拟了物理规则，但下潜者可以根据耐受能力来调整痛觉，这是 SHMI2.0 开始就已经普及的功能。从小怕疼的筱白旸一直都在使用"轻微"的痛觉档位，因此没有注意到，在之前的撞击中，自己的化身已经受了伤。

"没事，"他脱下舱外服，"先去货运飞船，等离开这里再说。"

两人脱掉舱外服，干净利索地打开气密舱门，从四十多米长的核心舱中径直穿过，来到另一侧的对接舱门处。

"对了，"在操作对接舱门给货运飞船加注燃料时，筱白旸拉住把手停了下来，转过身对紧跟在身后的晴实说，"我记得你说过，轨道上那些其他空间站是和这里物理隔离的，我们去哪里？"

晴实似乎早有准备，微微一笑："你忘了吗？这里是一个完整的'世界'。"

说完，她从他身边绕过，打开对接舱门，轻盈地飘了进去。

筱白旸向舱外看了一眼，除了在轨道上无声爆炸的舱室，一颗巨大的蓝色行星在窗外默默转动，占据了大半个视野。

他有些笨拙地跟在她身后钻进货运飞船，学着她穿上再入大气层时的抗荷服，追问道："你是说，你还在行星上建造了一个世界？"

晴实笑笑："需要的算力太高了，这个世界的接入者太少，世界本身的服务可带不动那么大的工程，地表大部分是贴图，但我留了一小块地方，算是一个彩蛋吧。"

两人坐到驾驶舱位上，用带有抗荷结构的安全装置把自己牢牢固定起来。筱白旸又问道："对了，你会开这玩意儿？"

"接到项目的时候训练过一段时间，会一些基本操作，但返回大气层后大部分都是靠自动驾驶，项目本身不需要这么复杂的模拟。

这套模组是工程师团队从另外一个项目上移植过来的，咱们就祈祷一致性协议别出什么岔子吧！"

说完，她推动操作杆，货运飞船轻轻抖了一下，从核心舱上缓缓脱离。

好容易脱离危险，晴实似乎放松下来，有些调皮地对筱白旸道："说起开飞船，还有一件事挺有意思。"

脱离危险后，筱白旸一直在想曹审言的事，没有听清她的话。

晴实继续说道："你知道货运飞船在轨道上往前开要怎么做吗？"

"加油门呗。"

晴实像孩子一样顽皮地笑笑："接这个项目之前，我也这么想，可来这里之后才知道，要'踩刹车'反向加速。"

此时货运飞船已经离开空间站核心舱一段距离，晴实操作飞船调整姿态，将发动机喷口对着飞船前进的方向，点火启动发动机。先前没有听清她话的筱白旸被吓了一跳。

可奇怪的是，虽然发动机一直在对着前进方向喷射，货运飞船却离空间站越来越远，那座正在旋转解体的空间站，逐渐变成遥远星空中一颗稍亮的星辰。

看到筱白旸有些不解，晴实解释道："减速会降低轨道，但轨道越低，角速度就越快，所以看起来就像飞船在加速一样。"

筱白旸点点头："那接下来了，我们要怎么做？"

"再入大气层的时候可能会比较颠簸，"晴实说，"货运飞船是从其他项目上复制的，再入大气层靠自动控制，我把导航设在我设计好的区域附近，但咱们现在只能听天由命了。"

筱白旸耸耸肩："反正我刚才都死过一回了，那就再赌一把吧。"

17 与世界对话

近百年来，人类社会的许多科技都有了长足的发展，但航天技术和一百年前比起来，并没有什么本质上的提升。人类依然要依靠大量燃料燃烧推动工质的方式离开地球，受制于工质质量，载人深空航行依然没有超越过火星轨道。

作为拥有完全物理引擎的世界，这里完全还原了现实世界的大气层再入技术，只是随着航天技术的发展，在安全性、舒适性和可回收复用方面做了许多优化，让筱白旸和晴实这种没有受过专业训练的人，乘坐货运飞船返回地表的时候，不至于像在赌命。

随着与地面的相对速度越来越慢，货运飞船终于停止制动，并进入大气层边缘，在空气阻力下，它会一直减速，直至被地心引力完全捕获。在这个过程中，圆柱形飞船发动机又点了几次火来修正轨道，确保在着陆的时候尽可能靠近预设地点。

返回大气层时携带的燃料有限，所以在进入大气层后，相当长的时间里，货运飞船都在利用各种减速装置和空气动力学外形来降低速度，直到突破黑障，才在驾驶员干预下启动发动机，反冲调整降落姿态，在距离地面大约 20 公里的时候，飞船已经被修正到垂直于地面的姿态，下方的火箭发动机再次点火，托着上百吨重的货运飞船，缓缓向地面落去。

很久以前的飞船和火箭再入大气层，因为携带燃料和工质的问题，加上控制系统不成熟，很难平稳降落，而在这个世界中，货运飞船在空间站加注满了燃料，才得以在两万米高空就启动发动机，就像一次反向发射一般。

除了刚刚进入大气层时的颠簸，整个降落过程进展很顺利，飞船落在回收塔中，在最后一次颠簸后，便沉寂下来，许久未有的重力感再次回到两人身上。

"走吧。"飞船停稳后，晴实解开安全带，回头对筱白旸说。

"去哪里？"

"下面就是我在这处世界里留的彩蛋，行星上的文明并不重要，大部分地方的城市只是画在地面上的贴图，只有这里，我悄悄折叠了一个小镇，他们都不知道。"

筱白旸笑了笑："是你的风格。"

"走吧，去看看。"

飞船舱门打开的时候，已经有地勤人员在着陆场忙前忙后。筱白旸站在舱门口四下环顾，只看到一片荒原，并没有什么"小镇"的影子。

他坐在舱门旁边的高台上稍稍适应地面重力，等晴实钻出舱门，才问道："你的小镇呢？"

晴实看了下面忙碌的地勤人员一眼："就在附近，刚才说了，折叠起来了，我新发现的技术，等一下带你去看。"

两人并排在高台上坐了一会儿，等到下面的工作人员准备好登船梯，才走下高耸的货运飞船。

很快有一辆车开过来，载着两人向北方驶去。

汽车开出不远，筱白旸突然发现周围的景象变得有些不同，不知道什么时候，原本布满红色岩石的荒原上开始出现绿色植物，在爬上一座山坡后，蜿蜒的公路尽头出现一座小城，看起来和现实世界中普通的城镇并没有什么不同。

"怎么样？"晴实笑着问道，"一个真正的世外桃源，除了我，你是第一个知道这里的人。"

"你是怎么做到的？"筱白旸说，"我记得你说过，你没到过地面。"

"没错，出资人要求尽可能真实，所以给了很多资金和算力。偷偷搞出一个小彩蛋，也不算太难。"

作为一名建造师，筱白旸也知道，世界簇中的创造和那些古早的互联网开发并不相同，因为世界解构语言的不确定性，一个建造师对世界簇的理解和应用创意，比一个平庸的所谓专业团队，更容易创造出充满想象力的奇迹。

在他看来，希尔维世界的创造者，那个发明符文语言的建造师，绝对算是一个天才，而身边这个年轻的女孩，应该也算是一个。

"我不是问那些，"他说，"我是说，你是怎么把这个城镇隐藏在这里的，就没有人怀疑过吗？就算其他下潜者不知道，城镇里的 AI 呢？还有刚才那些地勤人员，他们也不知道？"

晴实歪着头想了一会儿，反问他："一百多年前，有一部电影，叫《真人的世界》，你有没有听说过？"

筱白旸的爷爷是个老艺术家，他很小的时候，没少受这些古老艺术形式的熏陶，自然知道她说的是什么。

那是一部很老的电影，讲了一个生活在虚构世界中的人发现真实世界的故事。在那个虚构世界里，除了主人公，所有人都在扮演虚构的角色，让他在整个人生的前三十年，都不知道自己生活在虚拟之中。

他记得在世界簇刚刚出现的时候，就有人提到过这部电影，说它或许就是世界簇创意的源头。

筱白旸点点头，又听晴实说道："对外部的隐藏很简单，我在刚才那条路上做了一个选择性通道，在地表贴图下隐藏了一个跳转地址，如果通过通道的是其他人，只会看到地表贴图；如果是我，就会连同周围的对象一起进入隐藏的区域，也就是这里——蓝水镇。"

"我好像在哪里听过这个名字。"

"也是一本很古老的书里——至于你刚才说的另一个问题，那部电影给了我启发。不同的是，我让城市里的每个 AI，以为自己是演员，签了长期合同，建造一个小镇并扮演自己的角色。这段时间以来，这套逻辑运作得一直都很成功，每个 AI 都认为自己是个演员，在全息摄影棚中努力扮演自己的角色，遇到的所有不合理事件，都会靠'这是剧本的一部分'来脑补，从来没有人想过要离开这里去其他地方看看。"

筱白旸目瞪口呆地听完她的话，点点头道："这很合理。"

山坡下的公路并不算长，汽车很快开进小镇。这里果然一副繁荣景象，他们遇到的每个人都在跟晴实打招呼，就像她已经在这里生活过几十年一样。

"他们好像都认识你，"筱白旸说，"可你是第一次下来吧？"

"是的，因为在他们眼中，我就是那个'真人'。"晴实一边微笑着回应人们，一边小声答道。

"演员和导演，到底谁才是真的……"筱白旸叹了口气，"谁也说不清楚。"

"也许吧。"

离开小镇入口附近最繁忙的街道，驶上封闭的高速公路，无人驾驶的汽车轻车熟路地穿过小镇，驶入镇子北侧的一座建筑。筱白旸瞥了一眼，建筑上有一面很大的标牌，上面写着"国家空间实验中心"的字样。

几分钟后，两人来到位于建筑中心的一间办公室门外。

"创造世界的时候，我把超级管理权限放在这里了。"晴实在门口站住，"没有其他访问入口，也没有物理上的连接，我不知道曹审言是用什么方式屏蔽了这个世界和世界簇之间的联系，如果超级管理权限还有用，这可能是我们唯一的机会了。"

说着，她推了推门，可办公室大门纹丝未动。

筱白旸默默站在一旁，看着晴实又试了几种方式，办公室大门始终都没有一点儿反应，仿佛它也只是墙壁上的贴图。

"也许曹审言为了这件事已经谋划了很久，"从进入货运飞船后就很少说话的筱白旸伸手拉了拉她，"他不可能不知道你的习惯，如果他有什么本事切断这个世界跟世界簇之间的联系，顺便屏蔽你习惯性设置的后门权限，也不算什么难事。"

女孩颓然顺着墙壁滑坐在地上，用双手捂住脸颊，半晌之后才开口道："可他到底要做什么？"

"对了，之前在空间站那边，有些事我没告诉你。"

筱白旸犹豫了一下，还是把自己在撞上导轨之后遇到的事，跟晴实讲了一遍。

"刚才我一直在想，从曹审言的话里，可以分析出很多事，但有些事我不太清楚，需要跟你核实一下，尤其是……你们结婚后的事。"

晴实面无表情地听他说完曹审言的话，冷笑一声："离婚前他就说过这些，真是一个偏执的疯子。"

筱白旸没有接她的话，继续问道："他说他婚后得了抑郁症？"

"是，"晴实点点头，"好像挺严重的。"

"什么是好像，你不了解他的病情？"

"我为什么要了解？"晴实突然激动起来，"一个靠下药和威胁逼我和他结婚的强奸犯！我还要去关心他的心理健康吗？"

晴实的声音提高了许多，这是在进入这个世界后，筱白旸第一次看到她有如此强烈的反应。

"你先别激动，"他摆摆手，"到底是怎么回事？"

"一个畜生而已。"晴实的声音恢复了正常，但还是能明显感觉到她压抑的情绪，"后来，我抓住他贪污的把柄，像他逼我一样逼他离婚，当时他说早晚会整死我，我以为他只是说说。"

看着面前这个一直很开朗的女孩脸上流露出的恐惧和仇恨的复杂表情，筱白旸很想开口安慰几句，可话到嘴边，却不知道该说些什么，只得伸手拍了拍她的肩膀。

两人在办公室走廊中一站一坐地沉默了一会儿，晴实突然把话题转移开来："如果像你说的，这件事他已经谋划了很久，那他绝对不可能放我们任何一个人离开，可你又说那个死亡诅咒的 NFT 副本是一次性的，为什么他不能买两个？"

筱白旸想了一会儿，摇摇头："从目前我们掌握的信息，还有曹审言说过的话，可以确定这种诅咒的确只能用一次，而且只对原住民和脱离化身的下潜者有效，所以我怀疑，他是想在我们同时离开化身上浮时，或者因为化身死亡不得不进入游离态的时候使用，这样，只要一份咒语，就可以杀了我们两个。"

晴实抬起头说："没错，所以他故意拦截了我发给你的消息，让你在这个时间点进入这个世界，刚好可以利用空间站的重力模拟试验同时杀死我们两个人的化身，再用那种咒语，一次性解决我们两个人。"

"所以，要想摆脱这个局面，我们要么想办法突破他的封锁，要么搞清楚那种咒语是怎么回事。"筱白旸向她伸出手，"来吧，估计这扇门一时半会儿是打不开的，咱们得想点儿别的办法了。"

晴实拉着他的手站起身来："我们去开放办公区看看，那里有几台电脑，说不定能用上。"

筱白旸跟着她来到大厦中的某个开放区域，看她将一张会议桌上的文件扫开，空处一大片位置来。

这个世界是比较真实的现实模拟，全息投影桌面也能够正常使用，只是不能接入世界簇，也没法进入超级权限界面进行控制。

"我刚才一直在想，"在空出足够大的空间后，晴实在桌面上敲了几下，调出一个全息面板来，"你说的两种方法，可能是同一件事。我有一种感觉，以曹审言那二把刀的本事，肯定没法黑掉我的世界，他能做到现在这样，把咱俩逼到束手无策，只有一种可能。"

筱白旸立刻明白了她的意思："你是说，他用了那种能跟世界簇直接对话的自然语言？"

"假设，"晴实说，"只是假设啊，如果世界簇里有一个无所不能的神祇，而它只会回应懂得它的语言的人的请求，这种语言，会不会就是你遇到的这种……符文？"

筱白旸看着面前的女孩，半天才说出一句话来："这种假设……不应该是你的台词吧？"

晴实的表情却十分认真："我没有跟你开玩笑，白旸君，你也是一个建造师，应该知道世界簇的技术会在人类科技范畴里出现，充满了偶然性和不合理。"

筱白旸认真想了想，点点头："确实。"

"那么，如果世界簇中真的有某种神祇——好吧，你不喜欢这个词，我们换个说法，某种超出我们理解的智慧生物——这会不会是它的语言？"

"你说什么？"筱白旸一下愣住了。

18　你好，世界

　　晴实的话听起来有些耳熟，不知怎么，筱白旸突然想起希尔维世界里的那个原住民占卜师。

　　那个叫格蕾的女人，似乎说过一个类似的存在，那些邪教徒将其称为神，格蕾也相信它的存在，不同的是，她只把它当作一种高级生物。

　　难道它真的存在？

　　想到这里，他下意识地查看了一下自己的通用背包——那是一种可以在不同世界使用的存储器，大部分不违反一致性协议的东西都可以装进去，在另外一个世界中拿出来。

　　那些占卜卡牌果然还静静躺在一个文件夹里，他打开文件夹，将它们取出来放到晴实的面前。

　　"我在希尔维世界遇到一个原住民，她是一个占卜师，也说过类似的话，还给了我几张占卜牌。"

　　他把遇到格蕾的事原原本本地讲了一遍，晴实认认真真地听完，似乎对面前的占卜牌产生了浓厚的兴趣。

　　"我在想，这些预言是怎么生效的。"晴实拿起一张占卜牌反复看着。

"你也相信这个？"

"如果你说的没错，这些牌上的东西，好像真的在预言你即将经历的事，也许里面会有我们要找的答案。"

"一个人造模拟世界中的所谓神，又怎么能预言我们的未来？"筱白旸摇摇头，"反正我不会信这个。"

"我是研究过预言学的，"晴实的表情很认真，"在现实世界中，它也是真实存在的，并不只是巧合，它的真正意义在于引导你主动接近它所预言的结果，这是一种高级心理学应用。"

"就算是心理暗示，"筱白旸说，"那个原住民又怎么能知道，我离开她的世界之后会去哪里？"

晴实说："如果像之前说的，有那么一个神祇——好吧，那么一个智慧生物，它可以通过大数据来分析你的社会关系、行为和目的，从而得出你的期望和意图，它就可以轻松地预测你可能去的世界，甚至你在那个世界中会发生什么，这一点你应该比我更了解。"

筱白旸过了很久才从她的话语带来的冲击中恢复过来，如果晴实的假设是真的，这件事就变得十分合理。

有时候，一些看似最荒诞的答案，往往最接近现实。

"那个原住民占卜师还在希尔维世界吗？"晴实接着说道，"等这件事结束，我们如果还能活着离开，我想去见见她。"

筱白旸摇摇头："恐怕难了，她追着一个邪教头子穿过了界门，她只是一个原住民，没有一致性协议的保护，大概率已经被当作悖论体处理掉了。"

悖论体是在某个世界加载的规则体系下产生的实体对象，在另一个完全不同规则的世界，因为无法被解释而产生的表达错误，一般是没有实体模型的畸形构造体，或者没有贴图的丑陋色块。当然，大部分悖论体都是下潜者从某个世界中带出的，缺少规则引擎支撑的东西。

为了保障整个世界簇的稳定，世界簇自带某种自我修复机制，会自动清除掉某些悖论体。

"哦，这样啊。"晴实若有所思地点点头，"说不定会有机会见到她。"

她把手里的牌放在桌面上，筱白旸瞥了一眼，是那张正在仰望星空的男孩。

"觅星者——在浩渺星空中寻找答案吧孩子，群星是唯一的归宿。"她轻轻念出牌面上的文字，"这是什么意思？"

筱白旸又是一愣。

这句话他在希尔维世界中读过很多次，但此时听起来，很像是一种建议，或者某种提醒。

在进入这个世界之前，他并不知道这里究竟是什么样子，也就没有把这张预言纸牌，和他将会面对的境地联系起来。

可当晴实念出这句话时，他却仿佛突然看到一条肉眼不可见的线索，将整件事贯穿起来。

这个世界的主体在近地轨道上的空间站中，他来这里的目的，就是要寻找某种答案，而这个答案应该就在空间站中。

如果站在地表，空间站就是天空中的一颗亮星，所以，在这个预言的语境中，他就是那个觅星者。

可现在他和晴实一起，被曹审言困死在这个世界中，两个建造师绞尽脑汁，也没法找到一个能够脱离困境的方法。

此时此刻晴实念出卡牌上的话，更像是有人在为他指出一条道路：在浩渺的星空中寻找答案吧孩子，群星是唯一的归宿。

难道是说，他们如今的困局，也需要在群星中寻找解决办法吗？

"算了，先不想它了。"晴实反反复复翻看那张卡牌，可除了流动的画面外，似乎也没有什么特别之处，她把纸牌往前一推，把话题转回那种神秘的语言，"现在可以确定，那个献祭符文，还有之前你所说的'咒语'，应该就是一种比我们熟悉的解构语言更高级的语言，只是可惜没有它们的读音，没法试着破译——这样吧，你把你知道的，关于那个世界的符文都画出来，越多越好，我们再试试。"

筱白旸点点头，把自己在希尔维世界中学到的那些符文一个个画出来，逐个讲解了每个符文的含义和调用方法，晴实把他们按照不同的类别排列在桌面上，很快就发现了它们和人类语言对应的规律，并把它们一一讲给筱白旸听。

这些符文的确是一种有规律可循的文字，但它的结构和人类历史上出现的任何一种文字都不相同。它并不是一种线性的叙述，甚至没有什么逻辑性可言，就像把代表各种含义的文字一股脑地叠在一起，没有任何顺序。

"什么意思？"听完晴实的讲解，筱白旸还是一头雾水。

"举个例子，"晴实把桌面上的符文图形抹到一旁，在桌面上写了几个词："表姐，同学，的，我，喜欢。"

"这些词没有顺序，一股脑地出现在你面前，你会想到什么？"

"我喜欢表姐的同学。"筱白旸说，"也可能是，同学的表姐喜欢我。"

"没错，这些符文语言就是这样，把一堆语义放在你面前，又没有告诉你顺序，所以你很难知道它的确切含义，甚至有可能理解为完全相反的意思。"

"我同学喜欢表姐。"筱白旸还在说，"表姐的同学喜欢我，我的表姐喜欢同学……"

"很像早期的汉语，如果没有标点，就会出现很多歧义。"

筱白旸看了晴实一眼，有些惭愧，他是个地地道道的汉族人，晴实却只有一半汉族血统，可对汉语的了解竟然比自己还要多。

"所以我觉得，那种发音会是顺利表达语义的关键，就像文言文虽然没有标点，但读出来就更容易理解一样。"

"你是说，"筱白旸问道，"这些符文之所以没有生效，是因为世界簇认为它们所表达的含义有歧义？"

"对。"

"那希尔维世界为什么可以让符文生效呢？"

"也许那个世界的设计者找到了某种特定条件，让符文在他的世界里只能表达一种顺序，这样就不会引起歧义了。"

"对了！"筱白旸眼睛突然一亮，"罗茜说她找到那个世界的建造者了，也许他知道些什么！"

但他很快又意识到，现在他们所在的世界被整个封闭起来，自己根本没法联系上罗茜。

晴实微微一笑："算了，先不想了，这会儿应该已经是晚上了，我们休息一会儿，去看看空间站现在怎么样了。"

筱白旸又是一愣："进不了控制中心，你怎么看？"

"字面意义上的看。"晴实说，"空间站每78分钟绕行星一圈，这里应该能清晰地看到它……的残骸。"

筱白旸看到她把自己画出的符文一股脑儿扫进存储器，又顺手拿起那张"觅星者"，反问他道："况且，你那位占卜师朋友不是告诉你，你唯一的归宿在星空中吗？"

两人步行爬上十几层楼梯，来到建筑物平坦的屋顶，天果然已经黑了。正像晴实说的，这里的天空晴朗澄净，离镇子有段距离，周围也没有什么灯光，两人一抬头，就看到繁星点点的银河。

"小时候跟妈妈一起住在城市里，很少能看到这么灿烂的星空。"晴实感叹道，"真美！"

筱白旸笑了笑，没有说话，而是努力在漫天繁星中寻找空间站可能的痕迹。

天空中不时有流星划过，两人都知道，那应该是空间站解体后的残骸，大部分残骸都会在进入大气层后快速燃尽，对于地面上的人来说，这些燃烧的残骸，就像一颗颗流星一般。

一颗较大的流星在大气层中燃起比其他碎片都要明亮的光，整个星空都跟着亮了起来。

但残骸很快黯淡下来，渐渐消失，夜空再次恢复黑暗。

"咦？"不知是不是错觉，在那颗流星划过之后，筱白旸突然觉得，整个星空似乎闪了几下。

"你也注意到了？"晴实问道。

整个星空，的确在忽明忽暗地闪烁着，虽然并不明显，但只要认真观察，还是能看得出来。

就像满屋灯光中，有一盏灯坏了，忽明忽暗地闪动一般。

"天空在闪烁，是什么意思？这个世界要关闭了？"

"没有，"晴实摇摇头，"是摩尔斯电码。"

筱白旸这才注意到，天空的频闪的确很有规律。

他上次接触摩尔斯电码还是在大学选修课上，但无论如何都不会想到，这种古老的信息传递手段，会在世界簇中出现，并且是以这种让人意想不到的方式。

在确认天空正以摩尔斯电码的方式频闪后，不需要晴实多说什么，他也能读懂其中的含义。

摩尔斯电码发送的是一段英文："我们正在破解封锁，需要内部协助，你好，世界，闪烁，半秒，一秒。@##%@#`&……"

晴实低下头，揉了揉有些发酸的脖子："别看了，只有这一句话，反复发了很多遍。"

"前面还好理解，最后那段乱码是什么意思？"筱白旸挠挠头，"语言方面你是专家。"

"是发音组合，"晴实说，"从长度看，应该是'你好，世界，闪烁，半秒，一秒'这几个词的读音——应该那种符文语言的，你那个警察朋友很聪明，她在用这种方式告诉我们你那种符文语言的发音。"

"应该不是她。"筱白旸摇摇头，"之前她说找到了希尔维世界的创造者，应该是那个人的主意。"

"走吧，有了这个发音，我应该可以推测出一些东西了。"晴实说。

"不用了。"筱白旸突然想明白了罗茜和那位没有见过面的建造师的想法，"有这些已经够了。"

晴实停了一下，也明白了他的意思。

世界、闪烁、时长。

如果他们的猜测没有错，用符文语言，只需要有这三个词，他也可以让整个星空闪烁起来。

换句话说，他们也可以用星空的闪烁来传递摩尔斯电码。

"我们可以用这种方式和外界交流。"晴实说。

"是的，我们需要外面的人做些什么？"

"他们说要我们内部配合，先听听他们需要我们做些什么吧。"

两人很快达成一致，晴实把那些字母组合的发音告诉筱白旸，后者用那种略带生涩感的古怪声音发出几个短促的音节。

世界，闪烁，半秒。

正在频闪的星空突然插入了一个不和谐的频率。

闪烁停了下来。

"成功了，"筱白旸说，"他们注意到了。"

"问问他们，需要我们做些什么。"晴实伸出手指，在两人面前的空气中画出一连串的点线符号。

筱白旸大声念诵出那些音节，星空果然开始随着他的声音闪烁起来。

"我们还活着，需要我们做些什么？"

19 不要上浮!

他连续发了两次，星空再次平静下来。

没过多久，星空再次闪烁起来。这次不用晴实翻译，他也能读懂其中的含义。

"你好，一亿颗牙小白杨，我是希尔维世界的管理者阿普顿。完毕。"

"你好，我是一亿颗牙小白杨，还有……建造师春见。完毕。"

春见是晴实在世界簇中的名字，在她父亲的母语中，晴实和春见的发音是一样的，所以她才会给自己取这个名字。

"久仰大名。完毕。"

"原来是他。"晴实说。

"你认识他?"

"角色扮演世界圈子里的一个小有名气的世界管理者，我在一个群里见过他……的一个化身。"

沉寂了一会儿，天空中再次开始闪烁起星光。

"罗警官正在找攻击你们世界的人，我正在试着突破他的屏蔽，现在也只找到了这种方法，想不到真的能联系上你们……"

这位建造师似乎有些话痨，一打开话匣子就有停不下来的趋势。

"请问我们可以做些什么？完毕。"这次没等对方打出"完毕"，筱白旸就回答道。

"是这样，世界簇里的权限比外部要高，我可以请求到世界簇的回应，却无法绕过内部屏蔽，所以需要你们自己来突破封锁。完毕。"

"直接告诉我们该做什么就行。完毕。"

"我检查了你们的世界，界门和常规外部通道都被封锁了，想要突破非常困难，但是我注意到，有几条预留的外部通道，本来就是不通的，但只要配置了目标世界地址，就可以构造新的界门，我提醒一下，你们的世界已经开始坍缩了，这可能是你们唯一的机会。完毕。"

"我知道了！"读完星空中发出的信息，晴实突然喊了起来。

她的声音把筱白旸吓了一跳，他停下来看着她再次伸手指向星空："那些空间站，就是你在实验空间站上看到的那几个，跟这个世界物理隔离，却一直在调用这个世界的行星数据和完全物理引擎！之前的建造师在建造这些旅游型世界的时候，预留了与这个世界的界门，但没有完全打通，我们完全可以利用它们逃出这里。"

"你有那些世界的地址吗？"筱白旸问道。

"没有，但可以让阿普顿试试，他应该能做到。"

筱白旸没有犹豫，把这些事通过星空频闪发送了出去。

这次，阿普顿没有立刻回答，在安静了十几分钟后，就在两人想要放弃时，天空中再次发来一连串的数字。

筱白旸默默打开随身的记事本，把那串数字记了下来，几分钟后，数字又重复了几遍，两人反复核对，确定没有问题，这才发出收到信息的信号。

"我只能帮你们到这里了，"星空中闪烁着一句话，"警方已经介入了，世界关闭还有 27 个小时，剩下的就靠你们自己了。完毕。"

"等等。"筱白旸突然想起什么。

"怎么了？"

"告诉罗茜，先找到晴实在现实世界的住所，她的本体还在那里，让她保护好她的安全，地址就在……"筱白旸低头看了晴实一眼，停了下来。

"我在听。"阿普顿回答道。

晴实快速说出一个地址，那是她现在的住所，这在世界簇中算是最大的秘密了。

筱白旸按照她的话，一字一句地把地址发了过去。

"好的，我会通知她。完毕。"天空再次闪烁后便归于平静。

"还有 27 个小时，我们得抓紧时间了。"

"一天时间，我们能做些什么？"

"记得我们回来时的那艘货运飞船吗？"晴实转身向建筑内走去，手指却指向自己头顶的方向，"那是个返回式飞船，我们可能需要重新回到天上。"

看着晴实的背影消失在天台通道中，不知怎么，筱白旸又想起那张预言卡片，如果希尔维那次是巧合，那这次呢？

但时间由不得他感慨，他紧跟上晴实的步伐，走进大门："货船燃料耗尽了吧？这么短的时间，怎么再次发射？"

"还记得我说过这座小镇的事吗？这里的 AI 居民扮演的都是发

射基地工作人员和他们的家属，只需要 6 个小时，发射基地里的人就能把返回式飞船发射准备工作完成。"

"可你说过，他们都以为自己是演员。"

"是的，只要'真人'在那里，那些演员就会扮演好自己的角色。"晴实说，"走吧，我们去发射基地。"

几分钟后，航天基地的发射控制中心里，一群围在一起闲聊的 AI 原住民中，突然响起电话铃声，一个正在吃汉堡的肥胖男人随手接通通信。

"基地现场导演做好准备，'真人'从研究中心出来了，正在往基地赶，所有演员就位，做好货船发射准备。"

"现场导演收到。"胖子努力咽下嘴里的食物，挂断电话，对所有人喊道，"'真人'马上到达现场，所有人，立刻进入工作岗位，按照操作手册第七章流程，马上开始工作！"

"头儿，是所有人吗？"

"废话，所有人！"胖子吼了起来，"咱们要把'真人'发射到太空去！知道这是什么意思吗？这会带来多少收视率！白痴！快去干活儿！"

人群立刻涌动起来，顷刻间，整个基地再次恢复热火朝天的繁忙景象。

十几分钟后，一辆车驶入发射基地，在宇航员准备大厅外，换上一身新舱外服的筱白旸和晴实走下车，在工作人员的帮助下进入准备大厅。

等货船准备完毕，他们就会通过专门的转运通道进入发射塔，再次飞往这个模拟世界的外层空间。

不同的是，这次他们在离开大气层后，就会通过预留的定向界门离开空间站所在的世界，悄无声息地抵达一个太空旅馆主题的微型世界，再从那里脱离——如果一切顺利的话。

那些自认为是演员的原住民热火朝天地工作着，没有人意识到，航天器发射这种专业性极强的工作，他们做起来竟然毫不费力，在他们"敬业"的工作下，货运飞船很快完成了再次升空前的一切准备。

几个小时后，全身被舱外服包裹的两人，通过乘员通道进入货运飞船的乘员舱。

说是货运飞船，这艘可回收的飞船实际上被设计为客货两用型，在必要的时候，可以减少大约 3 吨的载荷，来为临时乘客留出两个略显逼仄的舱位，这个拥有完全物理引擎的世界是由政府机构赞助的，就连这一点都被设计得一丝不苟。

随着倒计时数到 0，在巨大的轰鸣声中，货运飞船下方的火箭喷射出巨大的尾焰，船舱在火光和烟尘中快速升空，很快变成黎明前漆黑夜空中的一个亮点。

发射基地一片欢呼，AI 演员们激动地挥动双手，吹着口哨，互相拥抱和祝贺，开始打赌这次收视率会增加多少个百分点。

与此同时，在正在变轨的货运飞船上，晴实突然叹了口气："现在离世界关闭不到 20 个小时了。这次的事故之后，官方肯定会严查所有问题，这些原住民只怕会被……"

她的话只说了一半便停下来。

"还记得我说的那个格蕾吗？"筱白旸想了想，回道，"她曾经说过，或许在我们眼中，世界簇只有几年的历史，但对于他们这些原住民来说，这个世界一直存在着，并且会继续存在下去。有时候我会想，会不会有这种可能：当原住民拥有自我意识的时候，我们设计出的条条框框，就已经不再是他们的约束了，就算世界关闭，他们也会一直在某个不依赖于任何硬件、我们无法感知的世界中生活下去。"

"如果那样，"晴实很认真地想了一会儿，问道，"就算世界关闭，我们也不会死？"

"也许，但我们可能真的会成为'真人'，这个世界中的两个完全蒙在鼓里的真人秀演员。"

"我宁可被脑子有病的前夫杀死，也不想这样。"

飞船已经顺利入轨，对于地面上的演员们来说，一切都不重要了，反正这只是一场大型真人秀而已，真人秀怎么可能死人呢？

于是，在欢呼声中，没有人注意到，他们刚刚发射入轨的货运飞船，在近地轨道上进入行星背面后，便消失得无影无踪，仿佛从来没有存在过一般。

但对于货运飞船上的两个人，情况就不同了。

在与阿普顿发来的世界地址同调后，货运飞船顺利请求到一致性协议的自检，在确认没有致命性漏洞后，一个一直存在，却从没有使用过的界门被打开了。

在很多人的想象中，界门都是一种"门"，世界簇成千上万的建造师们，大都也把界面设计成门一样的形状。

但在没有 GUI 的废弃通道中，界门根本没有任何形状，它只是突然对这三个实体生效。接下来的事，就像剪切和粘贴一样简单了。

在货运飞船的视角下，外面的星空没有丝毫变化，但随着熟悉的迟滞感，筱白旸和晴实都知道，他们已经穿过了"界门"，脱离了那个随时可能要他们命的世界。

"我记得这里，"晴实说，"这是一个太空赌场，它的老板不久前找过我——我是说在世界簇里——给了我一笔熵币，我答应给他调用行星轨道的模拟参数，这样他的太空赌场才会有真实感。"

货船在轨道上高速飞行，几乎可以用肉眼看到脚下快速旋转的大地。

"这么说，我们已经离开了那个世界？"筱白旸抬手想要调出界门，但还是没有成功。

"忘了跟你说了，"晴实一拍脑袋，"赌场老板为了增加沉浸感，屏蔽了个人随意调出界门的功能，界门设在赌场最里面，想要出去，得从赌场里穿过才行。"

"我宁可强行上浮。"

"随你，反正这个化身也没啥用了，"晴实说，"我是一秒都不想在这里待下去了。"

说完，她抬手在空气中点了几下，准备调出控制面板强行上浮。

筱白旸回头看了看行星的方向，也调出控制面板。

就在这个时候，他突然听到一个奇怪的声音。

声音很古怪，也很熟悉，好像不久前刚刚在哪里听到过一样。

一种难以用语言形容的恐惧感，像一颗炸弹般在他脑海中骤然爆发，一个可怕的念头不受控制地涌上心头，筱白旸大喊一声："不要上浮！"

他立刻中断强行上浮进程，伸手去抓晴实的手臂，但还是晚了一步，女孩的化身已经开始在空气中变得透明，他的手指拂过她的舱外服，却什么都没有抓到，只留下一个空荡荡的座椅，仿佛几秒钟前还坐在那里的女孩从来都没有出现过一般。

曹审言根本没有把那个死亡咒语放在 S257901 世界，他用尽心机封锁那个世界，却故意留下一个近乎低级错误的漏洞，就是在等着筱白旸和晴实离开那个世界后最放松警惕的时刻。

他和晴实毕竟是夫妻，曾经一起生活过一段时间，晴实或许对他并不了解，但他对她的一切了如指掌，他太了解她的性格，算准了她一定会在脱离"危险"后第一时间上浮。

筱白旸颓然瘫坐在货船座椅上，很长时间都没有发出任何声音，任由货船在近地轨道上高速飞行。

不知道过了多久，他的个人通信器突然响了起来。

"筱白旸，你能听到吗？"他麻木地接通通信器，罗茜的声音传了出来。

"我在听。"

"有两件事，"罗茜说，"警方已经找到购买死亡诅咒的人的住所，他跑了。在他居住的地方，发现了一台世界簇驾驶舱，里面有一具女尸，经过鉴定，是那个人的前妻，刚刚死去不久，死因与之前的化客相同……"

"别说了！"筱白旸突然大吼一声。"别说了……"他喃喃自语道，"我知道了……"

"你……没事吧？"罗茜关切地问道，"第二件事，阿普顿刚刚跟我说，S257901 世界的封锁已经被解除了，警方的人已经进入那里，正在恢复那个世界的秩序，你可以待在现在的位置，我们正在联系赌场世界的管理者……"

筱白旸像是被吓傻了一样，仿佛完全没有听到她的声音。

20　是真是幻

罗茜走进公寓时，筱白旸还在窗边怔怔出神。

她把手里的水果放在门口，又把备用钥匙塞进门口的排污管道后面，这才关上房门，脱掉鞋子，光脚走到筱白旸身边坐下。

"在想什么呢？"

筱白旸抬头看了她一眼，又把目光移向窗外。

从太空赌场世界出来后，已经过了三天时间。这段时间以来，他像是对世界簇产生了某种恐惧症，哪怕只是看到世界簇驾驶舱，或者稍微想一想，就会从心底里产生一种强烈的不适感。

可不知为什么，他始终不愿离开自己的公寓，便只好坐在窗边怔怔发呆，有时一坐就是一天时间。

"要不，我陪你出去走走？"

"不想去。"

罗茜猛地站了起来："筱白旸，你看看你现在的样子，还像个男人吗……她已经死了，就算再难过，总要面对现实吧！你就打算一辈子这么颓着吗？"

这些天来，她各种安慰的话都说遍了，可一点儿用都没有。

筱白旸总算对她的话有了回应，回头看向她。

似乎意识到自己有些失态，罗茜有些心虚地小声说道："我……我是说，我知道你很喜欢那个女孩，可人死不能复生，你……"

"你有没有亲眼看过一个人眼睁睁地在你面前死掉？"筱白旸喃喃问道。

"没有……"

"以前我也没有过，"筱白旸叹了口气，"可是当看到一个熟悉的人突然就这么没了，而我明明可以阻止这件事，我就没法原谅我自己。"

"可这不是你的错。"筱白旸低下头，看到罗茜伸手握住他的手，她的手有些湿润，带着一丝凉意，让他清醒了不少。

"如果我不去找晴实，她就不会出事。"

罗茜摇摇头："不，那个叫曹审言的，买走那份 NFT，就是为了杀死晴实，如果你没有去找她，警方可能只会把这件事当作另一个意外，她会死得更加不明不白。"

"在太空赌场世界呢？如果我再坚持一下，直接从赌场里的界门离开，她也就不会死了。"

"我没法对没发生的事做假设，"罗茜松开他的手，捋了捋头发，"但是曹审言没有得手的话，说不定还会在那个世界做什么文章，结果可能比现在更糟。"

"作为旁观者，你的分析太冷静了。"筱白旸痛苦地摇摇头，"可我明明可以阻止这些事发生的……"

"凶手还没有抓住，我们需要你帮忙找到他，还有整个事情的真相，"罗茜说，"你有没有想过，如果你继续这样的话，当真正的凶手逍遥法外的时候，你会不会更后悔？"

筱白旸再次抬起头："真正的凶手？"

"警方已经对曹审言发出通缉了，在天眼系统监测下，他只要一露面就会被发现，但绿区监控体系中一直没有追踪到他的任何信号。技术团队分析，他应该已经下潜到橙区甚至紫区，因为只有无法追踪的驾驶舱，才能帮他躲开绿区监控，还能让他长期生存下去。"

筱白旸立刻明白了她的意思，沉默半晌后，他点点头："明白了，你是让我去橙区找他。"

"我们没法在万千世界的无穷化身中找到一个特定的人，"罗茜点头道，"但那里是你的世界，你是建造师，是石匠，只有你们才能做到这些。"

筱白旸又想了一会儿，摇头道："不，曹审言只是个二把刀，光抓住他是不够的。"

"阿普顿也是这么说的。"罗茜说，"所以我们现在需要你。"

筱白旸眼中闪过一道光芒："阿普顿？那个希尔维世界的管理者？"

罗茜点点头："他也住在羲都，现在在跟警方合作，而且，我今天来，就是想带你去跟他见上一面。我想，你肯定有很多话要问他。"

筱白旸站起身来，但很快又因为腿部的乏力跌坐回去。

"我们现在就走！"他说。

一个小时后，两人乘坐城市轨道车，穿过大半个城市，走进一家叫作"于我而言"的咖啡厅，刚进门就看到角落里一个身材微胖、戴着眼镜的男人冲他们招手，两人走过去坐在他的对面。

阿普顿是一个看起来很安静的中年男人，长着一张一看就让人信任的脸庞，眼窝有些深，却并不显得阴鸷，鼻梁上架着一个半框的眼镜，镜片看起来很厚，度数应该不低，整个人看起来并不像一个建造师或世界簇发烧友，而更像一个文质彬彬的商人。

"罗警官，筱先生，我是阿普顿，幸会幸会。"

"幸会。"轻轻握了握他伸过来的手，筱白旸坐下来，"长话短说，我先问你几个问题。"

"好的，"阿普顿点点头，"知无不言。"

"希尔维世界是你建造的？"

阿普顿停顿了一下，点点头："概念上来说，是，但我并不是一个建造师，我只是创造了那个世界的背景故事和运行脚本。"

筱白旸微微一愣，但很快想明白了其中的关节。

"没错，"阿普顿继续说道，"希尔维世界的故事和里面的角色都是我创造的，但具体实现上，是另外一个合伙人完成的。"

罗茜这才开口说道："之前一直没机会说，阿普顿是个世界簇编剧。"

世界簇编剧是另外一种意义上的世界创造者，虽然不像建造师一样掌握着世界簇建造技术，却对世界的构建有很深的理解，许多建造师都会有合作的世界簇编剧，配合完成世界的建造。

"那么，"筱白旸不再纠结这些问题，转向另一个话题，"希尔维世界的符文语言呢，是你发明的吗？"

说完，他盯着阿普顿的眼睛，对方也透过厚厚的镜片看向他，双方眼中都闪烁着光芒，似乎想要从对方的眼神中找出任何撒谎或隐瞒的蛛丝马迹。

阿普顿眼帘微垂，摇头道："抱歉，符文魔法体系的创意是我提出的，但也只是理论上的可行性，另外一个合伙人设计了他的具体实现方式——在罗警官找到我之前，我一直以为符文魔法调用的只是一套开源组件库。"

"你的合伙人是谁？能不能约一下？我想问他一些事。"

阿普顿叹了口气。

"是这样，"罗茜第二次开口，"阿普顿那个合伙人已经死了——化客事件后，他自己也进入那个体验副本，死在驾驶舱里。警方分析，他是想调查化客之死的原因，但却因此而死。"

"死了？"筱白旸沉下脸来，疑惑地看了阿普顿一眼。

阿普顿扶了扶眼镜。

"没错，警方已经调查过了，他的确死于那个化客的体验副本。"罗茜说，"我们已经证实这件事跟阿普顿无关。"

就算再迟钝的人，也可以看出筱白旸眼中的怀疑。

"抱歉，请原谅我的冒犯，"筱白旸没有理她，而是盯着阿普顿一字一句地说，"你的合伙人死于你们自己创造的杀人诅咒，曹审言手里的NFT也是你卖给他的，我们离开S257901世界的办法也是你给的，可我们刚从那个赌场世界离开，诅咒就发动了……就像一直在那里等着我们一样，这么巧，每件事都跟你有关，很难让人不怀疑，你和整件事，到底有什么关系？！"

一开始他还很平静，可越说越激动，到后来，几乎要把拳头攥出血来，才能平抑自己的心情。

周围陷入沉默，直到机器人侍应生送来三杯咖啡，才打破了这让人窒息的安静。

"抱歉，"筱白旸端起咖啡喝了一口。是清苦的美式咖啡，这是筱白旸几年来第一次喝到咖啡味的咖啡，一股带着焦煳焙火味儿的甘洌气息在口中横冲直撞，他闭着嘴巴，任由那种味道直冲大脑，似乎只有这样才能平复自己的情绪。

"很……巧，是不是？"阿普顿也端起咖啡喝了一口，"对不起，我知道这件事很古怪，这也是我为什么要全力配合警方……"他看了罗茜一眼，接着说道，"配合罗警官来调查这件事的真相。"

这是讲法律的现实社会，不是那些自有规则的橙区或紫区世界。筱白旸知道，指控一个人，必须有足够的证据才行。

"我们不能做有罪推定，"罗茜说，"阿普顿愿意配合我们调查，等一切水落石出，自然会有一个说法。"

筱白旸深深吸了一口气。

"而且，"阿普顿像是突然想起什么，"你刚才说的话，有几个地方，我必须解释一下，否则你可能一直被误导下去。"

筱白旸一怔，刚到嘴边的话停了下来。

"第一点，你说化客死亡的事，跟符文语言或者你说的诅咒有关，"阿普顿放下咖啡杯说，"但我还没找到两者之间的必然联系，只能说，符文语言能做到，却不一定是用符文语言做的——当然，只是不一定，在没有找到确凿的证据前，符文语言还是有最大可能性的。"

筱白旸想了会儿，点点头。

"第二点，卖给……那人叫什么？哦，对，曹审言——卖给曹审言的 NFT 诅咒，直到罗警官找到我之前，我都不知道它能够杀死一个下潜者，在我看来，它应该只对希尔维世界的原住民生效才对——你知道，作为世界运营者，销售在自己世界中产生作用的武器，是一件很正常的业务，我从来没意识到它可以被用来在其他世界杀人，在罗警官找到我以后，我已经把那些符文魔法卷轴都下架了。"

阿普顿说话的时候，筱白旸一直盯着他的眼睛，增强视觉界面中，阿普顿的虹膜和瞳孔中没有一丝一毫疑似说谎的迹象。

"至于第三点，"阿普顿继续说道，"把你们救出那个实验空间站的世界，是罗警官交代的任务，我不是技术型建造师，赌场世界是我唯一能找到的出路——现在看来，这也可能是曹审言故意留下的陷阱。"

他说完，咖啡厅又陷入沉默之中，三人各自端着一杯咖啡，默默想着自己的心事，只有不知什么语言的音乐声在大厅中回荡着。

"这些问题先放一边，"还是筱白旸打破了沉默，"我还有几个关于希尔维世界的问题。"

阿普顿点点头。

"我们在宁静城遇到的邪教，也是你的设计吗？那个黑袍邪教头子是谁？"

阿普顿想了一会儿，摇头道："筱先生，你可能误会了希尔维世界的脚本，我并没有把每个角色设计得面面俱到，里面有很多原住民，都是在世界自主发展的过程中自然诞生的，我并不会左右他们的行为和命运。"

筱白旸觉得他的话有些熟悉，似乎在哪里听过，但又不记得了。

"那么，你有没有在这个世界中设置什么宗教的背景？"

"有的，只有一个信奉光明的教会，他们的信仰不是特定的什么神祇，而只是抽象的光明。"

"没有一个被尊称'它'的神灵？"

"没有。"阿普顿笃定地说道。

"可是据我了解，包括那个邪教在内，许多原住民都在信奉一个特殊的存在。"

"那是那个世界自身诞生的宗教，"阿普顿说，"我没有干预——这是这个世界运行的原则。"

筱白旸又想了想，点头道："还有一个问题，有个原住民，叫'格蕾'，也是世界中自然诞生的吗？"

阿普顿皱起眉头，筱白旸注意到他的表情，挑了挑眉毛。

"格蕾……"他说，"如果你说的是占卜师格蕾·维辛的话，她……是我创造的为数不多的几个角色之一。"

"什么？"

阿普顿叹了口气："格蕾是希尔维世界创生之时诞生的角色，相当于整个世界的'初始化'过程中需要的原始推动力。最早我把她设计为一个饱受迫害的预言家，在希尔维世界雏形发展的过程中，作为'先知'的变量来推动世界线发展的。但不知道为什么，她并没有在完成使命后死亡。在世界开放前的时间线中，她一直存活了三千多年，但世界引擎没有报错，我想这或许是希尔维世界发展中的必然因素，便没有处置。"

筱白旸总算想起自己是在哪里听过阿普顿那句话了。当时格蕾说，对于原住民来说，这个世界已经存在了数千年。想来，应该就是她在世界开放之前，就经历过初始化推演的过程——对于现实世界，那只是世界簇服务中的几个小时，但对于世界中的原住民来说，却是数千年的漫长时光。

是真是幻，谁也说不清楚。

21 条件循环界门

"这么说，格蕾说的那个伟大存在，并不是你们这些创造者？"

"应该不是，"阿普顿说，"毕竟我们从未以任何形象在希尔维世界出现过。"

"那预言呢？"筱白旸接着问道，"她似乎很擅长预言，而且好像还……很灵验？"

"预言是这个角色创造出来的时候被赋予的能力，为了强化这种效果，我们给她设置了一个语言符文化的微引擎，她所作出的预言，大部分都会被转化为符文语言。当时我们并不知道，这种符文语言可以与世界簇产生那种关系。"

"如果只是这样，"筱白旸追问道，"她的预言应该只会对希尔维世界的环境和事件产生影响，可为什么会影响到……下潜者？"

"这不可能，"阿普顿失声笑了出来，"大家都是接受过高等教育的人，这种事，怎么可能发生！"

筱白旸一点儿都不觉得好笑，和他一起经历过希尔维世界的罗茜也没有笑。阿普顿干笑了几声后，有些尴尬地停下来，问道："是吧？"

筱白旸摇摇头，在咖啡桌上点了几下，弹出一个共享的增强视觉界面。

一个只可以被他们三人看到的全息界面在桌面上展现出来，筱白旸从自己的虚拟背囊中拿出几张泛着荧光的纸牌。

纸牌被渲染得十分逼真，在SHMI的强大增强现实渲染能力下，他们甚至可以"触摸"到它微微发硬的纸质边缘——那是通过SHMI产生的虚拟触觉，仔细感受的话，还是能和真实的感觉区分出来。

"这是格蕾给我的占卜牌，"他说，"你可以看看。"

阿普顿拿起卡牌，前后翻看了几下，又放回桌子上。

"这是什么意思？"

筱白旸看了罗茜一眼，发现她也在看着他，他点点头，罗茜拿起最初的一张"石匠兄弟会"说："我来说吧，这是格蕾拿出的第一张占卜牌，说它代表筱白旸。当时我们正在调查宁静城里的一桩命案，她故意出现并把我们引到她那里，在那之前，我们没有任何接触。"

"石匠兄弟会，"阿普顿低声念道，"是对暗中拥有权力和能力的人的隐喻，很符合建造师的身份。"

罗茜拿起第二张占卜牌"森林之王的女儿"，停了一下，又放在桌子上，拿起第三张"以身试火"。

"只有一点儿不明白，"筱白旸插话道，"她说这张牌代表罗茜，但我没想明白这和她有什么关系。"

阿普顿看了罗茜一眼，没有说话。

"先说第三张，"罗茜打断两人的话题，"以身试火，应该是说她以自己为祭品去探寻献祭符文的秘密，也可能是说我们俩伪装成信徒进入仪式现场的事。"

阿普顿又点了点头："这些都不难理解，或许她猜出了你们两人的身份，而且她刚好准备去仪式现场，便把这张'以身试火'拿出来，提醒你们她的计划。"

"可这张呢？"筱白旸拿起第四张占卜牌"觅星者"，"在希尔维世界里，她并不知道外面有些什么，我们出去后，又会发生什么，但在 S257901 世界，一切都在按照这张卡牌上的预言发展。"

他把"觅星者"放在三人中间，这才注意到，天空中闪烁的星星，似乎构成了一个仰卧的女性的轮廓，看起来有些像裁缝店里治安官勾画出的轮廓线，而站在地面上的男孩，似乎正在无声地呐喊。

就像寓意着晴实会在星空中死去，而他却对此无可奈何一般。

他的神情又是一阵恍惚，这些占卜牌不但预示了可能发生的事，似乎还能看到这些事情发生之后的结局。

那个神秘的占卜师，似乎早就看到了他可能会经历的事，比如闪烁的天空中传递的信息，比如到星空中寻找逃出生天的路，比如眼睁睁看着晴实死于那个神秘诅咒，自己却无能为力。

阿普顿和罗茜也默默看着桌面上的占卜牌，似乎陷入了沉思。

理性告诉他们，在世界簇这个人造的无限世界中，虽然充满了角色扮演类世界和被虚构的神灵，但不可能有超出人类理解之外的神秘主义存在，因为人类才是世界簇的创造者。这就像一个人类妄言神的命运，却又无比准确一般。

这是个黑色幽默，而且一点儿都不好笑。

"还有这个，"罗茜越过第五张纸牌，直接拿起第六张，"这个世界，你应该并不陌生，而且，这种词汇，根本不应该出现在你创造的世界里。"

朋克舞者。

就算那个占卜师再强大，也不可能描绘出超出自己理解的东西，尤其是当她从来没有离开过那个被设定为文艺复兴时代背景的世界时，"朋克"这个词，绝对不应该出现在她的认知中。

阿普顿再次陷入长久的沉默，不知过了多久，才用略显沙哑的声音说出几个字来："不应该啊……"

三人互相看着对方，都从彼此眼神中看出了潜藏的含义。

如果现实世界也能被预知，那是否意味着，人类也在被某种看不见的力量支配着，就像我们支配着世界簇橙区中那些 AI 原住民的命运一样？

筱白旸和阿普顿这两位创造过许多世界的资深下潜者，不约而同地摸向自己的脑后。

冰冷的触感从筱白旸指间处传来，有 SHMI 接口天线，说明这里是现实世界。因为 SHMI 协议中有强制判定，世界簇中的任何世界，不得以任何形式在化身的身上模拟 SHMI 接口的物理硬件，而这也是许多下潜者区分现实世界与世界簇的主要方法。

两人同时收回手，互相对视了一眼，从彼此眼中看出一抹轻松的神情，于是便各自挤出一个难看的笑容。

但两人的笑容又同时僵在脸上。

如果世界簇的所有协议，包括 SHMI 本身，是另外一个"现实"模拟出来的呢？

两人又沉默了一会儿，筱白旸才试探性地开口道："不能证实，也不能证伪。"

"那就当它是真的。"阿普顿说。

两人再次露出笑容，但这笑容中却充满了心虚和不自信。

"如果占卜师格蕾真的能预言我们会经历的事，"筱白旸绕开那个话题，"下一张占卜牌，就得好好研究一下了。"

三人同时将目光投向桌面上摊开的第五张占卜牌。画面上，一个看不清面孔的背影在一座潘洛斯阶梯上缓缓前行。

那是一个在现实中不可能存在的结构，从画面外看过去，这个阶梯首尾连在一起，向着一个方向上升，虽然一直在向上走，却永远走不出这样的循环。

"潘洛斯阶梯是一个三维空间里不可能出现的结构。"筱白旸说，"格蕾的意思，是不是说，之后我们可能遇到一个没有结尾的循环？"

阿普顿摇摇头："在现实世界中不存在，并不意味着在世界簇中不能实现，你是建造师，应该知道，我们至少有一百种方法来构造一个这样的世界。"

"那是不是说，"罗茜突然问道，"我们想要找到曹审言，就要去世界簇中寻找一个潘洛斯阶梯结构的世界？"

"问题是，世界簇中的世界那么多，"阿普顿皱眉道，"有潘洛斯阶梯结构的世界没有一千也有八百，我们该从哪里开始？等到把这些世界找完，又要花多少时间？"

"也不一定，"筱白旸拿起那张只在三人增强视觉中存在的纸牌，在外人看来，他只是有些滑稽地从什么都没有的桌面上捏起一团空气而已，"之前的占卜牌里都有两层隐喻，这张牌的……暗示，或许不应该这么明显。"

他捏住纸牌对角轻轻拉动，把纸牌放大到桌面大小，让画面中的每个细节都呈现在三人面前。

牌面上的图形是全息渲染的矢量信息，放大后没有任何失真，反而呈现出更多细节，筱白旸指着画面上一个位置说："看这里，这条黑线是什么？"

其他两人顺着他手指的方向看去，在阶梯左上角的位置，果然有一条非常不起眼的黑线，在纸牌只有原始大小时，很难把它和楼梯上的棱线区分开来。

罗茜说："像一条缝。"

筱白旸点点头："阿普顿，这是你的世界里拿出来的东西，你能看一下它的原始代码吗？"

阿普顿眼神突然一亮："不用，这张图是全息渲染的，我们处理这种图片的时候，直接调用了 holography9 的方法库。"

他的话音刚落，筱白旸就在增强视觉控制台中调出一个操作界面，输入了几行代码后，用两根手指按住牌面上的画面，轻轻转动。

那张卡牌上的画面随着筱白旸的手指旋转起来，将左上角被挡住的位置转到画面正前方来。

不是平面图形的旋转，而像是将整个三维图形沿着 Z 轴旋转了 90°，将原本隐藏在画面内侧的区域完全展现出来。

在画面上，那个原本首尾相连的阶梯，随着视角的变化而展露出它的真容——那不是一个一直上升的阶梯，在阶梯的最底端，有一座高大的拱门，但因为视角被遮挡的原因，这扇拱门完全被掩藏在阶梯最顶端一段区域的后面，三人刚刚看到的黑色线条，刚好是拱门顶端的一条棱线。

"好吧，"阿普顿把身体向后靠向沙发背，双手交叉放在脑后，"这又能说明什么问题？"

"我不知道这张图是不是那个叫格蕾的原住民 AI 自己画出来的，"筱白旸收起桌面上的控制台，"但这其实是一个不常用的紫区世界模型。"

阿普顿的脸色突然凝重起来，他不自然地坐直身体："你是说……"

"没错，条件循环界门。"筱白旸点点头。

"不行，那太危险了。"

"如果这个占卜师真的预言了整件事的所有环节，我们就必须去那里试试。"

"这不是开玩笑的事，"阿普顿的头摇得像拨浪鼓一样，"就算在 S257901 世界，你们至少还有机会，如果去了这种世界……"

"我想相信那个占卜师一回。"

"罗警官，"阿普顿没有再试着说服筱白旸，转而看向罗茜，"你劝劝你的朋友，不能让他去冒这个险。"

"请等一下。"罗茜做了个暂停的手势，左右看了看身边的两人，"你们把我绕糊涂了，谁能告诉我，这个什么什么循环界门到底是怎么回事？到底有什么危险？"

阿普顿坐直身体，正要说话，"于我而言"咖啡厅的大门突然发出一声轻响"叮——"

三人向门口方向望去，一个穿着黑色皮衣，戴着墨镜的短发男人走进大门，在他身后，跟着两个差不多装束的年轻人。

"欢迎光临！"机器人门迎发出一声欢快的声音。

罗茜脸色骤然一变。

黑衣人四下环顾了一圈，径直走向三人所在的桌子。罗茜站起身来，面色阴沉地看着来人。

"郭也先生？"黑衣人直接无视了她，走到阿普顿面前。

"是我。"阿普顿站起身来，"您是……"

黑衣人摘下眼镜，把自己的证件投射在所有人的增强视觉中："市公安局技术犯罪调查科的，有件跟世界簇刑事犯罪相关的案子，请你配合调查一下。"

筱白旸这才知道，阿普顿的真名原来叫郭也。

没等阿普顿说话，罗茜拦在男人面前："常盛君，你干吗？我正在……"

那个叫常盛君的警察这才看了她一眼，随口道："原来是罗警官，你不是停职了吗，怎么有空到这里来？"

筱白旸皱起眉头看向罗茜，刚好看到她躲闪的目光。

"局里只是让我放假，没说不让我自己查案，"罗茜迎着常盛君的目光狠狠瞪回去，"而且，我已经找到足够的证据……"

"得了吧，"常盛君把墨镜装进上衣内侧的口袋，"你有什么证据？证明你说的什么咒语还是魔法能把活人咒死？罗警官，现在是21世纪，已经不流行巫术了。"

说完，他再次看向阿普顿："郭先生，请配合我们调查。"

阿普顿点点头："好。"

常盛君又瞥了罗茜一眼，侧身让出一条道路。

阿普顿跟着他向前走了几步，转头看了筱白旸一眼："别去。"

筱白旸微微摇了摇头。

阿普顿叹了口气:"发音表在治安官的私邸,希望对你有用。"

常盛君伸手打断他:"郭先生,从现在开始,你所说的所有话都会被记录,未来,不论是否对你有利,警方和法官都有可能采用这些话作为证物。"

阿普顿点点头,不再说话,转身走出咖啡厅。

22　写本书

直到三名警察带着阿普顿离开很久之后，筱白旸和罗茜还默默坐着，谁都没有发出任何声音。

"这么说，你已经被停职了？"还是筱白旸率先打破了沉默，"是什么时候的事？我从空间站世界出来之后？"

罗茜抿了抿嘴唇，半天后才摇了摇头，开口道："还要早些。"

"那就是从希尔维世界出来之后？"筱白旸似乎并没有为她有意隐瞒自己而生气。

"还要早一些。"罗茜低下头，低声说道。

"不对，再早的话，我们还没有见过那个献祭……"筱白旸像是突然想起什么，停了下来，"这么说，你早就知道，对不对？"

他的声音依然很平静，罗茜已经被停职了，却欺骗了他，可他似乎并没有任何被欺骗的愤怒，也没有什么其他情绪。事到如今，他反倒冷静了不少，既然这件事已经找到自己头上，无论如何，自己也是逃不掉的。

他反而有些庆幸罗茜找到了自己，否则他很可能会和晴实一样，成为泡在驾驶舱里的一具尸体。

"也……不是，化客案件之后，技术犯罪调查部门——就是刚才那个常盛君他们——认为只是一起技术事故，应该是世界簇的某种缺陷造成的，但公开这个缺陷会造成社会恐慌，所以他们选择销毁所有副本，但我觉得，这件事应该是人为的，于是我悄悄……留了一份体验副本。"

"难怪你会被停职。"筱白旸点点头，"那份副本呢？"

"被他们收走了，应该已经销毁了吧。"罗茜说，"然后，我就被停职了，但我还是觉得，这件事应该没那么简单，所以才……找到你。"

筱白旸自嘲地翘起嘴角。

"你……好像不怎么生气？"女警官有些心虚地看了他一眼。

"我生什么气？你又没骗我。"筱白旸说，"况且，如果不是你来找我，我可能早就跟……晴实一起死在空间站里了。"

"对不起……"

筱白旸低着头想了一会儿，端起早已经凉掉的咖啡一饮而尽。

"还是说说后面我们该怎么办吧，"放下咖啡杯，他说，"阿普顿被你的同事带走了，现在只能靠我们自己去找曹审言，再另想办法从他嘴里撬出点儿什么来。"

"对了，"罗茜也不再纠结那个问题，"你们刚才说的，什么条件循环界门，到底是什么意思？为什么阿普顿不让你去那里？"

筱白旸看着面前的空咖啡杯陷入沉思，过了很长时间，才开口道："条件循环界门是紫区世界的一种构造模型，用的人不多，这玩意儿本来没什么危险，但如果跟……那个献祭符文或者杀人诅咒放在一起，就有些麻烦了。"

说完，他摇了摇空空的咖啡杯，在桌面上轻轻敲击，又点了一杯咖啡。

罗茜静静看着他，像是在等待着下文。

"你学过编程吗？"筱白旸接着问道。

"在警校学过一点儿，"罗茜说，"毕业之后都还给老师了。"

"没关系，一点儿就够了，那你应该听过条件循环语句吧？基本上，无论哪种语言，都会有这种结构。"

罗茜有些不自信地点点头。

"条件循环界门，和那些古老的编程语言一样，只不过更宏观一些，你可以把整个世界当作一个循环语句，把进入其中的下潜者当作某种……变量，只要进入那个世界，当你从任何界门穿越的时候，只要没有满足这个界门的条件，就会再次回到这个世界，直到满足条件，才能离开。"

"听起来也没什么，有那么可怕吗？"

"如果不能从界门离开，你只能强行上浮，这样的话，你必须放弃下潜到那个世界的化身——这本来没什么，无非是赔点儿钱罢了，可是现在，世界簇里有了献祭符文和那个死亡诅咒，强行上浮就会变得非常危险。"

"不对啊，你记不记得在希尔维世界，当时我也没有从任何界门离开，都是直接上浮的，可那个化身不是一直存在吗？"

筱白旸又叹了口气。

"我是不是又问了一个愚蠢的问题？"

"也不是，你很少进入橙区，不了解也很正常，当时有两个原因：首先，希尔维世界是个角色扮演世界，我们进入其中时，用的

158

是原本就在里面生活的角色——这种下潜方式叫作'附身'，你上浮后，化身便会被原本的 AI 接管；如果我们直接用外面的化身进去，就没办法随时上浮了。"

机器人侍应生又端来两杯咖啡，筱白旸接过那个比之前大了一倍的杯子，轻轻呷了一口："不知道阿普顿为什么喜欢喝那么寡淡的美式，还是 Flat White 更合我的口味，奶味儿和咖啡味儿都够足。"

另一只杯子被递到罗茜面前，她没有伸手去接，而是问道："第二个原因呢？"

筱白旸放下杯子："当然是因为，阿普顿的世界允许随时上浮。"

"这有什么区别吗？"

"允许随时上浮，意味着这个世界使用了动态高频热备技术，差不多每隔 0.1 秒，化身的数据就会被记录一次，这样就算因为上浮导致数据丢失，也只有 0.1 秒的动态数据可能丢失，而对于人类来说，这点儿时间丢失的数据，几乎完全无法感知，所以你才能够随时上浮，再随时'附身'进来，而不会有任何违和感。"

罗茜点了点头："听起来这种技术很实用，为什么阿普顿的世界允许？别的橙区世界不允许吗？"

筱白旸继续耐心解释道："你知道正版的动态高频热备模组要花多少钱吗？我是说每个小时。"

罗茜摇摇头。

"还记得我们第一次见面的时候点的自助餐吗？在世界簇里。"

"记得，一千多熵币一个人——你不会是说，希尔维世界，一小时就要一千多熵币吧！"

"差不多吧，"筱白旸说，"这只是正版动态高频热备模组的租金，如果算上能耗，一天差不多要三万块熵币——折合成现金，就是 50 万。"

说完，他抬头看了看罗茜，看到她飞快地吐了吐舌头。

"没关系，他肯定挣得更多，"筱白旸说，"他在世界簇上卖希尔维世界里能用到的各种东西、角色化身、武器、服装，还有各种符文，曹审言买的那个献祭符文就是这么来的。这些东西都是 NFT 的，用了就没了，只要这个世界一直有访客，他就会一直赚钱。不过，跟那些开放世界比起来，角色扮演世界还不算最挣钱的。"

说完，他又想起了什么，微笑着对罗茜说："对了，如果你将来想在世界簇旅行，最好选择这种可以随时上浮的世界，至少不用担心被人用什么莫名其妙的诅咒咒死。"

看到他脸上终于再次露出笑容，罗茜似乎也难得地放松下来，半开玩笑地说："我觉得，你不做建造师的话，可以试着写一本书，书名我都想好了，就叫《世界簇漫游指南》，专门教我们这种很少下潜的人怎么在世界簇里生存。"

筱白旸的嘴角微微扬起："等这件事了结了，我就去写。"

两人同时端起咖啡喝了一口，再次沉默下来。

筱白旸的目光落在桌面上的占卜牌上，又想起使用条件循环界门的世界。不管怎么说，要想继续调查这件事，他们——或者说，筱白旸，还是要去这样的世界看看。

"我回去准备一下，"筱白旸犹豫了一下，开口说，"使用条件循环界门的世界，通过正常途径很难找到，我得去紫区世界里找找。"

人们习惯将世界簇里的世界按照绿、橙、紫三种颜色区分，绿区世界只是通过 SHMI 在现实世界中叠加了一层增强视野，人们并不会关闭对外界的感知，因此这里最安全，也最容易掌控。

在筱白旸这种资深下潜者看来，橙区才是真正的世界簇，这里需要人们完全沉浸式下潜，而且经常需要长时间沉浸其中，所以才会使用驾驶舱和 LSP 协议来维持下潜时的生存。

但很少有人知道，世界簇中其实还有一种世界，它们虽然也是沉浸式下潜的世界，但不像橙区一样拥有完整的物理引擎，大部分是有巨大缺陷的半成品，还有许多不支持 SHMI、LSP 和一致性协议这三大标准协议的诡异世界，如果迷失其中，轻则损失化身，重则可能永远无法离开，成为迷失在世界簇深处、靠驾驶舱维系生命的活死人。

"如果是这样，我宁可放弃这个案子。"罗茜摇摇头。

看到罗茜眼中流露出的关心，筱白旸自嘲地笑了笑："我知道你在想什么，晴实的死对我确实是个沉重的打击，坐在这里，我还是不敢确定，我到底还有没有勇气进入驾驶舱，更别提去紫区了。"

"别去了，好吗？我再打个报告上去，交给警方来处理吧。"罗茜伸手握住他的右手。

虽然一直在喝温热的咖啡，筱白旸的手还是有些凉，感受到女孩手上传来的温度，他没有抽出手："你知道吗？我很小的时候就相信一个事实——凡是需要你自己做的事，无论你把它交给谁，哪怕是最信任的人，他也一定会把这件事办砸。"

罗茜的手握得更紧了些。

"晴实的死，是我自己的问题。我亏欠她很多，这件事我不会假手任何人，不管曹审言逃到哪里，我一定会把他找出来，还晴实一个公道。"

"无论如何，我都不同意你冒这么大的险。"罗茜说，"阿普顿是对的，这次你能从 S257901 世界出来，已经是侥幸了，我不能再让你冒险了。"

筱白旸轻轻抬起左手，盖在女孩的手上，轻柔但坚定地推开她的手，收回自己因为紧张和不安而有些冰凉的右手。

"放心，我会找到曹审言，还会找到这件事的真相。"说着，他深深地吸了一口气，"帮你平反昭雪。"

罗茜一愣，似乎没想到他还记着这件事，苦笑一声："我的事性质很严重，上面正在讨论处理意见，最好的结果，我的工作可能保不住了，至于会不会追究刑责，还要看上面的意思——不过那都不重要了。"

"正是因为这样，"筱白旸说，"我才更要查出来，到底是谁谋划了这一切，他到底要做什么，而且你说过，我还要把它写到那本书里。"

罗茜正要说话，手包里突然响起一阵铃声。

她对筱白旸轻轻说声抱歉，从包里拿出一个古老的方盒子，接通了电话。

"什么？"

她整个人突然从沙发上站了起来，把筱白旸吓了一跳。

他看向罗茜，只见她竖起食指，示意自己先不要说话，又默默听了一会儿后，才点点头说："我知道了。"

挂断电话，她却没有坐下，而是直接拿起放在沙发上的外衣，边穿边往外走："我得回趟局里，曹审言抓住了。"

23　干一票大的

罗茜走后，筱白旸一个人又在咖啡厅坐了一会儿，才叫来机器人侍应生，用社保账号买了单。

离开咖啡厅后，他一个人漫无目的地走在略显空旷的街头，不知道该去哪里。

虽然世界簇通过 SHMI 可以模拟出无比接近现实的感觉，但是，自己已经有多久没有这样在现实世界的街头散步了？

他抬起头，增强视野中的每座建筑、每辆车甚至每个行人都被镶上了一条亮白色的轮廓线，跳动的数字标注了所有物体的识别信息和数据，甚至把正在转弯的车辆可能的轨迹线都标注了出来。

他缓缓移动的目光落在一个小女孩身上，视野中立刻弹出一个悬浮窗口，将女孩的面庞放大显示出来，他不认识那个女孩，所以，受到隐私保护法律的限制，女孩的姓名框和简介信息中一片空白。当他把目光移向女孩旁边的一个市政机器人时，那些浮窗中立刻展现出大段文字，包括机器人的型号、参数、出厂时间甚至维保记录。

这就是这个世界的"用户体验界面"，是世界簇出现后，人们所看到的数字增强过的现实。

他移开目光，在马路边上坐下，用双手捂住脸，用力搓了几下，在人行道上仰天躺下。

"关闭增强视觉辅助系统。"他在大脑中对 SHMI 说。

世界簇忠实地执行了命令，各种辅助界面顿时消失不见，筱白旸静静地躺在马路边的人行道上，看到刺破苍穹的摩天大楼围出的一片不规则形状的蔚蓝天空。

这种天空，他在世界簇中见过无数次，但在现实中，已经好久没见过了。

没什么好失落的。他想。世界簇已经成为人类文明的一部分，他自然不会像那些反技术主义者那样伤春悲秋，也不会矫情地感叹人类已经不再纯粹。

既然这样，他总要去解决那个问题。

不知道为什么，他想起罗茜说的那本书，其实还真是个不错的主意。

一个市政巡逻机器人无声地驶过来，询问他是否需要帮助，筱白旸摆了摆手，机器人在读取了他的生物识别信息和身体状况，确定他并不是酗酒后，用轻柔的声音提醒他注意交通安全和身体健康，便转动履带离开。

默默躺了一会儿后，筱白旸起身向公寓的方向走去。

曹审言已经抓住了，自己自然不用再冒险去紫区找他，那个原住民占卜师的预言，自然也就不可能是真的。

一想到曾经如此笃信一个角色扮演世界里的 AI 能够预言自己的命运，筱白旸就觉得有些尴尬，他自我解嘲地笑了笑，像是在嘲笑自己的愚蠢与迷信。

筱白旸沿着轨道交通线漫无目的地走着，个人通信突然又响了起来，是个陌生的联系人。他重新启动增强视觉辅助界面，阿普顿的全息影像出现在增强视野中："筱先生，我是阿普顿。"

"阿普顿，"筱白旸礼节性地点点头，"您不是……"

"只是配合调查一下，"阿普顿说，"既然凶手被抓住了，我也就出来了。"

"那就好，"筱白旸有些不解，"您有什么事吗？"

"筱先生，我在市公安局听到，曹审言的确已经被抓住了，警方还在审讯；还有一件事，出门的时候，我看到罗警官戴着手铐，被人押着往拘留室那边去了，她的状态好像不太好，直觉告诉我这里面可能有什么事，所以我一出来就跟您知会一声。"

"好的，我知道了，谢谢。"

挂断电话，筱白旸又沿着轨道站向前走了一段路，突然停下来，找到刚刚的通信记录拨了回去。

"阿普顿，你现在在哪里？"

"我正在回咖啡厅的路上，"阿普顿说，"我就住在那里。"

"好的，我现在回去找你，有些事想跟你商量一下。"

阿普顿的脸上露出一丝犹豫的表情，但他很快又点了点头："好，我预计半小时后到，咱们见面再说。"

挂断通信，筱白旸深深吸了一口气，转身向来时的方向走去。

二十分钟后，筱白旸回到"于我而言"咖啡厅中，重新给自己点了一杯咖啡。刚刚端起杯子，阿普顿便走了进来。

"抱歉，"刚刚进门，他就对咖啡厅中零散坐着的几个顾客说，"店里有些事要处理，要提前打烊了，今天的消费都算我的。"

在礼貌地请走了所有顾客后，阿普顿才在筱白旸对面坐了下来。

筱白旸换了个坐姿，让自己更靠近对面一些，这才开口道："长话短说，我想干一票大的，需要你帮忙。"

阿普顿迎着他的目光看过去，两人直直对视了有一分钟时间。

"我们……好像不那么熟。"半晌之后，阿普顿才开口道。他一边说着，一边从桌子下面拿出一把小锉刀，轻轻锉起自己的指甲。

"你需要什么？——我知道你不差钱，我可以用别的东西交换，只要能做到，我都可以给你。"

阿普顿叹了口气："筱先生，你误会了我的意思。"

筱白旸静静等待着他的下文，他放下锉刀，接着说道："我是说，我大概能猜出你想让我帮忙的是什么事，这么重要的事，你怎么放心找一个陌生人来帮忙？"

筱白旸苦笑一声："我也没有别的能帮忙的熟人了。"

阿普顿笑了起来："既然这样，这个忙我可以帮。我的条件也很简单，我没有成为建造师的天赋，但关于世界簇，我有无数普通人想不到的点子——和钱。这件事完了，你做我的技术合伙人，怎么样？"

筱白旸一愣，他本以为阿普顿会狮子大开口，没想到对方却开出了一个几乎等于白送的价码。

作为建造师，跟世界管理者合作是常事，虽然他没有跟阿普顿合作过，但也在角色扮演世界的圈子里听说过他，只要他开口，有的是优秀建造师想来做他的技术合伙人。

"就这？"想了半天，他才憋出两个字来。

"是的，而且我会在下个项目里给你 10 个点的股份，在市监局备案的那种，只要经营得当，这也是一笔不菲的收入，怎么样？"

"成交。"既然对方爽快，他也没有什么矫情的必要。

阿普顿笑笑："那么，你需要我做些什么？"

筱白旸狠狠喝了一口咖啡，才开口说道："两件事，第一，我想把罗茜救出来，第二，我要见曹审言一面。"

阿普顿皱起眉头："早知道你说的是这件事，我就不答应你了——我能反悔吗？"

筱白旸摇摇头："晚了，如果……呃，如果你不答应，我就把……把你的真名，还有这家咖啡厅的地址公布出去……"

第一次在现实世界中要挟人，筱白旸感觉自己做得委实有些失败，他想起罗茜当时用这个条件威胁自己的时候，显得纯熟得多了。

阿普顿哈哈大笑起来："行吧，我还挺怕这个的，不过话说回来，就算你能把罗警官带出来，也没什么太大的意义，不但她身上的罪名洗不脱，你还会成为协助出逃的罪犯被通缉。你完全可以自己去调查，没必要带上她。"

"我知道，"筱白旸说，"我只是去给她一个选择的机会，要不要亲自去调查，决定权在她自己。"

"说说你的计划吧。"

筱白旸直截了当地说："我需要你帮我混进羲都市公安局。来的路上我查了一些资料，市局使用的分支簇是私有簇，与全国警务系统属于一个簇群，跟世界簇在物理上是隔绝的，但我仔细研究了一下，不是没有漏洞可循，但我需要很大的算力，才能入侵这个私有簇。"

阿普顿点点头："我运营着十几个角色扮演世界，每个世界都在使用高频热备，把这些服务全部停掉，用来支撑你的计划，应该是够了。"

"算力是够了，"筱白旸说，"但我最需要的是你的全息渲染机。"

"你用那个干吗？"

筱白旸把手伸到脑后，强行关掉SHMI接口，示意阿普顿也关掉它，后者犹豫了一下，还是照着做了。

"我要修改那个私有簇里所有SHMI终端的数据。"

阿普顿静静等待他的下文。

"简单地说，"筱白旸继续说道，"我打算在市局私有簇每个人的增强视野里叠加一个动态渲染的界面，但这个界面必须特别逼真，而且要能够覆盖现实世界中的具体对象。"

阿普顿恍然大悟道："你是说，你打算用全息渲染机假造一张脸，覆盖在你自己的脸上，用这种方式混进市局？"

"是的，监控什么的都很好解决，入侵私有簇后，那些东西可以随便换。"

阿普顿用手指轻敲桌面，似乎想唤出增强视觉界面，可他敲了半天，什么都没有发生。在他的对面，筱白旸也关闭了SHMI。没有增强视觉，没有辅助界面，没有对象识别和数据分析，也没有任何覆盖于物质世界之上的信息，此时此刻，两人面前所呈现出的，才是真正意义上的"现实"。

"很……有创造力，"阿普顿先是赞了一句，紧接着又提出自己的问题，"但也很容易暴露，只要市局里任何一个人关掉SHMI，你的行动立刻就会被发现。"

筱白旸点点头："我知道，但我没别的办法了，时间也不允许，我只能赌所有人对增强视觉辅助系统的依赖，我今天试着把它关了一会儿，就像现在一样，那种滋味……很不好受。"

"那你打算伪装成谁？"

"带你走的那个人，常盛君。如果像他说的，这件案子归他管，那他的身份肯定更容易接近曹审言和罗茜。"

阿普顿想了会儿，摇头道："不行，据我所知，常盛君大部分时间都要待在局里，你很难有机会。"

"羲都市的警察，我只见过两个人，还有一个在拘留室里关着，除了常盛君，我也不知道该伪装成谁了。"

阿普顿说："不一定非要装成市局里的人。"

"外面的人也没有机会接近……"

"不，我是说，罗警官私留高危物品的事可大可小，省里应该也有报备，你可以装成省里的人来问讯。"

筱白旸的眼睛亮了起来："对，这样我就可以名正言顺地把人带出去。"

阿普顿摇摇头："这么带出去不行，你应该这样。"

他压低声音，凑到筱白旸耳边把自己的计划说了一遍。筱白旸认真听着，时而点头时而摇头，又低声与他争论了几句，终于狠狠点了点头："就这么干！"

"如果可以，我还是建议你不要去，毕竟这件事就算成功，也不可能瞒太久，你入侵私有簇，还把受拘押的嫌疑人带出来，就算出来你又能怎么样？"

"我知道，"筱白旸说，"你我都清楚，化客和那些副本体验者的死，就是献祭符文造成的，但这种说法，警方不会采信，我们只有找到更确凿的证据，才能为她洗刷冤屈，所以我要去见曹审言——他知道献祭符文可以杀死下潜者的事，一定有人指点，我们必须找到那个人。"

说完，他又看了阿普顿一眼，这个人自己的嫌疑还没有完全洗脱。

阿普顿又叹了口气："行吧，那就这么定吧。我现在已经开始后悔了，毕竟一个通缉犯是不可能当什么技术合伙人的，这么看，我还是赔了。"

筱白旸笑笑："没事，就算我被通缉，躲在橙区甚至紫区里，一样可以帮你做事。"

"还有一件事，这件事，我从头到尾都没有参与过，是你挟持了我在世界簇上的资源来做的，所有事都跟我无关，明白吗？"

筱白旸站起身来："今天晚上，你的公司资源就会被挟持，你先做好准备，到时候你运营的世界可能会突然停掉，别让你损失太大。"

阿普顿也站起来："我肯定疯了，才会跟你这个疯子合作。"

两人握了握手，筱白旸转身向外走去。

24 潜入

"市局私有簇的例行检查时间间隔为 45 分钟，也就是说，我最多只有 40 分钟左右的时间，所以一切都必须在 40 分钟内完成，在那之后，无论什么情况，我都必须离开市局大楼。"

下午 2 点 23 分，一辆自动驾驶的黑色公务车无声地驶入羲都市公安局大院，车门缓缓打开，一男一女两个穿着黑色制服的公务人员走下车来。

男人扶了扶眼镜，向主建筑入口的方向走去。

"开始计时。"

这个男人正是筱白旸，他深深吸了一口气，在增强视野中，他的目光所及之处，建筑和功能性设施都被标注了出来，当他的目光移向来往的人时，对方的姓名职位等信息会立刻浮现出来。

"别紧张，"一边走，他一边低声对身后的女人说，"等我离开后，你就跟他们说你是被我胁迫的。"

"我明白，"女人也压低声音，"郭总交代过，我知道该怎么做。"

两人很快来到主建筑门口，门禁扫过两人，很快亮起绿色灯光，安保闸机向两侧打开。

"我使用的，是省局巡查组的一个真实警察的身份，市局里难免会有认识他的人，所以要做好万全准备。"

站在闸机内的安保人员看了一眼，筱白旸知道，他的增强视觉中会浮现出面前男人的信息：文耀征，省局巡查员。

果然，安保人员只是看了一眼便放了行。

筱白旸两人顺利通过门口安检，向电梯方向走去。

前一天晚上，他已经把整个市局中所有关键位置都深深记在脑海中，他像这里的常客一样，轻车熟路地走进电梯。

"文警官，今天怎么有空来这边？"电梯中，突然有个声音从筱白旸背后响起。

他回头看了一眼，那个陌生警察的信息立刻出现在他的增强视野中。

"哦，是老曾啊，"他说，"来办点儿事。"

"那行，你先忙，"老曾点点头，"改天一起吃个饭。"

"好嘞。"

电梯在4层停了下来，筱白旸两人走出电梯。

问讯的手续并不复杂，在办理了正常手续，又跟市局负责的警察寒暄几句后，筱白旸被一位警察带着走进一间宽敞的会议室中。

"文警官，您稍等一会儿，"领他来的警察给他倒了杯水，"人一会儿就带来。"

"那行，辛苦你了，孙警官。"筱白旸点点头。

姓孙的警官在他对面坐下，没过多久，罗茜被另外一名警察带着走进会议室，在会议桌旁坐下来。她的手腕上并没有戴手铐，只是看起来精神状态有些不好。

"哦，是这样，"孙警官说，"这位就是罗警官，咱们这件案子的当事人，是咱们市局的同事，自己人，事儿又不太大，咱们就别去什么审讯室了，在这里聊吧。"

筱白旸看了这位孙警官一眼，他看起来四十多岁，微胖的脸上一直带着人畜无害的笑容。

"事儿大不大，是要法律决定的。"他故意绷着脸说。

"那是，那是，"孙警官笑了笑，"那咱们……开始吧？"

罗茜一直低着头，似乎并没有注意到两人的对话。

筱白旸看了眼增强视野中的时间，还有 31 分钟。

他打开前一天晚上准备好的问题列表，这些问题都是真实的，就在真正的文耀征的个人备忘中，他只不过拿过来，提前问出来而已。

"问讯的时候，一定会有监控，并有市局的警察在现场陪着，我需要在恰当的时机，把那个警察支开，大概需要一分钟时间。"

他例行公事般问了几句，抬头看了孙警官一眼，后者的个人通信突然响了。

孙警官看了眼正在问讯的两人，又抬头看了现场监控一眼，示意自己要出去接个电话。

筱白旸点点头，直到他走出会议室，才继续问道："你要自己调查，还是让我帮你调查？"

"我想……"刚回答了两个字，罗茜突然抬起头来。

筱白旸已经解除了对她 SHMI 的屏蔽，让自己真实的面貌出现在她面前。

"你……"她刚要起身，被筱白旸伸手示意不要乱动。

"我们时间不多，还有 27 分钟，"筱白旸说，"如果你要自己查，就跟我走，我带你出去，直到找出真相，如果要我帮你，你就点点头，我会继续查下去，给你平反昭雪。"

罗茜的眼中闪过一抹炙热的光芒。

"我跟你走。"她说。

"你们换一下，什么都别说。"

跟着他来的女人点点头，走到罗茜身后，罗茜立刻会意，走过来坐在她原来的位子上。

"如果罗茜要自己去查，我就必须带她离开市局，这样，我需要一个人替她留下，来完成这次偷梁换柱，在劫持私有簇的四十分钟里，那个人都会是罗茜的样子，直到我们离开。"

筱白旸低头操作了几下，在他的增强视野中，两个女人变成了对方的样子。

两人刚刚坐好，孙警官就推门走进会议室："抱歉，是点儿私事。"

"没事，我这边已经问完了。"筱白旸站起身来，"感谢孙警官……还有罗警官的配合。"

"应该的，应该的。"孙警官呵呵笑着说，"那行，那我送您。"

"不用了，"筱白旸说，"又不是第一次来，您送罗警官回去吧。"

孙警官看了"罗茜"一眼，点点头："那好吧，那您慢走，常过来哈。"

筱白旸也点点头，带着罗茜向外面走去。

两人离开会议室，在通往电梯的走廊里，看到常盛君穿着前一天那身夹克，手指上挂着一串车钥匙，向两人走过来。

"别紧张。"筱白旸低声对身后的罗茜说，"他现在认不出你。"

两人与常盛君擦肩而过，很快走到电梯间，转身走进电梯。

筱白旸没有看到的是，常盛君突然回头看了两人一眼，刚好碰上带着"罗茜"走出会议室的孙警官，他瞄了"罗茜"一眼，随口问道："老孙，刚才那俩人是谁？"

"省局的，"孙警官呵呵笑着说，"来做个例行问讯。"

"省里要查这件案子了？"常盛君又看了"罗茜"一眼，"老孙，不是我说，这件事也不算什么大事……咱们内部通报一下就行了，怎么还惊动省局了？"

孙警官笑道："你小子今天吃错什么药了，头一次见你替小罗说话。"

"罗茜"低着头，情绪好像有些不高，似乎两人说的是跟自己完全无关的事。

"一码归一码，我们那是内部矛盾，再怎么说也是好几年的同事了不是。"

孙警官不再说笑，看着他手里的车钥匙："老常，你这是要去哪里？"

"哦，昨天带来的那个证人，说有些新的消息，可能跟案情有关，我过去看看。"

"在解决罗茜的问题后，我要见曹审言一面，需要扮成常盛君的样子，所以，我需要把常盛君调走一段时间。在我给你信号的时候，你给常盛君打电话说你这边有新的情况。"

"常盛君已经驾车离开。"几分钟后，刚刚走出电梯的筱白旸视野中，出现这样一行小字。
"开始第二阶段计划。"
在一处没人的角落，筱白旸和身后的罗茜走过一台监控传感器，出现在另一个传感器视野中的时候，已经变成了常盛君和另一个警察的样子。
两人换了一部电梯，向审讯室的方向走去。

"如果一切顺利，常盛君离开的时候，时间应该还有 20 分钟，来不及等待提审，所以我需要在常盛君还没离开的时候，就办好审讯手续，让曹审言直接在审讯室中等着，我们过去提两个问题，无论有没有结果，都要立刻离开。审讯曹审言的监控材料我已经准备好了，到时候直接替换掉就行。"

两人来到审讯室的时候，曹审言已经待在里面了。
"常队，刚看见您下楼来着，怎么又上来了？"负责的年轻警察随口问了一句。

"哦，我下去送个材料。"筱白旸说。

审讯室的空间很逼仄，四面墙上只有纯粹的白色，看不到灯具的痕迹，里面却散发出惨白的光。这应该也是一种心理攻势，筱白旸并不太了解，但这并不妨碍他正常问话。

"曹审言，"等审讯室的大门关闭，筱白旸才开口道，"到底是谁告诉你，献祭符文可以杀人的？你封锁 S257901 世界使用的是什么技术，又是谁教你的？"

曹审言突然抬起头来，眼睛中闪过一丝诡异的兴奋光芒。

"筱白旸，"他干裂的嘴唇翕动着，"我知道是你。"

罗茜抬头看了筱白旸一眼。

SHMI 是公民基本权利之一，在没有定罪之前，曹审言使用 SHMI 的权限并没有被完全剥夺，所以此时此刻，他眼中的筱白旸，应该还是常盛君的样子才对。

"我了解你的手段，"曹审言直勾勾地看着他，"增强视觉干扰对吗？所以你是来杀我的吗？"

"我没有权力杀你，"筱白旸摇摇头。"虽然我很想这么做。"

曹审言突然发疯一般地大笑起来："我杀了晴实，她那么喜欢你，我本来想把你们俩一起杀掉，但我觉得，让你眼睁睁看着她死也不错……虽然让她看你死会更好一些……这几天，我总算能睡个安稳觉了，再也不用听她在梦里叫你的名字了……"

"砰！"筱白旸随手抓起记录仪，重重砸在桌面上，站起身来。

"来啊！"曹审言狞笑道，"来杀我啊！"

罗茜轻轻拉住筱白旸的手臂。

还有 13 分钟。

筱白旸深深吸了一口气，努力让自己平复下来，坐回椅子。

"虚伪、无能、愚蠢。"曹审言继续冷嘲热讽道，"这就是你，一个无能的废物，眼睁睁看着晴实死在你面前，凶手就在你面前，你却连屁都不敢放一个！不知道她看到你这副怂包样子，会不会还喜欢你……"

筱白旸再次站起身来，拿起桌面上的记录仪。

"筱白旸，别冲动。"罗茜开口道。

"我有分寸。"筱白旸声音平静。

他拿着记录仪走到曹审言面前，看着他狰狞的面孔，狠狠向他的鼻子砸下去。

"砰！"

砸完，他像没事一样返回去，随手把沾着血迹的记录仪放回桌面。

动完手，整个人都好多了。

"这回，可以说说了吧？"

曹审言的眼镜掉到地上，一只手紧紧捂着鼻子，咬紧牙关一声不吭，血液顺着他的指缝流淌出来，染红他的衣襟。刚才那一下，筱白旸已经通过增强视觉中的辅助系统计算过力度，刚好砸塌了他的鼻骨，却又没有让他昏厥过去。

过了十几秒，他才用浓重的鼻音发出似笑非笑的"呵呵"声。

"既然你这么想死，"曹审言含糊不清地说，"那你就去试试吧，那个人会让你知道，什么是真正的绝望。"

筱白旸和罗茜飞快地对视了一眼。

"那个人是谁？"

"诺万。"曹审言说,"在紫区。"

诺万应该是那个人在世界簇中的化名,这个名字在建造师中很常见,早年的建造师中,以这个化名享誉整个世界簇的也不在少数。

"在紫区哪个世界?"

"他无所不在,又不在任何地方,"曹审言似乎已经止住鼻血,"如果你不怕死,就去试试挑战他吧,他会等着你的。"

"一个只敢在紫区待着的丧家之犬而已。"筱白旸说。

"呵呵呵……今天之后,你也会成为一条丧家之犬吧,筱白旸。"曹审言冷笑道,"真是……想看到你绝望的样子啊……"

罗茜又看了筱白旸一眼。

还有 6 分钟。

"行了,就到这里吧。"筱白旸站起身,"我们走。"

两人离开审讯室,在私有簇中的形象很快再次恢复成文耀征和女警官的样子。

"快走,"筱白旸说,"6 分钟,我们要离开大楼,曹审言那边,提审的警察很快就会发现问题,实际时间恐怕还要短些。"

两人飞快地穿过狭长的走廊,从安全通道走下楼梯,在通往一楼大厅的走廊中,一个老年警官的身影出现在走廊尽头。

筱白旸正要继续前行,罗茜从身后拉住他的胳膊:"别走了。"

25 森林之王的女儿

筱白旸疑惑地回头看了一眼，罗茜轻叹一口气，向前努了努嘴。

在老警察身后，一个熟悉的身影出现在走廊尽头。

常盛君。

老警察笑呵呵地走到两人面前："你就是一亿颗牙小白杨吧？"

筱白旸脸上的肌肉抽搐了几下，老警察继续笑道："长得还行，就是瘦了点儿。"

不知道为什么，筱白旸总感觉他像在挑牲口——就是那些近代文学作品里经常出现的那种场景。

老警察一直笑呵呵的，但筱白旸总有一种不寒而栗的感觉，似乎那个看似人畜无害的老人身上散发着让他生不出半丝抵抗之意的威严。

"怎么跟见老丈人似的？"筱白旸想。

没等他开口，老警察又看向罗茜："这就走啦？"

罗茜低着头，好半天才开口道："是我的主意，他是被我胁迫的。"

老警察呵呵干笑了一声，没有应她的话，反问道："真想自己查？"

罗茜睁大眼睛抬起头来。

"想查就去查吧，注意安全，"说着，老警察把背在身后的手伸出来，递过两张纸质文件来。"给你批了一个特别调查授权，不管查出什么结果，记得回来结案。"

罗茜默默看着那两张复古的纸质文件，突然张开双臂抱了抱老人："爸……"

离他们不远的地方，常盛君低头靠墙站着，仿佛完全没有看到面前发生的一切一般。

这回轮到筱白旸目瞪口呆了。

老警察拍了拍在自己肩头轻轻啜泣的年轻女警官："行了，那么大人了，当着外人的面，你也不害臊。"

常盛君轻轻咳了两声，老警察回头佯怒道："老子又没说你。"

筱白旸一口气差点儿没上来：这里就四个人，你老人家没说他，就是说我呗。

罗茜紧紧抱着老警察，撒娇似的晃了几下，不肯松开。

"你再不走，你们那个干扰时间就到了啊。"老警察摊开双手。

罗茜停止啜泣，随手抹了把眼泪，松开双手，道了个别，拿起调查许可，拉着筱白旸向外面走去。

两人飞快走过常盛君，他像是没看见他们一样，低着头使劲搓着脖子，恨不得搓下一层皮来。

"行了，通知其他人，演习结束。"看着两人远去的背影，老警察随口跟站在一旁的常盛君说，"这次暴露了不少问题，你们跟技侦那边配合一下，把出现的问题都找出来，好好检讨一下。"

"是，罗局。"常盛君靠着墙边，毕恭毕敬地敬了个礼。

"知道你在护着她，"老警察继续对他说，"可人总是会长大，你这个师妹，你越护着，她就越蹬鼻子上脸。这次这件事，让她自己去碰碰壁，也不算坏事。"

常盛君动了动嘴唇，不服道："师父，这次的事儿，已经死了十来个人了，万一真有什么邪性……"

"邪性个屁！"老警察转身离开。

筱白旸和罗茜离开市局大楼，坐上那辆黑色公务车。

"倒计时还有 10 秒，9，8……"

汽车缓缓驶出市局大楼，随着倒计时归零，筱白旸似乎觉得眼前有什么东西"砰"的一下破碎开来。

在宽敞的公务车厢中，看着抓着授权文件愣愣出神的罗茜，筱白旸突然想起什么，微微摇了摇头，自嘲道："森林之王的女儿，原来是这个意思。"

罗茜从沉思中回过神来："啊，你说什么？"

"没什么，"筱白旸说，"既然问题解决了，咱们得好好计划一下，到底该怎么做。"

黑色汽车驶入繁忙的公路，很快汇入拥挤的车流之中。

下午，筱白旸和罗茜在于我而言咖啡厅等了好一会儿，去市局接那个伪装女孩的阿普顿才赶过来，三人照旧在那张桌子边坐下，连位置都没有什么变化。筱白旸突然有种恍如隔世的感觉。

"虽然不知道到底为什么，"他想了想，决定先开口说些什么，"但这些天来，所有的事都在向那个占卜师格蕾预言的方向发展。"

说着，他看了罗茜一眼，而她正出神地在增强视野中看着什么，没有注意到他的目光。

"曹审言说，那个人在紫区。"罗茜好半天才抬起头来，"我查了很多资料，世界簇里，叫得上名字的紫区世界至少有两百多万个。"

"没错，这就是我想说的，格蕾预言的事。"

筱白旸的话，成功地把罗茜和阿普顿的注意力吸引过来。

他继续说："到目前为止，我们遇到的所有事，都跟预言纸牌上的画面吻合，石匠、以身试火、觅星者。还有起初我没看懂的一张牌，现在也水落石出了——森林之王的女儿。"

说着，他看了罗茜一眼："现在想来，预言未必是真的，但或许有人早就有了计划，刻意引导着我们一步一步走到现在，如果是那样的话，我们要找的人，肯定在某个使用条件循环界门的紫区世界。"

他把那张"循环"占卜牌放在桌面上，放大到足够让三人都能看清的程度，一切都和一天前一样，就像这一天中什么都没有发生，又回到了原点一般，一种似曾相识的感觉再度涌上来。

只不过，这次的话题从怎么找到曹审言，变成了怎么找到那个叫"诺万"的家伙。

"这么说，你还是要去找那个使用条件循环界门的世界？"阿普顿问道。

筱白旸点点头。

"我跟你一起去。"罗茜突然说道。

筱白旸看向她，她倔强地迎着他的目光回看过来。

"你就算了，"筱白旸说，"你在外面帮我做些什么，比进入你完全陌生的紫区世界要有用得多。"

罗茜气鼓鼓的一副要咬人的样子。

"筱先生的意思是说，"阿普顿笑了笑，"你可以在外面，跟警方保持联系，这样他在里面发现什么，你们可以立刻做出反应，而且，如果他在紫区世界里迷失，你还能想办法帮他出来。"

筱白旸又点点头。

"那……怎么帮？"

"如果确定了那个循环世界是哪里，"阿普顿说，"还需要你通过现实世界的资源找到那个世界的建造师或管理者，至少可以问出界门跳出循环的条件是什么。"

"别担心，"筱白旸也说，"去之前，我要先学会阿普顿那种符文语言的发音，再遇到上次那种事，我应该还能应对。"

"我为自己运营的几个世界请了一家保安公司，"阿普顿说，"如果你坚持要去，我就让他们出几个人，在处理意外和紫区行动方面，说不定他们比你们这些建造师还专业——我可不想我的技术合伙人还没开始合作就死在紫区里。"

筱白旸想了一会儿，还是摇了摇头："不用，人越少越好，我以前在紫区待过，知道该怎么做。"

阿普顿想了想，点点头，起身去吧台那边，不一会儿取了一个TF卡过来，递给筱白旸。

"这是什么？"

"符文语言发音表的副本，昨天回来，我就把它从希尔维世界取了出来，做成了一个带索引的词典，你可以拿着备用。"

筱白旸接过来看了一眼，这种仿佛中世纪般古老的存储方式，已经不知道多少年没有人用过了。

"不能放在世界簇上，"似乎看懂了他的意思，阿普顿解释道，"如果化客和晴实真的是因为它而死，这东西就太危险了，你自己处理，记得把副本销毁。"

"副本……还是交给警方吧。"罗茜说，"这种东西的危险性已经不亚于炸弹了。"

筱白旸站起身来，他的 SHMI 接口中没有读取这种数据的设备，得回公寓做好准备。

"那行，我也准备一下。"阿普顿起身与他握了握手，"年龄大了，不能像你们年轻人那么拼，不过我还是会尽我所能。"

两人松开手，筱白旸转头问罗茜："你打算去哪儿？"

"我跟你走。"罗茜没有丝毫犹豫地说。

两人离开咖啡馆的时候，已经是傍晚时分，路上并没有多少人，一尘不染的街道上，只有正在清扫并不存在的灰尘的市政机器人和偶尔出现在无人便利店的人，带着些许烟火气息。

"走走吧。"罗茜说，"请你吃饭。"

筱白旸想起上次上浮的时候，两人在公寓吃便携火锅的事，嘴角微微上扬。

"我请你吧，"他说，"吃火锅。"

"那我要好多辣。"女孩也笑了，随口说了句"川普"。

"要得。"

两人沿着华灯初上的长街向西走，目的地是两个街区外的商业区。这些年来，世界簇把许多年轻人吸引到虚拟的世界中，商业区早已没有了早些年的繁华景象，但依然可以看到璀璨的霓虹灯光和巨大的全息投影，似乎在张罗着圣诞节的活动。无论如何，那些在世界簇里游荡的人终归是要回到现实世界的。

在羲都市吃火锅，不用去最豪华的连锁餐饮巨头，随便哪个毫不起眼的路边小店，往往都能给想要大快朵颐的人带来意想不到的惊喜。

筱白旸不是羲都人，但自从大学毕业留下以后，他早就适应了这个城市的生活——无论是住还是吃。

当他在商业区边缘一家很不起眼的小火锅店前停下的时候，似乎听到罗茜叹了口气的声音。

"怎么了？"

"你可是土豪啊，我还以为你会请我去那种吃个火锅都要分头盘、主菜、餐后甜点的地方。"

"那多没劲！"筱白旸摇摇头，"每次吃那玩意儿，都觉得服务生下一秒就会走过来教育我'先生，这道菜不可以这样吃'……"

这些天来，他难得幽默一次，罗茜顿时被逗乐了。

"不管怎么说，这个世界上，每个人都应该有选择自己生活方式的权利。"筱白旸接着说道。

"那可不一定。"罗茜努了努嘴。

顺着她的目光看过去，筱白旸看到，火锅店门前，一对老夫妻正在跟火锅店服务员争辩着什么。

两人没急着进去，站在旁边听了一会儿，才搞明白是怎么回事。

原来那位老先生因为慢性病的原因，医生不建议他植入 SHMI 装置，所以没法连接世界簇，老太太为了不让他太孤单，也没有接受植入手术。今天是两人的结婚纪念日，两人出来吃顿饭，在商业区走了好多家店，因为没办法用熵币支付，已经被很多店主拒绝了。

"怎么就不能扫码支付了呢？"老先生好像有些着急，声音就有些高，老太太一个劲地拉着他的衣角说算了算了。

"这个真没办法，"服务员的态度并不差，都是开门做生意的，她也不想得罪任何一个客人，"叔叔，我们老板娘今天不在，店里只能用熵币支付，要不您再看看别家吧。"

"你这样，小姑娘，"老人声音又高了些，"我用微信给你转账，你再用那个什么熵币付给你们老板娘，这不就行了？总不能你们那个什么'醋'一用起来，我们这些老年人出门连顿饭都吃不上吧！"

"叔叔，咱们家真没法用其他方式支付，"小姑娘说，"老板娘要是知道我私下收你的钱，我就别打算在这儿干了。"

"凭什么啊！我还不信了，我又不是不给钱，活人还能让尿憋死不成！"

小姑娘无奈地叹了口气，还要说些什么，筱白旸走过去说："算了算了，让老先生进去吧，我帮他付。"

服务员感激地看了他一眼。

两位老人低声商量了几句，老太太走过来对筱白旸说："小伙子，谢谢了啊。"

筱白旸微微一笑，连连摆手说应该的。

老太太从口袋里拿出一个带着平面显示器的电子设备，筱白旸认出那是手机，世界簇还没出现之前，人们好像人手一部，用来接入当时的互联网。

"小伙子，你的收款码找一下，我给你转账。"

筱白旸挂着笑容的脸顿时僵住了。

这年头，上哪儿找收款码去！

"那……你有没有微信，我发红包给你。"

还是罗茜笑着过来解了围："大爷大妈，你们俩要是不嫌弃，咱们一起吃吧，反正我们俩自己吃也没什么意思，大家一起热闹，多点点儿东西，就算我……算他请的了。"

四人又谦让了一会儿，最后真的凑成一桌吃起火锅来，老先生似乎觉得筱白旸人不错，桌上一直跟他问些问题，在知道他是世界簇建造师后，又是一通从国际形势到中老年妇女权利保障问题的高谈阔论，说得筱白旸连连称是，闷头跟罗茜抢肉，不敢轻易接话。

26　五尺溪

一顿煎熬的饭局之后，两人再次回到街上，筱白旸这才终于开口道："看到了吧，并不是所有人都能融入世界簇。"

罗茜点点头："而且，比例比你想象得要高得多。"

筱白旸挑了挑眉毛。

"警方那里有统计数据，"罗茜说，"最近一次普查数据显示，全国只有 77.28% 的人通过 SHMI 接入过世界簇，还有 8.11% 的人通过非植入式终端体验过世界簇，剩下差不多 15% 的人，根本没有用过世界簇，哪怕一次。"

"这些数据，你怎么记得那么准？"

"为了查化客的案子，这些资料我已经背熟了。"

"真难想象，还有这么多人根本没用过世界簇，那他们岂不是跟整个世界都脱节了？"

罗茜点点头，又摇摇头："在羲都这样的大城市里，应该是。但还有很多地方，人们的生活，并不需要宏大的全息影像、复杂的增强视觉界面，也不需要沉浸式的、游戏般的世界，离开世界簇，他们照样过得挺好。"

筱白旸以前从来没想过这个问题。

两人默默走了一段路之后，他才开口答道："你说得对，世界簇虽然已经是人类社会的一部分，但始终不是全部。"

"在国外，有人把世界簇当作社会达尔文主义的工具，但我们不应该这样。"罗茜说，"同样，它也不是什么洪水猛兽，反技术主义者也不应该对它过度恐慌。"

筱白旸突然意识到她话里的意思："你是说，化客的死，还有那种死亡诅咒，都是反世界簇的人谋划的？"

没等她回答，他自己接着说道："也对，他们的确是受益者。"

"只是猜测而已。"罗茜说，"我没任何证据。"

两人又默默走了几步，筱白旸又说道："我记得你以前也不怎么进世界簇的。"

罗茜答道："我妈走得早，我爸一个人照顾我，他不喜欢世界簇，我受他的影响很大，后来会植入 SHMI，主要是工作的原因。"

说着，她从口袋里掏出一个手机："其实我也经常用手机，所以我是有微信的。"

筱白旸这才想起来，前些日子两人联系的时候，她那边的声音有些吵，应该是用手机而不是植入通信的缘故，而且，上次她接到局里的电话，也是用这玩意儿接听的。

"就像你说的，很多人把世界簇当作现实的替代品，但不论是这些狂热者还是反技术主义者，他们都弄错了一件事，"筱白旸说，"世界簇只是人类社会的一部分，而不是替代整个人类社会。"

两人有一搭没一搭地边聊边走，不知不觉已经走到了筱白旸公寓外，罗茜停下脚步说："你上去吧，我回家了。"

筱白旸一愣，他本以为罗茜会跟他一起上去，倒不是别的意思，他只是觉得，罗茜可能会在他下潜到紫区世界的时候，在他的公寓里处理外面的信息。

"既然我爸答应让我调查，"罗茜像是看出了他的意思，"他就应该会让市局里的人帮忙，虽然不能太明显，我还是要站在警方的角度看能做些什么——就像阿普顿说的，帮你找找人也好，我还算擅长这个。"

"那样也好，"筱白旸想了会儿，点点头，"我会随时保持通信开启，查到什么消息，立刻通知你，但紫区世界什么事都有可能遇到，你要做好我随时失联的准备。"

"嗯。"

两人都不是什么拖泥带水的人，商量好对策后，罗茜转身离开，筱白旸等她走远，才转身走进公寓大楼。

筱白旸回到公寓内，锁好房门，这才小心翼翼地把阿普顿给的词典——那张古老的 TF 闪存卡拿出来，在窗台下的写字台抽屉里翻了很长时间，总算找到了一台小型万用读卡器。

这玩意儿能够兼容自从微型计算机发明以来，人类所创造的几乎所有读写接口，他在无数个接口中按字母顺序找到标有 Micro SD 的那个细小接口，把那张比自己指甲盖还要小的卡塞了进去。

读卡器是无线的，通过无线 SHMI 与他的大脑连接，阿普顿给的词典只有几百兆字节，他只用几秒便把它们都存储在 SHMI 自带的本地存储器中，又在世界簇上调用了一个高速索引模块，这样，每当他想要说符文语言的某个含义时，词典会在第一时间把发音表展现在他的增强视野中。

筬白旸试了几个发音，随着他的话语，增强视野中展现的界面开始发生变化。

在绿区，也就是对现实世界的增强中，世界簇只会影响增强视野，以及有限地影响人们的触觉和嗅觉，但这已经相当了不起了。

又试了几次，筬白旸这才停下来，去洗了个澡，没等擦干，就光着身子走向世界簇驾驶舱。

晴实死后，他再也没有靠近过驾驶舱，甚至只要一想到驾驶舱，他脑海中就会出现晴实被献祭诅咒杀死的画面。晴实的死是他不愿面对更不愿相信的事实。

他深吸了一口气，握紧双拳，拖着灌铅般的双腿一步一步挪到驾驶舱前，身上滴滴答答落下的水珠不知是汗水还是没有擦干的洗澡水。

在驾驶舱前呆站了良久，直到紧握的手指抠到掌心发痛，他才像是下了很大的决心一般，重重喘着粗气，声音嘶哑地说："舱门开启。"

识别出主人的声音，驾驶舱门缓缓打开。

筬白旸咬着牙跨入冰冷的驾驶舱中，一种强烈的厌倦感涌上心头，但他还是下达了关闭驾驶舱的指令。

舱门从侧面缓缓滑过来，重重合上。不知为什么，筬白旸觉得这很像一口棺材被人缓缓盖上。

用力甩掉心中的不适，他再次下达了准备下潜的指令。

"正在启动下潜者生理机能保护程序，请在呼吸液注入前保持正常平稳呼吸。"

……

192

"请注意，检测到下潜者心率过高，请调整情绪后重新尝试。"

筱白旸用尽全身力气想让自己平静下来。

"请注意，检测到下潜者心率过高，这是第二次警告，如果您的心率持续过高，我们建议您中止下潜程序，或咨询您的保健医生。"

闭上眼睛。深呼吸。

"请注意，检测到下潜者心率过高，这是第三次警告，请立刻中止……"

筱白旸脑海中闪过一个念头，面前的增强视野中立刻出现一个词汇的发音表——

"忽略 LSP 错误。"他说。

警报声不再作响，转而响起电敏液和呼吸液注入时加压的嗡嗡声。

"模拟肌肉运动机能开始测试。"

……

不知过了多久，筱白旸睁开眼睛，进入自己的私人登录大厅。

无声的长廊中异常安静，静到可以听到他自己粗重的呼吸声——呼吸声是来自化身的，筱白旸这才想起，从空间站的世界出来后，这个化身还没有修复过。

他挥动右手，调来自己的备用化身库，想了好一会儿，才在里面选了一个身着吊带背心和丛林探险长裤的女性化身。

这是他前段时间为了去一个冒险游戏世界而准备的化身，价值不菲，各项运动指标都高得惊人，形象还是根据某个国际巨星复刻的，由其本人认证，全球限量发行 100 个。

他记得，这个化身花了他相当不菲的一笔熵币，如果能拿出去，差不多可以在羲都市中心买一套公寓，如果在这次行动中损失了，实在是有些可惜了。

但再可惜也比把小命丢了强。筱白旸想。

唯一美中不足的是，这个化身是个女性的形象，要是让罗茜知道他用一个女性的化身，那可真是"社死"到家了。

没有犹豫太久，筱白旸抬手选择了这个化身。

几分钟后，一个身材匀称、腰间挎着一把手枪，背着背包的女探险家出现在长廊中。

筱白旸清了清嗓子，被自己的声音吓了一跳。这化身是那位国际巨星的定制款，就连语音包都是她的，听起来像是上万元高端音频设备中发出的完美混响。

在适应了这声音是从自己嘴里发出的事实后，筱白旸轻声道："调出五尺溪的入口。"

一道道大门从长廊中走马灯般划过，一扇紧闭的朱红色大门仿佛穿越无穷空间，在一瞬间来到他面前。

筱白旸轻轻推开大门，一步跨进去。

然后，他的脚踏在一片浅浅的河水中，面前的景象瞬息间变成一片山间丛林，一条将将没过脚踝的清澈小溪从林间流出，顺着平缓的山坡流向远方的山涧。

小溪很窄，筱白旸低头看了好一会儿，才迈步走出来，站在溪边的空地上微微出神。

这是他在世界簇的第一个作品，因为这条只有五尺宽的小溪，他给这个世界取名"五尺溪"。

五尺溪刚刚在世界簇上线的时候，整个世界簇上能用的世界加起来也不到一万个，当时他像现在一样站在林间的空地上，看着自己创造的世界发呆，一个女孩突然出现在他面前。

那个女孩自称春见，也就是后来为他来到羲都的樱小路晴实。

她是五尺溪的第二个访客，也是除他之外，第一个来到这个世界的人。

"啊，这里好美。"这是她的第一句话。

想到这里，筱白旸又是一阵神情恍惚，似乎看到晴实微笑着对他点点头，转身走进小溪上游的树林中。

等他回过神来，看着空无一人的树林苦笑一声，晴实已经死了，他来到这里，就是要把这件事彻底查清楚。

不管两人之间到底是什么说不清道不明的关系，在他看来，晴实的死都跟自己有莫大的关系，无论如何，自己应该负责到底才是。

想到这里，他溯着溪水向上游方向走去。

27 故地旧人

溪水很浅，筱白旸这个女探险家的化身踩着溪底的鹅卵石深一脚浅一脚地向前走，依稀又想起自己刚刚建造出这个世界时的事。

当时他就喜欢这么沿着溪水慢慢走，后来晴实来了，便两人一起走。这里的树林是用随机种子生成的，但树林里的那处建筑，却是他们两人一起建的。

想到建筑，他便抬头看了一眼，这里林木虽然茂密，那建筑却清晰可见，就建在这处小山坡的顶上，是一座木制房顶的长屋。

当时世界簇里并没有绿区橙区之分，作为少数私人建造的迷你世界，五尺溪很受最初那些独立建造师的欢迎，很多人来这里跟他协商，在五尺溪找个地方建了自己世界的界门，久而久之，这里便成为一个在建造师圈子里颇有名气的中转站。

为了给那些从这里去各处世界的人一个落脚的地方，当时的筱白旸和晴实便决定在这山顶上建一座房子，供建造师们临时交流或互换资源。后来，在五尺溪建造自己世界界门的人越来越多，除了那座建筑，这片看似宁静的林子中，到处都是莫名其妙的界门。

这些界门并不一定真的是"门"，它们可能是一个树洞、一片沼泽、一棵树甚至一坨不知道什么动物的排泄物……经常有人走着走着突然掉进一个稀奇古怪的世界，有些世界因为建造时没有兼容一致性原则，不少化身会直接卡死在无法兼容的世界中……

时间长了，就连五尺溪世界的建造师筱白旸，都不知道这个世界中到底有多少个界门，也许是四千多个，也许是十几万个吧。

如果世界簇这些年的发展是一段历史，五尺溪几乎就是活的历史博物馆了。

几年前，整个世界簇被规范为绿、橙、紫三个区域，那些过于古早的世界，和后来那些故意不兼容三大协议的恶意世界一起，因过高的风险，被标记为紫区世界，意为存在"较大的数字资产损失风险"的世界。

而五尺溪，因为"在一片小山坡大小的有限无界世界中遍布未知数量且风险不可控的界门"，同样被划分为紫区世界。

后来，筱白旸自己都没有怎么管过这个世界，但在世界簇里，几乎所有世界都不依赖中心化的服务器，簇上的分布式设备的存储和算力，就足够它运行了。

至于阿普顿运营的那些世界和支撑世界运行的服务资源，是为了效果更好的实时渲染准备的。

所以，即便他后来已经放任这个世界不管，它依然可以，并且可能一直在世界簇上存在下去。然而，那些把界门建立在五尺溪世界中的高风险世界，同样也会永远存在下去。

想到这里，筱白旸笑着摇了摇头，继续沿着溪水向上游走去。

他并不担心自己会一脚踏空，跌入某个莫名其妙的世界，因为这个世界有个只有他自己知道的秘密——五尺溪的溪水是一个完全私有化的对象，他从来没有开放过在溪水所在空间进行建造的接口，就不可能有人在溪水中建造什么稀奇古怪的界门，也就是说，只要沿着溪水走，他就是安全的。

他沿着溪水一路行走，除了几处落差稍高的瀑布，一路上都没遇到什么困难，很快便来到那座木质房顶的长屋跟前。溪水刚好从长屋门前流淌而过，屋子本身也是私有化的空间，也就不用担心有人会把界门建在里面。

在建筑门前停了一会儿，筱白旸自嘲地笑笑，拉开房门。

屋子里面是一个大厅，如今完全是一处酒吧的样子，随着房门开启，炸雷般躁动的音乐声从大门里面涌出来，带着死亡重金属的狂躁节奏。

筱白旸抬手调低了环境音乐的音量，发现屋子里的人都在看向他，那些化身个个奇形怪状，充满朋克风格，唯独没有像人的。

显然，他随手调低音量的事，引起了这些"人"的不满——如果他们还能被叫作"人"的话。

一个两米多高的壮硕男人站起身走到门口，低头俯视着筱白旸。

他的声音应该是镶边修饰过的，带着 8bit 电音的嗡鸣，"有两把刷子啊。"

"滚！"筱白旸冷冷开口，发出的却是那位国际巨星亲自录制的限量版声音。

"叫得真好听，"那人狞笑道，"不知道叫床的时候是不是也能这么好听。"

筱白旸叹了口气。

已经快十年了，这种自以为了不起却只能给其他人当枪使的生瓜蛋子还是这么多。

建造五尺溪的时候，他并没有设计太多权限，想要把一个白痴踢出五尺溪世界，最简单的方法就是把那个化身弄死。

没有比这更直接的办法了，筱白旸想着，从腰间掏出 M1911 造型的手枪，毫不犹豫地对着傻大个的脑袋连开三枪。

那个化身显然做过很多改造，但完全不成体系，看得出它的宿主是个没什么钱又爱显摆的新手，这个化身一定花了他不少钱，说不定还是全部。既然这样，他更没什么理由放过他，直接送他离开这个世界，就当是让他买个教训了。

枪声过后，那个壮硕的尸体很快消失在空气中，宿主应该已经离开了五尺溪世界。

不知道他还有没有能力穿越遍布"地雷"的山林，来到这片建筑中报仇雪恨。

枪声很响亮，但大厅里的人们似乎并没有如何吃惊。

既然门口那个身材火辣的娘们儿出手这么干脆，那个新手白痴就是自己活该，这就是紫区的法则。

很快，多数人低头继续忙自己的事，只是还有几个人时不时向门口处瞟一眼，时时注意着筱白旸的动向。

只有一个人又站起来，向他走过来。

看到来人的样子，筱白旸瞳孔骤然缩紧。

他手里的枪还没放下，那个人已经走到他面前，隔着不到两尺的距离，与他默默对视。

"这里可不是什么度假胜地，"那个人说，"能穿过那片遍地界门的林子来到这里的人，要么就是真正的建造师，要么就是运气好到逆天，那么……你是哪一种？"

虽然寄生在世界簇的一个化身中，筱白旸还是感觉到自己的嘴唇在颤抖。

"这不可能……"

"有啥不可能？"

"你……"

他用力眨了眨眼睛，看着面前这个人——可能是这个大厅中唯一像人的人。

她在世界簇里叫春见，在现实世界中姓樱小路，叫晴实。

"你是人是鬼？"筱白旸环顾四周，确认自己的确在世界簇中，而不是在做梦。

樱小路晴实已经死了，罗茜亲眼见到过她的尸体，他虽然没有亲眼看到尸体，却看到了警方出具的尸检报告。

可如今，一个带着招牌笑容的女孩，就站在自己面前，哪怕自己已经换上了一个完全不同的女性化身，她还是一眼认出了自己。

筱白旸觉得，自己或许真的应该去找一找心理医生了。

他刚刚产生这个念头，增强视野中便开始在半空中投射出心理咨询服务的广告。

挥手关掉广告，在许多不怀好意的目光中，筱白旸又问了一句："你怎么会有这个化身？"

也许她不是晴实，只是某个建造师或下潜者，刚好有个几乎一模一样的化身，现实世界中都会有完全不相干的两个人长得一模一样，世界簇中的化身都是人设计的，又有什么不可能的？

"这里不是说话的地方。"那个化身笑了笑。

筱白旸环顾四周，抬手召出一片迷雾，迷雾很快变成一堵棱镜墙，就像他第一次在自助餐厅见到罗茜时用的那种一样。

他知道，那些不怀好意的目光正在试着破解他的屏蔽手段，但是，在这里找活计的建造师大都不怎么入流，这道屏蔽墙被破解的可能性微乎其微。

"你真的是晴实？"

"是我，"女孩点点头，"这么说，你已经安全离开了。"

两人在大厅中找了一处位置坐下，棱镜墙同时跟着他们移动，把那张桌子周围几米的地方笼罩起来。

"可你……"

"一开始，我也不知道是怎么了，"晴实说，"我准备强行上浮的时候，突然听到一个声音……"

在她说话的时候，筱白旸通过熟悉的"非常规手段"，确认面前的女孩的确是晴实，而不是什么人冒充的。

"那是献祭符文的声音，我们现在叫它死亡诅咒。"

"是的，当时我也意识到了，就像有人在远处呼唤我，于是我就朝……那个方向看了一眼。"

筱白旸没有说话，默默等待她的下文。

"那个方向很奇怪，它不是任何一个我们知道的方向，但我知道那个方向就在那里，于是我看了一眼。然后，就像穿过一条明亮的隧道，等我回过神来的时候，发现自己已经在登录大厅里了。"

筱白旸皱起眉。

"我打算先上浮到现实世界，可是无论我如何下达指令，都没有任何反应，我第一意识是，我应该是被困在世界簇里了。"

"那天，"筱白旸说，"我离开世界簇后，收到了你……死亡的消息。"

晴实似乎并没有觉得意外，她微笑着点点头："是的，后来我才想明白这一点。"

筱白旸打开存储器，调出她的死亡报告："我知道，这对你很残忍，但是我还是想知道，到底是为什么，又发生了什么？"

晴实看了眼报告上自己的尸体，摇了摇头："说真的，我也不知道发生了什么，我甚至不知道，我到底还是不是我。"

说话的时候，她习惯性地随手在桌面上敲了两下，打开增强视觉界面，把自己的行为日志调了出来。

"我检查了自己的日志，没有发现任何异常，"她说，"但就是无法离开世界簇，这几天，我试过很多办法，后来才不得不接受这个事实——我死了，但一个我认为是我的……东西，留在了世界簇里。"

筱白旸想起自己这几天的颓废，问道："为什么不联系我？"

"我试过了，可你的通信无法接通，文字信息也没有回应。"

筱白旸这才想起，早些时候，为了让晴实无法联系上他，曹审言在两人的私人通信中做过什么手脚，他打开自己的通信记录，用阿普顿那种符文语言的方式，才发现其中一条通路被悄悄放入某个黑名单中，打开之后，果然看到晴实发来的许多留言和文字。

简单扫了一眼，他才对她说道："是曹审言，前段时间他屏蔽了我们之间的通信。"

"他是怎么做到的？"晴实眼中充满不解。

"一时半会儿说不清楚，等一下我把那种语言的发音表给你，你就明白了。"说着，他从自己的存储器中打开那个词典，犹豫了一下，还是没有发送给她。

女孩看了他一眼，点点头："我明白了，但还需要些时间研究一下。"

筱白旸继续问道："我不相信什么灵魂，虽然这几个月里，已经有太多……超出我认知的事发生了。所以，你现在到底是怎么回事？"

"还记得你说的那个原住民占卜师吗？"晴实没有回答他的问题，而是反问了一个毫不相干的问题。

"记得……怎么了？"筱白旸疑惑道。

"我记得你说过，许多原住民 AI 实际上已经超出了一段程序的范畴，成为一个拥有自我意识的个体，那个占卜师就是其中一个。"

筱白旸点点头。

"我怀疑，我现在应该是一个 AI，一个……认为自己就是樱小路晴实的 AI，而真正的晴实，已经死了。"

她的声音不大，却如晴天霹雳般在筱白旸耳边炸响。

"这……"

"你仔细想想，"晴实面上带着微笑，说起自己的生死，像是在说别人的事，"我们下潜到世界簇中，为什么一定要有一个化身？当我们隔绝了与现实世界的……那个身体的所有感知后，我们……到底在哪里？"

28　月落定都阁

　　筱白旸沉默了很长时间，虽然他如今只是通过化身下潜到世界簇中，还是有种冷汗涔涔的感觉，顺着脊柱涌上后脑。

　　下潜者沉浸在驾驶舱中，通过化身在世界簇无数瑰丽世界中漫游时，他们究竟在哪里？

　　在希尔维那样的角色扮演世界里，他们是在扮演某个原本属于那个世界的人，在 S257901 这样的科学实验世界中，他们更像是在化客们的体验副本中，而在现在的五尺溪世界中……

　　想到这里，他抬头看了看面前这个已经"死掉"的樱小路晴实，突然想起她在 S257901 世界的地表上悄悄建造的小镇，还有那些自以为是演员的 AI 原住民们。

　　到底谁才是演员，谁又是"真人"？如果这一切只是一场秀，谁又在默默看着他们呢？

　　"这几天，我有时候在想，或许，原来的樱小路晴实已经死了，"面前的女孩说，"而我拥有她死前的一切记忆，又有和她一样的独立思考能力，这是不是意味着，我在以她的身份——不，应该说是她在以另一种方式——继续活下去呢？"

筱白旸好容易从她这拗口的说法中理出个头绪来，神情复杂地看了她一眼，问道："那……你自己的想法呢？"

关于"我"到底是什么，许久以来有很多种说法，但却一直没有定论。如果这时候，有一个AI驱动的化身突然跳出来说自己有晴实的完整意识，并且已经完全脱离了肉体，他只会觉得荒唐无稽；可当这个AI告诉他，自己也不知道自己到底算不算晴实的时候，他反而不知道该不该相信她了。

因为这件事很符合晴实的风格。

"我觉得，我应该就是樱小路晴实。"女孩微微一笑，"如果哪一天我找到我不是她的证据，再改正也不迟。"

这的确是晴实的性格：如果我是我，我会很开心，如果我不是我了，也很好啊，至少我知道我是谁了。

筱白旸把心一横："好，那我就当你是。"

说着，他下达了把发音表发送给晴实的指令——如今，面前这个化身完全是他所熟悉的那个晴实，无论是形象还是能够交流的世界簇账户，全都一模一样，只是两人都知道，那个作为肉体的樱小路晴实，已经不存在了。

"谢谢。"晴实道了声谢，"我会好好研究一下这种语言，以后我可能只能生活在世界簇里了，这东西对我真的很有用。"

"我看你……"筱白旸欲言又止。

"怎么了？"

"你好像并不怎么在乎自己已经死了这件事。"

面前这个晴实露出一个淡淡的笑容："白旸君，对你来说，我或许已经死了，但从另一个角度考虑，我只是丢掉了一个化身而已。"

筱白旸张了张嘴，却说不出反驳的话来。

如果把现实世界当成世界簇中的一个普通世界，对于她来说，死掉的晴实，或许真的只是一具化身而已。

但他很快想到另一个问题："你这样的情况……是特例吗？有没有一种可能，那些被献祭符文杀死的人，其实都……"

晴实还没回答，一直环绕两人周围的迷雾中突然传出一个声音："嘿嘿，这种事，你自己经历过不就知道了……"

"谁？"筱白旸下意识看了一眼增强视觉面板，并没有入侵警告。

这只能说明，对方在他毫无察觉的情况下，悄然突破了他设置的屏蔽墙。只是不知道对方已经听了多久。

迷雾中的声音消失了，筱白旸毫不犹豫地撤去迷雾，拔出腰间的手枪，看向大厅中目瞪口呆的看客们。

他的目光在每个围观者的脸上扫过，突然把枪口对准一个脚踩悬浮轮滑鞋，梳着一把脏辫，戴着夸张墨镜和巨大耳机的年轻人。

"你是怎么发现的？"那人停下咀嚼口香糖的动作，玩味地问道。

"你可能不知道，也可能是忘了，"筱白旸冷声说，"虽然很长时间没管过这里，但五尺溪毕竟是我的世界，在这里，我拥有超管权限。"

年轻人嘿嘿一笑，声音和迷雾中如出一辙："既然这样，咱们换个地方吧。"

说完，他的身体瞬间消失在原地。

与此同时，筱白旸手里的枪开火了，三发子弹从喷着火舌的M1911枪口中射出，第一发子弹拖曳着红色的焰尾，随着年轻人的身影一起消失，另外两发子弹，一发击中了大厅吧台上的咖啡机，另一发把一个酒客刚刚端起的高脚杯打成两截。

年轻人的化身如影子般闪现到建筑门口，那枚曳光子弹紧随其后，在他身上留下一个透明大洞。

年轻人低头看了看胸口处的大洞，呵呵笑了一声："不错。"

筱白旸冷冷地转过头，手中的枪再次指向他的脑袋："过奖。"

年轻人身影再度消失，筱白旸回头看了晴实一眼："在这里等我。"说完，跟着他跳出大门，向林中追去。

年轻人动作迅速，每次闪现距离都不太远，但时机恰到好处，刚好让他没法瞄准，不得不紧赶几步。

两人一追一跑，很快进入山林之中，年轻人突然开始加速，筱白旸紧追上去，这具化身拥有天生的丛林行动能力加成，在密林间奔跑跳跃，竟然丝毫不比悬浮的轮滑慢，眼见两人的距离越来越近。

就在这时，轮滑年轻人笔直地向着一棵合抱粗的大树撞去，在碰到树干的瞬间，双脚一蹬，整个人竖直向上滑去。

那双轮滑鞋应该具有局部改变重力模拟效果的能力，可以把接触到的平面模拟成地面。

筱白旸在树下停了下来，抬头看向树冠。

这是一颗高达百余米的巨大杉树，树冠高耸入云，那个年轻人的身影已经在视野中消失，就算他使用增强视觉，依然看不到任何身影。

筱白旸犹豫了一下，给罗茜和晴实分别发了一条消息，然后轻轻拉动腰间的某个锁扣，一根钩索从背包中射出，稳稳挂在树干之上。

"上去！"

绳索快速回收，拉动他的化身向上飞去，很快消失不见。

紧接着，筱白旸只觉得天旋地转，突然平平摔了出去，在地面上滑行许久才停下来。

他站起身来，发现原本应该牢牢固定在树干上的钩爪，不知什么时候，紧紧嵌在土里，等他环顾四周时才发现，不知道什么时候，周围的天色已经黑了。

这里不是五尺溪，因为五尺溪只有白天，不知什么时候，他已经来到另一个世界。

"谁在那里？"身后的林中突然传出一声低喝。

筱白旸转过头来，林中嗖的射出一支羽箭，筱白旸这个化身特意加强过危险感知和身体的灵敏反应，听到弓弦绷响时，下意识翻滚开来，才将将躲过，那枚羽箭"咚"的一声射入树干之中，箭杆犹在外面晃动。

筱白旸猫身躲进夜色浓重的林子中，半伏在地上，紧紧握住手枪，看向刚刚自己跌落的那片空地。

不一会儿，一阵马蹄声从远处渐行渐近，夜黑风高，但借着增强的微光辅助视觉，他还是可以看到一骑人马从林中穿出来，马上的人身材高大，穿着一身暗红色古装，衣服外面镶着鱼鳞甲片，手里拿着短弓，背后还背着一把三眼火铳。

那人策马奔来，伸手拔了树上的箭矢，又停在空地中，四下张望了一会儿，筱白旸全身黑衣，加之天上没有月光，虽然只隔着十几米的距离，那个人也没有看到他。

看来他跟着那个奇怪的轮滑客，不知怎么进了哪个界门，来到了一个不知道模拟了哪个朝代的角色扮演世界，只是不知道还会有什么麻烦事在等着自己。

那骑马的人也不离开，就在空地中兜兜转转地找着，筱白旸伏低身子，趁机打开增强视觉界面，查找这个世界的信息。

可他刚打开面板便愣住了。

"当前世界：未知紫区，警告：当前位置属高度危险区域，可能造成化身损毁或财产损失，请注意安全，谨慎体验。"

他苦笑一声，心想何止是财产损失，简直是真能要命好吧。

可一想到要命，他就想起晴实，又是一阵出神，不知道如果自己也死于献祭符文的话，会不会像她一样，成为一个连自己都不知道是什么的幽灵。

只是愣神的工夫，那骑马的人停了下来，没一会儿，又有一个人从林子中跑出来，拱手道："王爷让您回去。"

骑马的人问道："有什么异常？"

刚跑出来的人回道："没有。"

"先回去，别让王爷久等。"说完，骑手又回头向筱白旸藏身的地方望了一眼，拨转马头，跟来人一起走了。

直到马蹄声渐渐远去，筱白旸才站起身，想要收起手枪，这才注意到，自己手里的 M1911 手枪，不知什么时候已经变成了一把雕饰华丽的手铳。

再一看自己身上，一身防水耐磨的探险服，不知为什么也变成了一身贴身的夜行衣，活脱脱一个女忍者的样子。

筱白旸把手铳别在腰间，略做沉思便想明白了问题所在——这个世界虽说是紫区，可 SACP（通用一致性协议）应该是支持的，世界簇里可以随着化身带走的物品大都有自适应形态机制，所以自己这个化身身上的装束和武器，都变成了这个世界应有的样子。

看骑手的样子，这个世界大概处于十四世纪前后，像是明朝，可又不太一样，应该是一个架空的时代。

既然阿普顿可以虚构一个什么希尔维世界，那这里是个虚构的东方帝国，也没什么可大惊小怪的。

只是不知道那个轮滑怪人，为什么会把自己引到这个世界来，如今且不说这个昂贵的化身舍不舍得丢掉，就算他舍得，那个轮滑怪人肯定就在暗中拿着那个献祭诅咒等着，巴不得他自投罗网。

所以，他想要离开这个世界，就只能找到离开的界门了。

想到这里，筱白旸看了眼骑马男人离开的方向，潜伏在夜色中，悄悄摸了上去。

黑暗中看不清方向，他走了几步，不得不调出增强视觉中的辅助地图，可他的资料库中并没有关于这个紫区世界的记录，辅助地图中大部分区域都是一片黑暗，他只能一边摸索，一边让增强辅助系统记录大致的地形。

筱白旸在黑暗中循着记忆中骑马男人离开的方向行走，地势越来越高，周围的林木也逐渐稀疏起来，等到出了林地，才看到不远处有一座山峰，峰顶上矗立着一座三层高塔，一弯巨大的朔月宛如镰刀般映衬在高塔后方的蓝黑色天幕中，仿佛下一刻就会挥舞下来，将那座高塔连同这人间生灵一起斩断。

筱白旸稍一出神，增强视觉界面中立刻跳出一行无声的小字："发现地标建筑定都阁，已确定本世界名称——月落定都阁。"

随后，增强视野中的辅助信息里，出现了"当前世界：月落定都阁（紫区）"的字样。

应该是一个游戏世界，类似于角色扮演世界，但管理者又给下潜到本世界中的体验者们设计了某些剧情任务，或者需要探索的东西。

但不管怎么说，他总归要找到正确的界门，才能离开这里。既然这是个游戏，那界门或许就在游戏通关的时候出现。筱白旸想着，看了山顶上的高塔一眼，想来那里就是定都阁了，这世界既然叫这个名字，通关的条件应该就在那座高阁里。

筱白旸紧了紧身后的背包——现在应该叫背囊了——借着山石的掩护，向不远处那座山的山顶爬去。

这座山峰在这片林地中虽然显得有些突兀，却并不怎么大，远看像一只张嘴怒吼的雄狮头，所以叫"狮头山"。山坡南边有一条小路，他自然不敢走，只能从北坡的峭壁攀爬，好在这具化身运动能力非凡，他借着钩索三下两下爬到山顶下最后一道缓坡处，连山顶上士兵说话放屁的声音都能听得清楚。

他等声音渐渐远去，这才再次扔出钩索，翻身爬上山顶，沿着山脊绕到定都阁的东面，在山石的阴影中悄悄趴下，看着不远处灯火通明的高阁。

这时，突然有个刻意压低的声音在他耳边响起："你怎么也来了？"

29　不满足条件

声音虽不大，却吓了筱白旸一个激灵。

这里离阁前值守的人群不远，他连忙捂住自己的嘴，生怕自己一声惊呼，被那些士兵打扮的人发觉。

他飞快地回头看了一眼，确认来人并没有恶意，值守的人似乎也没有发现自己，这才凝神看向跟自己说话的人。那是一个女人，穿着一身黑色袍服，没有蒙面，一张面孔看起来有些眼熟。

等到他将目光移向来人的眼睛时，再次捂住自己的嘴，以免自己惊叫出来。

那双眼睛实在是太有辨识度了，就算面前的女子穿着一身东方古装，又长了一副东方面孔，他还是第一眼就认出那双眼睛来。

再仔细一看，那张面孔，依稀还有那个长得像吉卜赛人的女占卜师的样子——不会有错，无论真人还是 AI 原住民，他只在一个人身上见过那种眼睛。

"格……格蕾！"控制住情绪后，他压低声音问道，"你怎么在这里？"

格蕾微微点头："石匠先生。"

"你……怎么认出……"筱白旸又是一怔，他现在这个限量版探险化身，从来没有在别人面前使用过，可不管是之前的晴实，还是现在的格蕾，都能轻易地认出他来。

他一直以为，因为不支持一致性协议，她在离开自己的世界后会遇到渲染错误，因而被世界簇当作畸变体清理掉，可没想到她不但活了下来，看起来还活得不错。

只是不知道她为什么能够支持 SACP，又是怎么来到月落定都阁世界的。

似乎看出了他的疑惑，格蕾伸手指了指阁前广场上的人群。

筱白旸这才把注意力转回人群那里，只见定都阁上灯火通明，阁前的广场上也点了一圈火把，把整个广场照得亮如白昼。广场上整齐站着两排士兵，都穿着深红色袍子，腰间挎刀，背后背着三眼火铳，和之前在林子里骑马的男人类似。

士兵们对面也站着几个人，定都阁楼下正中站立的是一个身材有些矮小的人，衣着华贵，面黑长髯，头戴黑色翼善冠，应该就是骑手嘴里的王爷。在那王爷旁边站着一个道士打扮的年轻人，筱白旸放大增强辅助视觉效果，终于看清了那个人的面孔，赫然是从宁静城旧城区下水道中逃走的邪教头子。

只是不知道他为什么出现在这里，又是怎么跟这个什么王爷混在一起的。

"这是怎么回事？"他压低声音问格蕾道。

占卜师没有回答，示意他继续看着广场上。

只见护卫头目对那王爷拱手行礼，矮子王爷问道："都办妥了？"

"人都带来了，就在下面候着。"

王爷"唔"了一声，转头问邪教头子："仙师，你要的一百个五月初五出生的人，我都给你带来了，这献祭仪式，可以开始了吗？"

邪教头子有模有样地行了一礼："昱王殿下，等我画完符阵就可以开始了。"

听他说完，筱白旸心头一震，看向格蕾，后者微微点头，示意他想的都是对的。

筱白旸没有发出声音，用口型问她道："他要献祭那么多人做什么？"

格蕾摇摇头道："不管做什么，不能让他得逞就是了。"

只听被邪教头子称为昱王的矮子王爷又说："仙师可别忘了许我的事，这一百个五月初五生的活牲……"

昱王的话只说了一半便停下来，显然是不想场内的其他人知道他们的交易内容，那个邪教头子笑道："王爷放心，一定让您如愿以偿。"

矮子王爷哈哈大笑："好，事成之后，你就是国师了，寡人必将诏令天下，令各郡县为仙师建生祠供奉。"

邪教头子摇摇头："不必，到时还请王……还请陛下许我在天下传教布道便是。"

那矮子王爷连说三个"好"字，向身旁的人询问了当下的时辰后便不再说话。

"对了，这里不是希尔维，"筱白旸低声问格蕾道，"他那个献祭符文，不一定能生效吧？"

格蕾也压低声音说："这些天我一直在追踪这个家伙，他的献祭符文，跟我们那里的符文法术有些不同，我追着他到过好几个世界，我的符文大都不管用，但他每到一个世界，总能献祭一些活人，每次都比我早一步。"

筱白旸突然想到什么："对了，你的符文法术用不出来，在其他世界，你怎么打得过他？"

格蕾看了他一眼，像是能看穿他的灵魂一般："我使用它的语言，它会聆听并作出回应，你应该已经知道了。"

筱白旸看着这个谜一样的女人，刚想问她说的"它"究竟是谁，就听场内护卫突然大喝一声"有人"，一支羽箭便激射而出，直奔两人藏身的方向袭来。

筱白旸低头翻身，躲过那道箭矢，但场内的士兵在头目射出一箭的同时，全都从背后拿出三眼火铳，夹在腋下，转向两人潜伏的方向，动作整齐划一，一看就是训练有素的精兵。

"糟了！"筱白旸拔出手铳，刚要对格蕾说声小心，可那个看似文弱的女占卜师不但没有逃走，反而一跃而起，对筱白旸说："我去抓那个邪教头子，你自己小心。"

阁前二十多名士兵看到东边山坡上突然有个黑裙女人高高跃起，二话不说，将三眼火铳挟在腋下，用右手握住三眼铳的中部，左手取出火折子点燃火绳。

一阵砰砰巨响，白烟四起，筱白旸只看到格蕾嘴唇微动，不知道念了些什么，三眼火铳中喷射出的那些钢丸和铁砂仿佛长了眼睛，竟然没有一发击中她，但筱白旸不敢跟上去赌自己的运气，只能悄悄溜下山坡，从南边绕过去，看能不能帮上什么忙。

这里大概是个武侠游戏世界，格蕾一跃而起竟然像滑翔机一样滑出几十米远，如兔起鹘落般再次发力，那些士兵也不慌张，把发射过的三眼火铳递给后排士兵，顺手接过刚刚装好的火铳，对准半空中的女占卜师又是三枪。

这次距离太近，格蕾无法躲闪，却掀起一片铺地的青砖，挡住雨点般的铁砂，乘机越过前排士兵，向阁前的邪教头子杀去。

那个邪教头子认出是格蕾，微微眯起眼睛，没有急着逃走，却喊了一句"保护王爷"，自己抱着手站在一旁冷笑。

慌乱中，侍卫们一拥而上，挡在格蕾与定都阁大门之间，似乎是要用自己的身躯作肉盾来保护那个矮子王爷。

筱白旸从山上溜下来，本打算从后面包抄过去，黑暗中突然看到山顶下方的一片空地上，两个士兵押着一队人，男女老少都有，绳子捆了手脚拴成一串。士兵听到山顶上大乱，正要上去看看，又怕这些囚犯跑了，正犹豫中，被筱白旸撞上。筱白旸一枪撂倒一个士兵，另一个还没来得及抽刀，被他用早已经准备好的钩索缠住脖子，甩出去撞在山石上，死活不知。

见空地上没有别的士兵，筱白旸掏出变成匕首的军刀，帮那群人割开捆住双手的绳索。

一群人哗哗啦啦跪了一地，正要磕头，筱白旸看了一眼头顶方向，轻轻踢了为首的人一脚："还不赶紧跑！"

说完，从腰间的火药袋中拿出一卷用纸包好的火药，撕开封签，从枪口装进膛中，又不知从哪里摸出一大把铁砂塞了进去，用一根通条压实，向山顶方向冲去。

等他来到定都阁外面广场的时候，场面依然一片混乱，地上横七竖八地倒着十来个士兵，那些士兵的武器对格蕾没什么作用，但她似乎也很难突破那一层层肉盾，局面一时间僵持起来，而那个邪教头子一直抱着手站在矮子王爷身边，像是看戏一样。

筱白旸四下环顾，似乎没有人注意到自己，在增强视野中计算了距离，用力甩出钩索，缠在定都阁二层的斗角上，骤然收紧绳索，带着自己向阁门飞去，在距离邪教头子还有十余米的时候，从腰间掏出手铳，对准他扣动扳机。

直到他掏出手铳，邪教头子才注意到突然横空飞出的筱白旸，慌乱中他顾不上太多，一把拉过旁边的矮子王爷挡在自己身前。

"砰！"

一声巨响之后，炽热的铁砂带着火星向面露惊恐的昱王激射而去，在众目睽睽之下，将那张高贵的脸打得血肉模糊。

筱白旸还没来得及多想，周围的一切顿时天旋地转，半空中滑行的他再次重重摔倒在地上，抬起头来，发现自己摔倒在一片林地之中，周围漆黑一片。

"谁在那里？"身后的林中突然传出一声低喝。

筱白旸下意识地翻滚开来，快速躲进林地间的黑暗之中。

一支羽箭嗖的穿透树林，狠狠没入树干之中。

果然，没过多长时间，一阵马蹄声从林地中传来，一个穿暗红袍服的人身背三眼火铳，手持短弓冲了过来，看到羽箭后，在空地中逡巡不前，四处张望。

筱白旸趴俯在一道浅沟中，增强视野中跃出两行小字："不满足通行条件，未触发条件循环界门，重新开始月落定都阁世界体验，祝你好运，兄弟！"

条件循环界门！

平复了一下心情，筱白旸开始复盘自己刚刚经历的事情。

自己刚刚用手铳误杀了那个昱王，就触发了条件循环界门，显然，这界门的触发条件，就是杀死昱王。

但因为条件未满足，他还是无法离开这个世界，从目前的情况来看，整个世界都被重置到他刚刚进入的时刻。

看来要想离开月落定都阁世界，只能想办法满足循环界门的条件，否则，只会一遍又一遍地重置整个世界，而他也将永远被困在这里。

难道这就是那个轮滑男的目的？那他自己又是怎么离开的呢？

筱白旸正在胡思乱想，突然从林中跑出另外一个人，两人各自说了两句话，与第一次如出一辙。

那两人很快离开，筱白旸想了想，紧紧跟上，远远缀在两人后面，向定都阁的方向走去。

可他刚走了不远，突然停了下来。

不对！如果只是世界重置，那个邪教头子也是人类下潜者，应该不会受到影响，他肯定记得之前发生的事，筱白旸想。

可格蕾呢？她只是一个 AI 原住民，虽然并不属于这个世界，但世界簇重置的力量，应该也会影响到她吧？

如果那样，她自然会失去之前那段记忆，而那个邪教头子，应该已经知道了她的存在，那她可真的有些危险了。

想到这里，他苦笑一声，继续向定都阁的方向走去。

"循环……"一边走，他一边喃喃自语道，"你这占卜纸牌还真准啊，格蕾……"

30 没那么简单

不管怎么说，他都不能放任格蕾不管。

一想到格蕾可能遇到危险，筱白旸就加快速度向定都阁的方向跑去，一路上并没有什么陷阱和暗哨，定都阁前也没有动静。可当他离定都阁只有一步之遥的时候，山顶却爆发出一阵打斗声。

还是晚了一步。筱白旸叹口气，拔出手铳准备动手。

就在这时，山上的枪声突然向这边靠近，他转过一道山梁，便看到一道黑色身影以极快的速度向自己飞来，正是格蕾。

在她身后，几十个身穿深红长袍的士兵紧追不舍，不时停下来放一轮枪，虽然不能伤到格蕾，却也让她的速度慢上几分，身后的士兵越过他们继续追击，放枪的士兵则停下来继续装填。

这样下去，格蕾很快就会被追上。

等格蕾从自己头顶飘过，筱白旸随手从背包中摸出几根原本应该是 C4 炸药的火药管，来不及多想，直接点燃引线扔了出去，转身甩出钩索，跟在格蕾身后向山下荡去。

几秒后，身后的山梁上亮光一闪，紧跟着传来一声巨响。筱白旸回头看了一眼，火药管爆炸的威力极大，整个山梁被炸塌了半边，将追上来的士兵埋了起来，但刚刚装填好火药的士兵很快重整队伍，几步跃过崩塌的山梁，继续向两人追来。

"跟我来！"

格蕾回头看到筱白旸，停下来向他伸出一只手，身后又是一阵火铳攒射，被她召出一堵土墙挡住。

"去哪里？邪教头子怎么办？"

"先离开这里。"格蕾抓住他的手，筱白旸只觉得自己腾云驾雾般被她拉着，几个起落便钻入密林之中。

等到那群士兵用三眼火铳轰开土墙，两人早已不见了踪迹。

"王爷有令，先不管那女刺客，全力助仙师布阵施法，错过今日时辰，还要再等一月，速速回阁，不可误了大事！"

山上有人传令下来，士兵们立刻停止追击，转身返回山顶。

格蕾拉着筱白旸进入林子，不敢再跃过树顶，一路在林中跑了好长时间，看到身后的追兵没有跟来，这才停下。

"刚才世界重置了。"

"那个邪教头子已经知道我们在这里了。"

两人突然异口同声道。

微微一愣，筱白旸才问道："你没有受世界重置影响？"

格蕾点点头："没有。"

"我以为重置后，只有我们这些……"他实在想不出该用什么样的词来称呼人类下潜者，"外来者……不会受到影响。"

"对于这个世界来说，我也是外人。"格蕾说。"对了，你刚才说世界会重置，为什么？"

筱白旸把条件循环界门的事跟她大略说了一遍，怕她听不懂，正准备再换个说法，却听格蕾说道："明白了，杀了那个王爷，就可以打开界门，但如果离开条件不满足，世界就会重置。"

筱白旸想起了什么，问道："重置后你回到了哪里？"

"山上，我跟着他们上山后，就一直藏在那里。"

筱白旸点点头："看来重置时，外来者都会回到触发者进入这个世界时各自的位置，邪教头子也就能提前派人搜查那里了。"

自两人上次见面后，筱白旸的神经一直紧绷着，这会儿没有了威胁，才想起自己有很多话要问格蕾。

"对了，你到底是怎么来的？"他抬头看了眼天空，可树冠太过繁茂，什么都看不到，只能凭借微光增强的视觉，看到亮色树叶后斑驳的黑色天空。

"我一直追着那家伙，"格蕾说，"经过好几个世界，也打了好几次，但他就像一条泥鳅，他打不过我，我也奈何不了他。几天前我追着他从另一个世界来到这里，之前他并不知道我也在。"

说着，她看了筱白旸一眼，似乎在说：如果不是你，这次我肯定能抓住他。

筱白旸耸耸肩："你刚来几天？那你怎么会这里的……功夫？"

格蕾说："就像天生的一样……我这么说，你可能不信，但从离开希尔维后，其他世界里那些稀奇古怪的东西，我只要看上一眼，就可以本能地使出来。"

筱白旸苦笑一声："您可真是……"

"这是它的恩赐。"格蕾的语气中听不出什么感情色彩。

"先不说你那个无所不能的神祇，"筱白旸连忙摆手道，"说说现在的情况——定都阁那边已经加强了防备，我们想混过去可就难了。"

格蕾回头向西望了一眼，点点头："我们得另想办法。"

"来不及了，那邪教头子肯定忽悠那个什么昱王，恐怕这会儿已经开始献祭了。"

格蕾点点头，没有说话。

"你不是占卜师吗？"筱白旸突然想起什么，"你的占卜到现在为止都挺灵的，能不能算算咱们到底该怎么办？"

"算不了那么精确，"格蕾摇摇头，"而且，只有它给出启示的时候，我才能看到未来，并把他们画出来，但这次，它并没有给我任何指示，除了……"

她突然停下来，看了筱白旸一眼。

"除了什么？"

"没什么……"女占卜师说着，转身向来时的方向走去。

"你去哪儿？"筱白旸问。

"回去看看。"

"等我，跟你一起去。"

稍早一些时候，在狮头山顶的定都阁外，一身道士装扮的邪教头子负着双手站在矮子王爷身边，静静看着一队捆着双腕的人，被士兵驱赶着进入阁前的空地上。

在士兵们追击女刺客的时候，他已经在阁前的青石板上画下了一个巨大的献祭符文，那些人牲被士兵赶进广场，拥挤成一团站在符文上，谁都没注意到，脚下那些怪异的花纹开始闪烁明亮的光芒。

"仙师，这些活牲献祭，可否助你完成那法术？"看到地上异象，昱王颤声问道，不知是因为兴奋还是害怕。

"要看它……要看伟大的神对这祭品到底满不满意。"

他的话音刚落，阁前空地上金光突然迸发出来，场内一百个人牲，连哼都没哼一声，便一个个瘫倒在地上，直到光芒全部散去，才有胆大的士兵走上去伸手摸了摸，那一百人，身上没有伤口，也没有血迹，但都已经没有了呼吸。

面前的诡异情形，让这些久经沙场的士兵不寒而栗。

矮小的昱王搓了搓手问道："仙师，这法术……成了吗？"

邪教头子站在阁门下，眉头紧锁地看了看自己的双手，自言自语道："不对啊……"

昱王的脸色顿时阴沉下来。

"什么不对？"矮子王爷焦急问道。

"它没有接受这些灵魂，"邪教头子自言自语，"可它明明已经……"

见"仙师"对自己不理不睬，昱王顿时火冒三丈，一把抓住他的道袍，冷声喝道："你敢骗我！"

邪教头子不耐烦地甩开他的手，不知从哪里拔出一把短刀，抬手挥刀抹向昱王的脖子。

与此同时，山下的林子里，筱白旸刚跟格蕾说完那些话，正打算跟着她返回定都阁，眼前突然一片模糊。等他再次看清四周的景物时，发现自己一个人孤零零站在林地中，眼前早已没有了格蕾的身影。

"不满足通行条件，未触发条件循环界门，重新开始月落定都阁世界体验，祝你好运，兄弟！"

又重置了！

筱白旸立刻跳进林中浅沟，猫腰躲了起来，可他在那道沟里等了好一会儿，也没有人从西边林子中出来。

"不是重置了吗？"筱白旸疑惑道，"为什么跟上次不一样了？"

怕是那个邪教头子的陷阱，他又躲了好一会儿，见始终没人过来，这才沿着记忆中的路向西走去，直到出了林子，看到定都阁的高塔，也没有碰到一个人影。

只是定都阁上黑灯瞎火，在夜色中只有一团黑影，只有借助微光增强视觉，才能勉强看清，山顶上似乎并没有人。

筱白旸抬起头看天，这才注意到，天空中漆黑一片，哪有什么月亮。

他继续向山上走，发现除了山脚处例行公事般站岗守夜的士兵，整个狮头山上都没有一个人。

轻松绕过守夜的士兵，筱白旸走上定都阁，在紧闭的阁门前愣愣地看着空荡荡的场地，索性一屁股坐在阁前台阶上。

这里是定都阁，按照增强视觉界面里的说法，这个世界也重置了，但显然没有重置到他刚刚进入这个世界的时间。

想了一会儿，他试着打开通信面板，调出晴实的联系方式。

通信很快接通了，这个世界并没有屏蔽潜入者的个人通信，世界管理者似乎只是想让下潜者更沉浸一些，除了没有给出安全上浮的界门，似乎并没有打算刻意为难下潜者。

通信铃声只响了几声就接通了。但世界管理者只开放了语音信道，并没有全息影像传送过来。

"莫西莫西？"晴实的声音从通信中传了出来。

"是我，"筱白旸说，可通信器中响起的，却是一个富有磁性的女声。

"白旸君，你的声音……"

"是化身的原因，"筱白旸说，"长话短说吧，我现在遇到一些问题，想请你帮个忙。"

他本想给罗茜打电话求助，可罗茜对世界簇的了解约等于没有，而阿普顿又不怎么熟，想来想去，也只有晴实了。

筱白旸心中突然升起一种诡异的违和感，在这之前，如果有人跟他说，他会被困在一个莫名其妙的紫区世界里，并且要向一个已经死掉的电子幽灵打电话求助，无论如何他都不会相信的。

"什么事？"

"我现在在一个叫'月落定都阁'的紫区世界里，"他组织了一下语言，说道，"但这里屏蔽了本地时间，所以我想请你确认一下我所在的本地时间是什么时候。"

说完，见晴实似乎没有听懂，他便从头开始，把自己在这个世界中遇到的事，完完整整地跟晴实讲了一遍。

"这么好玩？""死"过一次的晴实像是完全放下包袱，听完他的描述，突然兴奋起来，"你说那个世界叫什么？怎么过去的？我去帮你！"

筱白旸苦笑一声："大姐，那个轮滑怪人不知道在哪里躲着，我在这里还不知道怎么出去，你还要进来，万一真出不去怎么办？"

对面的声音沉默了一会儿，才又响了起来："对啊，死过一次的人还会再死一次吗？如果不会，我不就可以随意进出了？"

"你就不怕再死一次，就是真死了吗？"

"说出来怕你不信，我还真不怕，可能死过一次就看开了……"

筱白旸知道，再继续争论下去也不会有什么结果，他默默坐在没有一丝星光的夜色中想了一会儿，把自己是怎么进入这个世界的，原原本本地告诉了晴实。

"你还是先帮我看看，这个世界到底是什么时间吧。"他说。

"不用着急，我现在去找你。"

说完，晴实干脆地挂断通信，只留下筱白旸苦笑不已。

想来想去，他还是决定给阿普顿打个电话。

刚刚接通的时候，听到通信中传出的女声，阿普顿也是一愣，等筱白旸说完整件事，他才收起笑容，认真想了一会儿，问道："你说第一次杀死昱王那次——咱们姑且叫它一周目——那次你看到的月牙，大概占多大比例？"

筱白旸细细回忆了一下，回道："差不多有一半的五分之一？"

阿普顿说："你说晚上七点左右，月亮在西边，月牙在右下，那应该是初二的样子，至于你说晚上看不到月亮……这种情况一般都是在农历每月二十之后，你得等到凌晨，看月亮升起来的时间和月牙的大小，才能确定准确的日期。"

不管怎么样，筱白旸总算弄明白，这次重置，自己的时间线应该已经被提早了很长时间，从二十号到初二，中间最多有十二天时间，一切都还来得及。

这次重置前，他正和格蕾往现场赶，昱王应该是被那个邪教头子杀的，可世界重置时间被提前到至少几天前。

筱白旸脑中突然灵光一闪：难道世界会重置到开启界门的人进入世界的时间？

他越想越觉得很有可能。

如果真是这样，此时应该是那个邪教头子刚刚进入这个世界的时间，他应该还没有跟那个昱王建立什么关系，自己还有机会抢先一步。

这个月落定都阁世界，果然有些意思。

31　定策

　　挂断通信，筱白旸又坐了一会儿，按照阿普顿给的发音表试了几个动静不大的指令，半天才念熟了一个改变指定对象物质属性的语句。

　　这种语言既不同于大多数自然语言，也不同于常见的汇编语言，与建造师们常用的世界解构语言有些相通，却不需要复杂的语法，只是这发音，实在是太困难了些。

　　从语法结构上来讲，这种语言缺少语态和情绪修饰，以祈使句居多，大部分情况下，都像是在要求世界簇做出什么样的处理，但这种要求是否能够得到满足，也跟当前所在的环境和世界所加载的引擎有很大关系。

　　比如他刚刚学会的这种改变物质属性的语句，在这种武侠幻想类的游戏型世界，会有极高的成功率，但在 S257901 那种加载了完全物理引擎的世界中，却几乎无法实现。看来世界簇对这种语言的回应，应该遵循着某种他还不知道的规律。

　　正坐在定都阁前走神呢，突然有人拍了拍他的肩膀。他知道这会儿邪教头子还没遇到昱王，不会是他们，能这么快找到自己的，也只能是那个天不怕地不怕的樱小路晴实了。

"你这化身的皮肤，比我的还要好。"果然，身后传来晴实的声音。

"你又不缺钱，"筱白旸说，"花钱优化一下不就行了？或者你自己修饰一下，也花不了多长时间。"

"也是，"晴实在他身边坐下，"反正我现在别的没有，时间有的是。"

听她话说得这样轻松，筱白旸忍不住看了她一眼。

"你……还适应吗？"刚一开口，他就想给自己一个嘴巴子，这叫什么话啊，这不等于问人家：请问你死得舒服吗？

晴实微微一笑："还行，比活着的时候舒服多了，不觉得累也不觉得困，精神状态永远都是最好的，反正时间有的是，我可以把以前想做没时间做的事都做一遍。"

筱白旸沉默了一会儿，叹了口气："不让你来，非来蹚这趟浑水。"

晴实也不接他的话，反问道："你知道我现在最怕什么吗？"

筱白旸摇摇头。

"无聊啊，"她说，"虽然想做的事很多，可一想到还有无穷无尽的时间，我就会觉得很无聊，总想找点儿真正刺激的事来做。"

说完，她很认真地看着筱白旸："白旸君，我是认真的，如果这次再死了，我倒是很期盼呢，反正外面的晴实已经死了，现在这个，与其在无聊的漫长时光里一个人煎熬，还不如就此化作虚无。"

筱白旸呵呵干笑两声，不知道该怎么接她的话。

晴实也没有继续说下去，两人就在这没有月亮的夜里静静坐着。

不知不觉，筱白旸竟然睡着了，等他醒来的时候，发现自己正靠在晴实的肩膀上，晴实正瞪大眼睛看着自己。

"看什么呢？"虽然不会流口水，他还是下意识地抹了抹嘴。

"我在想，你做女人也挺好的。"晴实开玩笑说，"如果你死了，啊，不对，如果你变成我这个样子了，干脆就当女人吧。"

筱白旸难得老脸一红："别闹了。几点了？"

"本地时间被屏蔽了，看不出来。"樱小路说，"看天色应该是凌晨了。"

筱白旸坐直身子，抬头看了一眼东方的天空。

一弯巨大的月牙果然出现在东方的地平线上方，如果两人不是坐在山顶上，很难看到那一缕几乎看不到的月牙儿。

筱白旸按照阿普顿给的方法简单估算了一下，知道这天应该是农历三十，距离下月初二还有两天时间，便把这个信息告诉晴实。

"这么说，"一旦进入工作状态，晴实立刻收起那副跳脱的样子，"你说的那个邪教头子进入这个世界的时间是昨天晚上，比你早了三天，他杀了那个昱王，所以世界便重置到他进入的时候，也就是你进入世界的三天前？"

筱白旸差点儿没被她左三天右三天的话给绕晕了，但还是理顺了她的意思，点点头道："是的，一周目的重置让他占了先机，但二周目之后，他以前所做的一切也重置了，反倒是我们提前知道了他的计划。"

晴实明白了他的意思："那你为什么还不着急？这次重置应该是从他进入这个世界开始的，已经过去大半天了，这会儿说不定人家已经跟那个昱王勾搭上了。"

筱白旸摇头问道："那你知道昱王在哪里吗？你知道那个家伙现

在是什么身份吗？这些不都要去打听吗？这大半夜的，别说不会有人搭理你，就算有人，咱们进得去皇城那九座城门吗？"

不过已经弄清楚现在的时间，也不算完全没有收获吧。筱白旸想，况且格蕾应该也被重置到这个时间，她对那个家伙的计划了解得更多，说不定已经开始行动了。

定都阁所在的狮头山，是皇城西边地势最高的地方。早年建皇城的时候，监造大臣让工匠们先在山峰上建了这座定都阁，用于标定皇城正西方位。皇城完工之后，这高塔就没什么用了，加上地处皇城西边偏僻山沟中，除了有几个老兵值守打扫，很少有人会来。

两人在阁前坐着聊了会儿对策，眼见着山下的林子上露出半个咸鸭蛋黄般的太阳，山里的雾霭很快便如化雪般散开。筱白旸站起身来，下意识活动了一下四肢，来到山崖边眺望。

雾霭散后，视野一片清朗，从山顶上向东望去，远处卧着一座雄城，在初升的阳光中，像一头刚刚睡醒的雄狮。

他正感慨皇城的气象不凡，突然看到林中穿出一个人，正飞快朝着定都阁的方向行来，等那人离近了些，才看清楚是格蕾。

他连忙把正在绕着定都阁高塔转圈的晴实叫过来，告诉她那就是占卜师格蕾。晴实一直对这个传奇般的原住民很感兴趣，说自己现在也算"原住民"了，要跟格蕾好好聊聊。

格蕾速度很快，没几分钟便来到东边的山崖下，避开门口正在打盹儿的守卫，如轻盈的鹞子般在山壁上点了几下，飞身爬上山顶。

"你怎么来了？"筱白旸开门见山地问道。

"重置之前，我只比你早到了几个小时，"格蕾说，"上次重置后，我去发现那家伙的地方看了一眼。他肯定有所防备，我扑了个空，想着你进来的地方就在定都阁附近，就过来找你商量对策。"

说完，她看了眼一直在旁边静静听着的晴实。

晴实一直在打量着格蕾，见她看向自己，便微微一笑，打招呼道："你好，我是建造师春见，你也可以叫我樱小路晴实。"

格蕾点点头："你好，复生者。"

筱白旸并没有跟格蕾说过晴实的事，看到她随口说出晴实的身份，心中难免有些惊讶：难道这世界上真有未卜先知的人？

对晴实，格蕾似乎保持着一定的距离，只是借着话头对筱白旸说："对了，那个邪教头子也是个复生者。"

"什么？"筱白旸又是一惊。

"之前不知道该怎么解释，既然你朋友是复生者，你应该不难理解。"

筱白旸沉思片刻，点头道："我知道了。"

如果晴实的事不是孤例，那么，被献祭符文或者死亡诅咒杀死的人，应该就会变成格蕾口中的"复生者"，也就是晴实现在的状态。

想到这里，筱白旸跟格蕾简单说了晴实的事，然后说道："现在，月落定都阁世界里，我们知道的有五个人，咱们三个，邪教头子，还有那个轮滑怪人。

"那两个人有什么关系，我们暂且放在一边，因为到目前为止，除了把我引过来之外，轮滑怪人还没出现过，我们只要随时保持关注就行。

"至于邪教头子那边，如今我们三对一，虽然不知道他又会做些什么，但好在二周目的时候他杀死昱王，世界重置把我们带到他刚来的时候，就还有机会知道他的计划。大不了下周目的时候，我们提前布局。"

说完，他看了看两人，见她们都在沉思，就继续说道："我们梳理一下时间的问题。目前来看，离开这个世界的界门在那个昱王身上，只要杀死他就会触发判断，如果条件不满足，世界就会重置。重置时间是不固定的，是谁杀的昱王，世界就会返回谁进入的时间点——这也很符合条件循环界门的特征。

"这样，在满足所有条件之前，我们有三个人，便可以控制世界重置的时间——我是献祭仪式前一个小时左右进来的，如果我动手，世界会重置到一个小时前；格蕾，你比我早几个时辰，你动手的话，会重置到仪式当天下午；而晴实动手的话……"

"重置时间比你们说那个邪教头子晚一个小时，知道了。"晴实点点头，"如果我们知道了他进入的位置，就可以让我动手，这样我们就有时间阻止他了。"

格蕾也点点头，听明白了筱白旸打算用由谁动手杀死昱王来控制世界重置时间的想法。

"那么，"想了一夜的筱白旸继续说道，"还有最后一件事——这个条件循环界门的离开条件，到底是什么？"

"条件循环界门最早就是为了游戏世界设计的。"晴实说，"从建造师的角度来说，想要通关一个游戏，总是要把里面的任务做完——至少主线任务要完成，可世界簇里的世界都是开放的，里面的 AI——"说着，她看了格蕾一眼，继续说道，"都是有很强的能动性的，很难设计固定的模式。于是当时的建造师发明了条件循环界门，只有把主线任务完成了，才能通过界门进入下一关。"

筱白旸也是第一次听说这件事的由来，略一思考，便点头道："这么说，我们应该先确定这个世界的'主线任务'是什么，在做完这些后，才能杀死昱王离开？"

晴实说："应该是吧。"

筱白旸又看向格蕾："格蕾，上次我们被困在一个世界中，是你的占卜纸牌上的信息提醒了我们，你能不能再占卜一下，看看我们这次应该怎么离开？"

格蕾摇头道："之前不是跟你说过了吗？我看到的东西，都是来自它的启示，这次的事，它并没有给任何启示，我也没法凭空占卜。"

"一直听你说'它'，"晴实忍不住问道，"它到底是谁？跟你们说那个邪教头子嘴里的'它'是同一个……存在吗？"

与在希尔维的时候比起来，格蕾应该经历过许多世界，对世界簇的概念也有了一些更多的了解，说话也不再像之前那样神神道道，但一提起"它"，她的表情又肃穆起来。

"它是这个世界……不是，是这个世界簇本身。"格蕾说，"以前我以为，它只是希尔维世界至高无上的神祇，但离开之后我才发现，世界远比我想象中更大，它也无处不在。我们所使用的符文和魔法，都是向它请求后得到的恩赐。"

筱白旸这次听明白了，格蕾说的"它"，应该就是整个世界簇，他们这些人类把它当成一个覆盖在现实世界之上的巨大网络，而格蕾这种原住民，则把它当成一个无所不能的神祇。

从某种意义上来讲，她的理解也没有错。

"至于那个邪教头子，"格蕾继续说道，"他和他的宗教误解了它的存在，把它当作一个像人类一样、有情感和倾向的意志来供奉，甚至要用原住民的生命来向它献祭。这是一种异端行为，必须得到纠正。"

筱白旸一挑眉毛："你的意思是，你认为'它'并不存在自我意识？"

32 循环条件

格蕾沉默了很长时间才说："我不知道这个用词是不是准确，我对于你们说的'存在自我意识'不是很理解。可能我并不像你们一样，对'人类'和'自我意识'有如此强烈的认知。"

"换句话说，"晴实补充道，"你是不是认为，你说的那个存在，并没有什么情感和偏好？"

格蕾又沉默了一会儿，才点点头，算是默认了这个说法。

"明白了，它是道家的。"筱白旸说。

说完，他简单地向格蕾解释了什么是"天地不仁，以万物为刍狗"，什么是"无为"。格蕾又想了会儿，点头道："没错，这'道家'很有意思，有机会我一定要详细了解一下。"

筱白旸对道家的理解，也只限于这点儿东西，再多了，他也说不出什么了，怕格蕾问多了露怯，便又把话题扯回到循环结束的条件上来。

"我们光在这儿猜，恐怕猜不出什么来，"他说，"既然月落定都阁的时间还有三天，我们还是得好好利用这三天时间。"

"我去找那个家伙，"格蕾说，"不管他要做什么，我总有种不安的感觉，至少在下次重置前，我们要弄清楚他的计划。"

"好，那我去找循环条件。"筱白旸点头道。

"我呢？"晴实突然开口问道。

筱白旸正想让她跟自己一起去皇城打听消息，却听格蕾说："你躲起来就行。"

他很快明白了她的意思。邪教头子并不知道晴实的存在，如果他只针对筱白旸和格蕾提前做了准备，晴实就是他们唯一的机会。

"如果这次还没有成功，重置之后，我们便还按照今天的安排行事，约定汇合地点也不改变，以免浪费时间。"

三人各自约定了三天后的汇合地点，格蕾便先行离去，等她走远了，晴实也爬下山峰，说是去山下找个农户家住上几天，顺便研究一下那种能跟世界簇直接对话的语言，筱白旸则等他们都走了，才下了山，沿路搭了一辆进城送菜的骡车，从背囊里抓出一把曾经是纸钞，如今变成铜板儿的钱币，请人家捎他进皇城。

赶车的老农收了钱，眉开眼笑地把大车上清出一块空地来，请这位人长得漂亮，出手也阔绰，一看就是江湖女侠的"姑娘"坐下，一边哼着乡野小曲儿，一边挥鞭赶车向西正门方向驶去。

筱白旸也懒得解释什么，坐在车上闭上眼睛，接通了罗茜的通信。

"我是筱白旸。"

听到这声低沉而富有磁性的女声，罗茜沉默了好半天才叹道："你怎么变性了？"

筱白旸懒得跟她贫嘴："化身自带的语音包。"

"化身还能这么玩儿吗？"

"这个问题先打住，听我说，"筱白旸打断她的话，"有两件事：第一，我见到晴实了……先别问，我没疯，这事儿一时半会儿解释不清楚……对，她没死。不对，也算死了，但世界簇里有一个 AI，拥有她的一切——记忆、性格，甚至身份，就连世界簇账户都是同一个。"

在世界簇之外的羲都市局技侦科，正在接听电话的罗茜反复确认他没有跟自己开玩笑后，抬头看了正在一旁监听电话的父亲一眼。

老罗局长示意她继续。

"那第二件事呢？"罗茜继续问道。

"出现这种情况的人——格……"他刚要说格蕾的事，突然顿了一下，改口说道，"我暂时叫他们'复生者'，除了晴实，还有一个复生者，是我们在希尔维见过的那个邪教头子，你还记得吗？"

罗茜点点头。

"你现在能不能用警方的资源，帮我查一下这个人？"筱白旸说。

"可是我们看到的只是他的化身，"罗茜说，"通过化身找到背后的真人，这事儿警方也做不到。"

"我知道，我只是想让你用那个化身的样貌特征，去警方的资料库里找找，现实世界中有没有这个人——对了，可以跟近期猝死案例的丧生者比对一下，范围……嗯，可能要大一些，全国都要查一下。"

"我们查不到全国的数据。"罗茜干脆地否决了筱白旸天马行空的想法。

可一旁的老罗局长却点点头，示意她可以协调其他地区配合调查。

"行，我试试吧，但不保证真有这个人。"

"我知道，"筱白旸说，"以我对他的了解，这个人应该是个建造师，建造师喜欢用真实形象作为默认化身，我和晴实都有这个习惯，反正也没有线索，不如赌一下。"

"万一没有呢？"

"没有的话，我就想办法把那个家伙的真名撬出来！"筱白旸说。

通话结束，筱白旸睁开眼睛，看到赶车的老农还在哼着小曲儿不急不慢地驾车，远处的京城还是像挂在天边一般遥不可及。

骡车用了一上午的时间才进了皇城西正门，路上闲着也是闲着，筱白旸就坐在车上默默学着阿普顿那些语言，总算摸着了一点儿用那种语言"作弊"的门道。

例如他刚刚在大车上学的几个句子，其中一个句子可以在自己能看得到的位置定义一个锚点，另一个句子可以将自己的空间坐标瞬移到锚点上去，在一定范围内，他可以随时改变锚点的位置，并把自己瞬移到锚点当前的位置上去。

用游戏里常用的说法就是，他可以用两个句子和简单的计算，来实现在视野范围内多次精确瞬移。

一想到在之前两个周目中混战时，这种能力会产生的巨大作用，他就隐隐有些兴奋。

老农交了城门税，赶车进了西正门，对筱白旸道了声歉，说皇城已经到了，他还要去某某家送菜，就不能远送女侠了。

筱白旸起身道了谢，从裤子上摘下一片不知道什么时候沾上的菜叶，这才四下打量起这座皇城来。

与希尔维世界的宁静城相比，这座皇城要大多了，这里是当前这个年代的国际性大都市，各国各族人在大街上摩肩接踵，络绎不绝，什么打扮的都有，他这一身打扮和背囊看起来并不怎么显得突兀，就像是一个远途的旅行者，在人来人往的皇城大街上走着，也没有引起什么人注意。

但筱白旸自己心里清楚，此时那邪教头子在暗，他在明，就这么招摇过市，太容易被他发现，便专挑小巷子走，可尽管如此，没走出多远，他发现自己还是被人跟踪了。

他的嘴角微微扬起，自己虽然不是什么专业人士，但前段时间没少体验谍战副本，该有的常识还是有的，加上自己在马车上刚刚悟了一些新东西，刚好拿来试试手。

这样想着，他专挑逼仄狭窄的小路走，那盯梢的人只得跟上，又怕给他看见，不敢盯得太死。两人一前一后走了几分钟，筱白旸终于找到一个机会，念出瞬移的语句，瞬间消失在原地。

盯梢的人转过街角，发现跟丢了，连忙加快脚步跑过去，可眼前只有一个三面高墙的死胡同，哪里还有那个可疑女人的影子！

原来，筱白旸用了两次瞬移，第一次闪上墙头，找准方位又闪了一次，只是这次他的坐标计算可能出了点儿问题，刚好把自己卡在一条仅容一个人侧身的墙缝里。

筱白旸苦笑一声，稍微换了个让自己舒服点儿的姿势。

他这个化身是用那位国际巨星一比一复刻的，身材自然也很好，但如今这反而成了负担，他被卡在墙缝中间，想动一下都十分困难。

他想起自己小时候玩的那些游戏。当时的游戏世界都是使用计算机建模来构造的，稍不留神就会出现实体对象穿过模型的诡异景象，如今自己被卡死在这里，竟然也跟那种"穿模"如出一辙。

想了一会儿，他还是决定用新学的招数把自己弄出去，正在计算锚点位置，突然听到墙缝另一侧有奔跑和粗重的喘息声。

喘息声在墙缝外停了下来，很快又有凌乱的脚步声靠近，隔着半堵墙，依稀可以感觉到，那喘息声的主人，似乎被什么人逼到了墙缝外的墙角处。

"宋大人，对不住了。"外面有个阴柔的男人声音，"咱家也是迫不得已，您在黄泉路上好好想想，下辈子事儿别做那么绝，给别人留条后路，就是给自己留条生路，您说是不是？"

那喘息的人狠狠"呸"了一声，没有答话。

废话这么多，肯定是设计好的剧情。筱白旸想，这月落定都阁的游戏剧情还挺多，只是不知道跟主线任务有没有关系……

主线！这样想着，他眼前突然一亮。

难道满足循环条件，需要先把这些藏在剧情中的任务做完？

隔着一堵矮墙，他虽然看不到外面的景象，但还是能大致计算出方位来。

只听墙外传来弩机转动的嗒嗒声，似乎有人在给弩箭上弦。

等不及了。筱白旸拔出手铳装满火药铁砂，念出瞬移的语句，下一秒，他的身影出现在墙外。

外面站着两个人，其中一个穿着七品官服，紧贴墙角站着，另外一个穿了一身短衣，站在十米开外处，手里拿着一把手弩，一眼就能看出是个太监。筱白旸瞬移出墙，刚好出现在两人中间，距离那个拿手弩的太监只有不到两米的距离。

两人都是一愣，但电光石火之间来不及多想，筱白旸抬手举枪扣动扳机，几乎同时，那个太监也抬起手弩对准了他。

枪声轰鸣，那个太监被灼热的铁砂近距离糊了一脸，当场便咽了气，临死前射出的那支弩箭，因为没了准头，只是擦着筱白旸的脸颊飞过。

筱白旸上前检查了那个太监的尸体，确认已经死透了，又在他身上摸出一张腰牌来，眼前顿时一亮，只见上面赫然写着一个"昱"字。

真是刚想瞌睡就有人送枕头过来。

这时，身后却响起一声闷响，他回头一看，那个叫"宋大人"的文官无力地瘫坐在墙边，右胸上插着一支直羽短矢，正是刚才射偏的弩箭。

他走过去，从背囊里掏出已经变成金疮药的止血药剂，抬手就要给那个宋大人敷上。

"不用了……"宋大人有气无力地抬抬手，阻止了他。

"你会死的。"筱白旸指着他的胸口说，"现在先止血，必须到医院……医馆，让专门治外伤的大夫给看看。"

"不必了……多谢女侠出手相救，我……可能不行了，但有件事，还想烦请女侠……"

他叨叨说了一大通，筱白旸一句都没听进去，这派任务的 NPC 是个话痨，快死了还说了好多废话，听得他直翻白眼。

看来这种派任务的 NPC 不是希尔维那种开放世界里的 AI，快要死了还要按照固定的剧本来。

他心不在焉地听着，直到那官员嘴里突然说出"昱王"两个字，这才打起精神来。

原来这位宋大人叫宋昱，是当朝兵科给事中，在监察兵部事务时，发现了昱王勾结兵部侍郎谋逆的线索。他凭着一腔对皇帝的忠诚，明察暗访，几乎已经掌握了昱王谋反的实证，却被王府的太监追杀。

"我自知时日无多，只有一件事未了，请女侠帮忙……"

筱白旸心想，果然是设定好的剧本，这就要派任务了，但还是微微点头："宋大人请讲。"

宋显突然不知哪里来了力气，一把抓住他的手道："后天晚上戌时，到西郊狮头山，找皇……在昱王府的眼线，要昱王……谋反的死证……"

说完，他深深喘了一口气，似乎就打算闭眼。

狮头山！筱白旸心中一惊，表面上却不动声色："好，我记住了，后天晚上戌时，到狮头山，但您的眼线……"

宋显又睁开眼："我没见过那人，你见了他，只说自己是替李老爷家来收年租的……拜托了！"

说完，他再次闭上眼睛，筱白旸轻轻推了推他，他再无丝毫反应，头一歪，就此咽了气。

筱白旸站起身来，把从那个太监身上搜出来的牌子装进背囊，转身从躺着两具尸体的无人巷子中消失。

33 残月如镰

既然是个游戏世界，那就要按游戏的规则来。

筱白旸找了户人家，随便偷了一套晾晒的衣服换上，一路专挑没人的角落，兜兜转转一大圈，又回到自己卡在墙缝之前那个巷子外，看到那个盯梢的人果然还在巷口附近守着。

过了一会儿，有人匆匆过来，在他耳边说了句什么，两人便一起离开了。他立刻跟了上去，见那两人果然进了一座写着昱王府的大院子，这才离开，在隔着一条街的一座小茶楼里叫了一壶茶坐下。

正值中午，茶楼的二楼没什么人。小二上茶的时候，筱白旸叫住他，装作很随意地问道："小二，你对这几条街熟不熟？那边的院子，主人是谁，可知道他卖不卖？"

小二把褡裢往肩上一背，笑道："女侠一看就是外地来的吧？这片宅子是昱王府，可不会卖的。"

筱白旸"哦"了一声，又问道："列土封疆的藩王，府邸怎么会在京城？"

说着，摸出两枚铜钱放在桌上。

小二收了铜钱，舔了舔嘴唇，压低声音故作神秘道："昱王爷是皇上同胞长兄，兄弟俩情深义重，皇上即位的时候，听说昱王是出了大力的，皇上特恩准昱王……"

他话还没说完，筱白旸突然听到一声重重的咳嗽，回头一看，是正在二楼盘账的掌柜。只见小二嘿嘿两声，不再继续说下去，告了个罪就走了。

筱白旸并不为意，一边喝茶，一边看着王府的方向，直到茶壶见了底，这才结账离开。

就在筱白旸优哉游哉坐在茶楼二层看王府的时候，那两个进了王府的人，又从其他院门匆匆离开，不一会儿便来到之前兵科给事中宋显被杀的死胡同里。

两人各自检查了宋显和那个太监的尸体，抬起头互相看了一眼，各自摇摇头。

"仙师说的果然没错，"盯梢过筱白旸的人低声说，"严公公果然被人盯上了。"

"不过宋显也死了，严公公也算没白死。"

只是这个太监的死状，实在有些太瘆人了，像是被人贴着脸拿火铳打过一般。两人搞不明白，以这个老阉人的功夫，到底什么人能近得了他的身？

"先把尸体处理了。"一个人说，"大事在即，别节外生枝。"

"等等，"盯梢的人说，"宋显的尸体先别动，把身上值钱的东西翻出来拿走，做成被谋财害命的样子，否则一个朝廷命官，平白无故失踪，肯定引人怀疑。"

另一人说："还是吴哥想得周到。"

两人正商量如何伪造现场，突然觉得眼前一花，一个身影从天而降，一手一个，像抓鸡崽儿一样紧紧扼住两人的脖子。

两人来不及说话，只觉得眼前一黑，最后一眼只看到一个灰发黑袍的女子面无表情的脸庞。

"中断对象自我意识服务连接。"

"读取本地簇记忆数据。"

"本地簇数据读取成功。"

"注入增强型子意识模组。"

"注入失败，目标对象受分布式簇矩阵保护。"

"遍历分布式簇矩阵，执行改写程序。"

"请求失败，权限不足。"

"重新执行 !@#$$%^&&*%"

"执行中……"

"执行通过，目标已被注入父对象的子意识模组。"

两个王府打手突然睁开双眼，各自看了对方一眼，又看向刚刚收回手臂的格蕾，点点头，各自背起一具尸体离开。

筱白旸走出茶楼的时候，突然收到一个陌生的通信请求，他随手接通，对面传来格蕾的声音。

"你在哪里？"

"西城，昱王府对面。"筱白旸说，"我发现了点儿东西，你呢？"

格蕾道："应该比你知道得多一些，先出城，再晚就走不了了。"

筱白旸略一沉思，没有多问，直接回道："好，在哪里见？"

"西正门出去十里，有个长亭，亭外有五棵松树，在那里汇合。"

一身民女打扮的筱白旸刚要回答，突然看到王府小角门打开，一队骑兵鱼贯而出向西城方向去了，忙跟格蕾知会了一声，转身向

西正门方向走去，总算赶在城门被封之前出了西正门，沿着官道向十里外的长亭走去。

半个小时后，当他看到五棵松树时，格蕾已经在亭子里坐着了。

筱白旸几步赶过去，跟她说了兵科给事中宋显因为要弹劾昱王而被杀的事，并把自己的猜测说了出来。

"不知道帮助宋显收集昱王谋反的证据，这种任务算不算离开的条件。"一口气讲完后，他说。

格蕾对东方古代官职和职能并不特别了解，便问道："给事中是什么意思？"

"一个替皇帝监督大臣的小官，官职不大，但可以直接给皇帝写奏疏，权力不小。"

"哦，如果按你说的，这里是个游戏世界，"格蕾说，"试试总没什么错。"

"你呢，你找到了什么？"

格蕾道："我找到两个王府的打手，读取了他们的记忆。"

"这也行！"

"不行吗？"格蕾不解道，"这个其实很简单的，用那个符文语言……"

筱白旸苦笑一声打断她的话。对于这个原住民来说，游戏本身的规则毫无意义，恐怕也只有她可以毫无顾忌地使用那种向世界簇直接发出请求的能力，而世界簇也会毫无保留地回应她。

"细节不重要，以后再教我就行……你有什么发现？"

格蕾抬头看了看他，平静地说："那个邪教头子进入这个世界的地点，就在昱王府里，现在被奉为'仙师'。"

"什么？"

"从那两个打手的记忆来看，昱王今天早上是和那个仙师一起出的卧房，在这之前，谁都没有看到过那个仙师进去。实际情况怎么样，他们这个层级接触不到，但听王府管事的说，昱王是在梦里邀请仙师下凡，他睁开眼，就看到那仙师坐在自己的卧房中了。"

筱白旸目瞪口呆地听完，骂了一句，这才说道："得，咱们也别想着破坏他们的联盟了。"

"那个仙师对昱王说，他卜了一卦，城里混入了两个外人，要对他不利，昱王一早就进了皇宫，现在王府的侍卫正联合九门提督的人，在皇城里挨个儿排查，要是再晚些，咱们就连城门都出不来了。"

筱白旸忍不住看了格蕾一眼说："说实话，我觉得那家伙做神棍的本事，比你可强不少。"

格蕾摇摇头："我不是神棍。"

"先不说这些，后天晚上的事呢？你查到了吗，那个家伙到底要干吗？"

"我抓的那两个人，级别不太够，不知道这些核心的东西，咱们只能走一步看一步了。"

筱白旸想了一会儿也没什么太好的办法，现在那个昱王有了提防，整个皇城都会把他们当成敌人，想要再混进去可就难了。

两人在长亭里又说了会儿，格蕾便离开了，她既然控制了两个王府打手，总要试试看能不能偷听到什么。筱白旸想了想，还是拨通了晴实的通信，把他和格蕾的发现一五一十说了一遍。

"那个邪教头子的登录地点应该就在城里，"筱白旸说，"咱们一开始恐怕就有些被动，我想这周目可能不太好办了，我跟格蕾商量，这次咱们把目标放在搜集昱王谋反的证据上，反正那家伙没看到过你，下次重置，你直接去找那个宋显，把证据交给他，让他带给皇帝。咱们得来个先发制人才行。"

晴实似乎在思考什么，半天才回答道："咱们能想到的，那个邪教头子应该也能想到，如果他就是不杀昱王，你或格蕾动手，最多只能重置到一天前，咱们怎么办？"

筱白旸道："不是还有你吗？你动手杀昱王不就行了？"

"如果我动手的话，"晴实立刻答道，"重置后，那家伙不就知道我的存在了？到时候他还是会先一步找出我们。"

这似乎是个死结，两人都沉默下来。

"除非……"晴实像是突然想起什么，"我杀死那个王爷的时候，不让他看到。"

"远距离狙击？"

这里是个东方武侠游戏的世界，筱白旸的 M1911 到了这里，都会变成射程不过十来米的手铳，又去哪里搞这种不让人看到的狙击武器？

况且，定都阁在狮头山上，山顶高度超过六百米，周围光秃秃一片又没有其他山峰，即使这个时代射程最远的弓弩，也很难穿过这么远的距离。

两人商量了半晌，眼看天就要黑了，晴实说："没有别的办法了，我试试吧，也许……试试看。"

说完，她便挂断通信。

皇城里还在搜寻"可疑刺客"，筱白旸和格蕾化身的画像被贴在皇城九座城门上，想要再混进去几乎不可能了，格蕾控制的那两个王府打手，没多久也被发现了。三人又商量了一通，见没什么机会，便只等着初二晚上再说。到那时昱王要做些见不得人的事，总不能大张旗鼓地让禁卫军来护卫吧。

转眼间到了初二傍晚，三人分头行动。筱白旸在狮头山下官道旁的庄子里，远远看见昱王的车驾被护卫拥着上了狮头山，这才悄悄跟上去，没走多远，突然觉得附近的景物有些熟悉，便停了下来。

不知不觉，他竟然又走到自己登录世界时来到的那片空地中，不由得一声感叹。

"谁在那里！"

正出神呢，林中突然传来一声低喝，筱白旸顿时一个激灵，想起自己前两次就是在这里遇到王府护卫的。

他下意识猫下身子，一只羽箭贴着头皮射过，扎入身后的树干中，发出一声闷响。

他本想像前两个周目一样躲进林中，突然想起什么，鬼使神差地低声喊道："是帮李老爷收年租的！"

林子里沉寂下来，不一会儿，那个身背三眼火铳的骑手才牵着马走出林子，上下打量了筱白旸一番，虽然眼中戒备很深，却没有动手的意思。

"李老爷怎么让你一个女子来收年租？"那骑手开口问道。

有戏！筱白旸眼睛一亮。

"收年租的老宋过不来了，让我帮他带回去。"那个宋显没跟他说过后续的暗号，他只能随口胡诌道。

骑手皱起眉头，手中已经上了弦的手弩微微抬起："可有信物？"

筱白旸知道，过不了多久，就会有其他士兵过来喊这个骑手回去，便不打算跟他玩这戏精的游戏，直接说道："实话说吧，那宋显被王府的一个太监杀了，临死前让我今天戌时来这里找人收年租，又没告诉我找什么人……对了，那个太监是我打死的，这是他的腰牌，不知道算不算信物？"

说着，他从背囊里掏出从太监身上摸出来的腰牌，那个王府护卫接过来一看，微微点头，从怀里掏出一本薄薄的册子递给筱白旸："这是昱王联络过的朝中大臣的名册，何人何时因何事联络的，都记在里面，你把他交给皇……"

他的话还没说完，筱白旸看到林中一个身影一闪，是那个前几个周目里来叫骑手回去的护卫。

骑手抬起手，弩弦绷响，一只短弩射出，那个身影应声倒地。他几步追过去，看那人已经没气了，便回头对筱白旸说："快去！"

"等等！"筱白旸突然想起什么，叫住他，"昱王今天在这里做什么？"

骑手略一犹豫，还是答道："那仙师说是要拿一百个五月初五生的人献祭，便可施法助昱王长生不老，事成后还可以帮他谋逆……只不过是个神棍而已，可惜了这一百冤魂！"说完，把那具尸体踢进林中一道沟里，转身上马向定都阁方向而去。

筱白旸根本不认识什么皇帝，自然也没办法替他把这什么名册交给皇帝，只是稍微翻了翻，把册子装进背囊，远远跟着骑手向狮头山走去。

这一次，那个邪教头子早有防备，林中布满了暗哨，山下各处还有巡逻的王府护卫，想要再像前两次一样潜入狮头山就难了。

他试了几次，都差点儿被巡逻的士兵发现，只好又返回林中，不一会儿，便听到山上传来枪声和喊杀声，应该是格蕾已经动手了。

就在他准备冲上去时，通信突然响了，是晴实的。

"戌时是几点？"她突然没头没脑地问了一句。

"七点吧，"筱白旸不明白她是什么意思，"格蕾那边打起来了，我得去帮帮她，你准备好。"

"七点的话，就错不了了。"晴实似乎完全没有在意他的话，自顾自地说道。

"你说什么？"筱白旸顾不上跟她多说，拔出手铳便冲出树林，抬头准备计算山峰的位置，打算强行瞬移过去。

酉时末刻刚过，筱白旸抬头，便看到天空中挂着一弯镰刀般的巨大残月，此时刚好落到定都阁底部，仿佛被一双看不见的大手握住，下一刻便要挥舞下来。

他一晃神，便看到那把巨大的镰刀真的斩了下来，将整个定都阁齐根斩断！

34　世界簇的本质

定都阁轰然倒塌。

奔跑中的筱白旸一头撞在一个人身上。

他抱着那人翻滚了几圈，才停了下来，起身再去找狮头山，却发现自己又回到登录这个世界时那片林子里。

增强视觉界面中再次弹出那两行熟悉的小字：未满足条件，界门未激活。

他这才注意到，被自己撞倒在地上的，正是晴实，便伸手把她拉了起来。

"成功了？"被撞得不轻的女孩起身后问道。

"没有，重置了，现在是四周目了。"筱白旸很快理清了头绪。

"不，我是说，是我成功杀了昱王，这次重置，是我触发的！"

筱白旸环顾四周，发现自己果然还在那片林地中间，晴实跟他是同一个界门登录的，自然会出现在同一个位置。

他四下看了半天，又等了会儿，那个骑手果然没有过来。确认了是晴实动的手，现在时间应该是三十晚上，邪教头子第一次进入这个世界的一个小时后。

筱白旸还记得自己亲眼看到那一幕，那一刻整个定都阁如同被巨大的镰刀斩过，齐齐断裂，在那种情况下，有多少个昱王，恐怕也活不成了。

"你……是怎么做到的？"他的声音有些干涩，不知是不是心理作用。

"你传给我的那种语言，"晴实眨了眨眼睛说，"我试着向世界簇请求了一下，只是没想到动静那么大。"

筱白旸忍不住翻了个白眼，心说一个格蕾，一个你，都是什么怪胎，这语言在你们手里，跟核弹也差不多了吧。

"你当时在哪里？邪教头子有没有看到你？"

晴实摇摇头道："我早就下山了，他不可能看见我的。"

"我试过用那种语言向世界簇发出请求，"筱白旸说，"在视野范围内，还有失败的几率，你离那么远，怎么成功的？"

女孩脸上露出一丝得意的神情："延迟生效。"

很多时候，方法这种东西，就像一层窗户纸，只要轻轻一捅就会破掉，但如果没人去捅，可能永远没有机会打破它。

所以当晴实口中说出"延时生效"四个字的时候，筱白旸立刻明白了她的做法。

这种方法有些冒险，但时机把握得准确的话，威力又极其巨大。

"我在定都阁上，向世界簇请求在阁前的台阶上进行持续1秒的空间错位，我量了一下高度，差不多是那个矮子王爷脖子的高度，"看筱白旸没有说话，晴实继续得意地说道，"算好了时间，加了定时任务，在初二晚上戌时触发。"

筱白旸虽然早就想到她是这么做的，听她亲口说出来，还是忍不住赞了一声"妙"。没有谁规定狙杀昱王一定要用什么远距离武器，只要确保杀人的时候，动手的人不在场就够了。

这种手段古已有之，他只是当局者迷，忘了这种操作而已。

只是不知道为什么，他始终有些隐隐忧心，不知道这种破坏力巨大，且丝毫不用理会三大协议的语言，会把世界簇带向什么方向。

尤其是一想到那邪教头子和轮滑怪人随时可能用同样的方法对付自己，他就更加坐卧不安。

他默默想了一会儿，没有什么结果，便只好暂放一放，先处理好眼下的问题才是。

两人离开林子，向狮头山走去。三周目的时候说各自行事，但邪教头子占了地利人和，恐怕早就准备好了。

路上筱白旸把自己遇到那个骑手，又从他那里拿了名册的事跟晴实说了一遍，说完突然停下，取下背包翻找半天，发现那本名册果然还在里面。看来这个世界里的特定物品，在被参与游戏的人拿到后，是不会随着世界的重置而消失的。

两人停下来，拿着名册翻看了一下，虽然是在游戏世界，还是不免有些咋舌。名册上记录了几年来昱王与朝中大臣的往来情况，看官职名称，上至内阁重臣，下至各部大员，整个朝廷竟然有一多半都与昱王有过勾结。

只是不知道这个皇帝心怎么这么大，哥哥大张旗鼓地在他眼皮底下搞事情，他竟然毫无反应。

待看到名册最后几页上写着锦衣卫都指挥使沈某某的名字时，两人才恍然大悟，难怪这矮子王爷能在皇城边上随随便便抓一百个人牲献祭，还能堂而皇之地封锁城门。

既然这宝贝名册还在，两人便停了下来，商量了一会儿，让晴实拿着名册，连夜去皇城找宋显，自己则去定都阁等格蕾。如果顺利的话，在这个周目里，完全可以赶在昱王有所行动之前，通过皇帝的势力控制住他。

晴实走后，筱白旸在山下林子里转了几圈，等到后半夜才上了狮头山，刚来到定都阁前广场处，就看到阁后绕出一个人来。

"一亿颗牙小白杨……先生，"一个陌生的声音说，"冒昧来访，还请您多见谅。"

筱白旸只觉得汗毛都根根直立起来。

在那人开口之前，他并没有发现任何迹象，如果那人没有开口而是直接攻击他，只怕他这会儿已经死了。

死后会不会像晴实一样变成电子幽灵，他不敢确定，但他不敢冒那个险。

于是，他条件反射般拔出手铳对准来人，这才看清说话那人正是几个周目以来，他和格蕾苦心孤诣对付的邪教头子。

那个道士打扮的"复生者"双手举过头顶，缓缓走下阁楼台阶："自我介绍一下，我叫……使者——我没有什么恶意，只想跟你聊聊。"

"聊什么？"筱白旸问道。

他并不是什么菩萨心肠，对随便滥杀原住民的下潜者也没什么好感，但见对方没动手，他也不想上来就拼个你死我活，尤其是现在，格蕾和晴实都不在身边。

"聊点儿……共赢的事怎么样？这个世界不是零和游戏，咱们完全可以一起离开的。"

"我没兴趣跟你聊什么合作。"筱白旸说。

说着，他悄悄拨打了晴实的通信。

"别紧张，我已经屏蔽了附近的通信，"那个自称使者的道士说，"抱歉，我只是想不受打扰地跟您做一笔交易。"

果然，对外通信被屏蔽了。

在世界簇中屏蔽通信这种事，屏蔽者总会占优一些。如果不知道屏蔽者使用的方法，想要破解总是会吃力不讨好，尤其是他们这种建造师，想要突破别人的封锁，要么需要大量的算力，要么需要大量的时间。

在当前状态下，这两种条件都不具备，他只好先拖住那家伙，就看格蕾什么时候到了。

筱白旸默默看着他，似乎在认真思考他的提议。

"您不妨先听我说说，"使者说，"这个交易里，我能给出什么条件，比如，世界簇的本质，怎么样？"

筱白旸抬起眼睛，正视面前的使者。

"世界簇的本质？"

"别着急，"一身道袍的使者走下台阶，在筱白旸面前盘腿坐下，"这可是个很长的故事，咱们得慢慢聊聊——为了表示诚意，我可以先告诉您一些事实，怎么样？"

十几年前，当世界簇突然出现在人类社会的时候，没人说得清它是怎么回事。唯一有确切考证的来源，是一套被称为"陪审团"的司法辅助系统。据说当时为了验证比"一人一票"更加公正的群体决策机制，将几个志愿陪审员的思维活动，通过 AI 连接起来进行综合评估，完成某件民事案件的判决。

后来，陪审团系统获得了巨大的成功，人们越来越多地将它应用在各种领域，直到有人发现，陪审团的运行能力，已经可以用来模拟一个接近真实的世界。

这便是世界簇的雏形。

自从诞生以来，世界簇就是一种"不那么稳定"的技术。有人说，这种可以接入大脑的技术，本身就是冰冷严苛的机器与感性模糊的人类意识的融合体，是用机械的逻辑来协调不稳定的大脑，产生两者统一融合的现状。

在那之后，国际互联网逐渐被世界簇取代，人们也越来越习惯于在世界簇提供的便利与不可思议的体验中生活。围绕世界簇应用的技术已经发展到第六代，但却很少有人知道，这些被封装起来的簇应用和簇集群之下的底层技术到底是什么样的。

在世界簇中，每个世界都是一个巨大树形结构上的分支，每个潜入世界簇的化身，都是这些分支上的一片叶子。下潜者在世界簇构筑的树上漫游，用一个又一个化身在簇之间游荡，每到一个分支，便会被这支簇上的每一片叶子节点记录，来确保自己存在的唯一性。

像筱白旸这样的建造师们，则是在这如宇宙般浩渺的巨树中最具想象力的人，他们让自己的意识任意潜入无数个簇实体中间，借助世界簇提供的能力，生成一个又一个独立的分支，又从更靠近根部的更大簇中继承庞大的计算能力和模拟属性，来构造出自己梦想中的世界。

与早年的互联网开发者比起来，世界簇建造师更像是一个熟悉乐高积木的拼接者。在其他人看来，建造师们强大而神秘，可只有他们自己知道，他们只是向世界簇索取一块想要的积木，再把它拼到自己的作品里而已。

所以，当使者提出"世界簇的本质"时，筱白旸犹豫了。

作为一个建造师，没有比这个更有吸引力的价码了。

"作为建造师，您一定对能够模拟出如此逼真的世界需要多大的运算能力有一些基础的认识。"建造师之间没有那么多铺垫，当筱白旸示意自己可以先听听他说什么时，使者开门见山道。

筱白旸点点头。成为建造师后，他尝试从所有渠道了解世界簇的底层原理，但这些本应该是人类社会基石的技术，却像根本不存在一样，无迹可寻。

更加诡异的是，除了驾驶舱和类似于阿普顿在希尔维世界中使用的动态渲染机，似乎从没听说过世界簇有什么服务器阵列或数据中心，那么，世界簇到底靠什么来支撑如此巨大的运算和模拟的？这一直是个谜。

"按照我的估算，把人类能够造出的所有处理器都用上，都不一定能模拟出哪怕一个世界，"他下意识地点头道，"可世界簇上拥有无数个世界，这是不可能的。"

使者笑了起来，好半天才停下说："事实上，世界簇需要的算力，比我们猜测的要小很多——我说的小，是几何级数的那种，一个世界实际上可能用到的算力，比我们估算出的，大概只有 10 亿亿分之一。"

筱白旸默默在心中数了数零的个数，连连摇头："不可能。"

"人类的大脑远比我们了解得要复杂得多，"使者没头没尾地说了句，"尤其是在处理不需要太高精度信息的时候。"

"什么意思？"筱白旸一愣：这又跟人的大脑有什么关系？

使者微微一笑，伸出一根手指："你看着我的手指。"

他的手指修长，因为太瘦而显得指节突出。筱白旸盯着他的指节，增强视觉辅助系统立刻把每个容易忽略的细节变成数据呈现在他面前。

"不要移开目光，我问你，我穿的是什么颜色的衣服？什么材质？左衽还是右衽？有几个祥扣？"

筱白旸刚要去看，听他说不要移开目光，便停了下来，虽然眼睁睁看着他就坐在自己面前，却只看出他穿着灰色道袍，至于材质什么的都看不出来。

他的眉头越皱越深。

使者收起手指，他这才移开目光，第一时间便看向道袍，上下打量了片刻，才把他刚刚问的问题答了上来。

"这……"

他突然明白，使者想要说什么了。

世界簇模拟的世界虽大，但对于每个人来说，根本不需要同时处理太多东西，当化身把目光聚集到某个特定对象的时候再调集算力渲染就够了。

所用的算力当然不用太多，只需要骗过下潜者的大脑就够了。

"就像 MP3 的压缩算法一样。"使者微笑着说。

35　各执一词

"可这跟世界簇的本质，又有什么关系？"筱白旸虽然难掩心中的震惊，嘴上还是有些不服。

"你说了这么半天，也只是说明世界簇的底层模拟，或许用了某种动态渲染算法而已。"

使者又笑道："筱先生，我关注过好几个建造师，你算是比较有天赋的一个。其实你早就想明白了对吧，只是冷不丁有点儿不太好接受吧？别急，我第一次知道这件事的时候，也是世界观崩塌了很长时间才适应。不急，你慢慢想，离初二还有两天时间，大不了我再出手杀了昱王，你还能再想三天。"

筱白旸没有理他。

在使者循循善诱的时候，已经有一个可怕的念头隐隐在他心中浮现，只是像使者说的，他只是一直不敢相信而已。

"你……"他张开嘴，发出的声音依然是那种充满磁性的女中音，却带着某种混合了不安和激动的颤音，"你是说，世界簇所用的算力，其实是……下潜者的大脑提供的？"

这就说得通了！世界簇一直在自我运行，而模拟世界所需的算力，是由接入者的大脑提供的，接入者越多，世界模拟时可以使用的冗余算力就越多，这些冗余的算力，刚好用来支撑那些 AI 原住民的自主意识存在。

哪有什么自主意识？那些 AI 原住民，都是靠下潜者自己的潜意识活动存在的。

使者微笑不语。

不，比这个更加不可思议。筱白旸想到一个更加可怕的事实。

如果最早那个"陪审团"系统诞生时，人类还掌握着世界簇的底层技术，比如将许多人的意识连接起来共同解决民事审判的问题，那后来呢？当世界簇出现之后，这些底层技术到底去了哪里？

到底是什么人，或者说，是什么存在，在掩盖和抹除世界簇的底层技术，只用表层的簇应用来实现世界的构造？

机器语言消失了，汇编语言消失了，就连所谓的高级语言也走到了末路。如今建造师们所使用的，除了那些封装得密不透风的积木，就是如今他们已经越来越依赖的……更接近自然语言的"符文魔法"了。

短短十来年时间，到底是什么在背后操弄整个世界簇？

虽然如今只是一个下潜到世界簇中的化身，筱白旸还是觉得一股凉意布满全身，而他上一次有这种感觉，还是小时候在第一次听说忒修斯之船的悖论时。

除非……他想起格蕾所说的"它"，又看着面前静静坐着，面带诡异微笑的使者，一时间有些不知所措。

难道世界簇本身，真的是一个超出人类理解的……自主意识？

格蕾说"它"的时候，筱白旸只当是她作为原住民对于世界簇形态的本能认知，而面前这个在许多世界兴风作浪的邪教头子，也相信世界簇本身是一个自我意识。之前听格蕾说过，他们意识形态的本质分歧，只是"它"是否是一个可以主观自我认知的存在。

格蕾认为不是，而使者认为是。

可如果只有这点儿分歧，为什么格蕾非要置使者于死地？

虽然筱白旸只是默默站在那里，表情阴晴不定，使者却似乎已经看透了他的内心，好像也知道了他的疑虑。

"你看，我从来没有想过要对付你那个原住民占卜师朋友，可她一直跟在我后面，横跨好几个世界，非要置我于死地。"他摊了摊手，"我们真的只是对'它'的存在有稍许理解上的偏差而已。"

"这个问题本质上算是信仰问题，"筱白旸似乎从最初的震惊中恢复过来，"那就是没法调和的，这一点，我帮不了你。"

使者摇摇头："我从来没有想过让你帮我摆脱她，这是我们之间的事，我只是告诉你我们的分歧是什么。"

"那你所说的交易，到底是什么意思？"

使者抬头看了眼东方的天空，筱白旸顺着他的目光看过去，黎明前最黑暗的时刻已经过去，东方的天空中已经开始泛起一抹微弱的亮光。

"你那个占卜师朋友快来了，我会在她来之前离开，我需要的，只是这一百个原住民的献祭而已，只要你不阻止，或者不让你那个朋友阻止，等离开这里，我就把这个故事另外一半发到你的通信器里，怎么样？"

筱白旸没有拒绝，也没有答应。

"你要快点儿想了，"使者说，"如果占卜师过来之前你还没想好，我就只能回去杀了那个废物王爷，咱们就再等上三天吧。"

"我可以答应你两不相帮，"沉思良久之后，筱白旸说，"但你必须告诉我，你为什么非要献祭那么多世界簇里的原住民，还有这一百个五月初五生辰的原住民？献祭了他们，你又能得到什么？"

使者面露难色，苦笑道："我可以不说吗？"

"可以，"筱白旸点点头，"那我就帮格蕾把你这事儿彻底搅黄，不过还是谢谢你的前半个故事。"

使者有看了看越发白起来的天空："好吧，长话短说，你应该能想到，世界簇里的原住民，都是使用簇技术创建的实体，不管进入世界的人如何变换，他们都是依赖于下潜者的大脑提供的算力存在的。"

筱白旸点点头，从使者刚才的话里，他已经猜出大体上是这样。

"但复生者是个例外，"使者说，"哦，复生者就是那些肉体已经死去，却在世界簇中继续存在的……真正独立意识。"

太阳已经露出一丝边缘，把东方的天空染成鱼肚一样的渐变色泽。

"我知道复生者。"筱白旸说。

"我献祭的是世界簇中诞生的伪自主意识，因为世界簇读得懂你的内心，它们便会按照你——当然，可能是无数个你——所理解的那样，与你产生复杂的交互。"

筱白旸点点头："是的，很多人的意识支撑他们的存在，就像最早的'陪审团'一样。"

"所以我向世界簇献祭他们，只是将细流汇聚到江海之中，本质上只是把世界簇里拥有零散意识的簇对象，送回世界簇的主干而已。"

直觉告诉筱白旸，这个最擅长做神棍的邪教头子并没有说实话，或者至少没有全说实话，他在许多世界中献祭原住民，绝不可能只是为了帮世界簇清理零散的意识。

　　"这跟你们这些复生者有什么关系？"

　　天色已经蒙蒙亮了，筱白旸清晰地看到，在听到这个问题的时候，使者的表情微微一僵。

　　但他并没有揭穿他，而是静静等着后者的答案。

　　"没时间了，"使者没有回答，站起身准备离开，"放心，我可以向你保证，我所做的事，不会对世界簇和任何人类造成伤害。"

　　"等等。"筱白旸叫住他，"离开这个世界的条件，到底是什么？"

　　使者哈哈大笑一声，消失在晨雾之中，薄雾中隐隐传来他的声音："抱歉，我也不知道。"

　　筱白旸没有去追那个自称使者的家伙，这个夜里，他已经听到了太多信息，需要好好梳理一下，也需要时间来想明白，自己到底应该做些什么。

　　如果所有原住民都源自对下潜者潜意识的反馈，那格蕾呢？她究竟是一个独立的意识，还是说，仅仅是许多人——其中还包括他自己——头脑中虚幻的产物？

　　他想了一会儿，觉得有些头疼，便在定都阁前的空地上盘膝坐下，就像刚刚那个使者一样。

　　所以，当格蕾赶到定都阁的时候，看到的就是坐在阁前地板上，浑身被晨雾打湿一片的筱白旸。

　　"你怎么坐在这里？"格蕾来到他身旁问道。

　　筱白旸看了她一眼，心中一阵犹豫，不知道该不该再信她，只好闭口不言。

"到底发生了什么事？"格蕾似乎看出他有些问题。

如果她是许多人潜意识的产物，其中应该也包括自己的潜意识吧。筱白旸想着，把心一横。既然这样，不如听听自己的潜意识，到底会说些什么。

"他来过了。"他坐在地上说。

"谁？"格蕾一愣，但很快反应过来，"那个邪教头子？"

"他说他叫使者。"筱白旸说，"他还跟我说了许多跟世界簇本身有关的事——你离开希尔维之后，应该已经知道世界簇是什么意思了，不用我再解释一遍了吧？"

格蕾沉默了一会儿，点头道："这些天来，我对你们的现实也有了一些了解，知道你说的是什么意思。"

"这么说，"筱白旸冷笑道，"你一直都知道世界簇是怎么运行的，也知道原住民和复生者这些事儿了？"

格蕾犹豫了一下，还是点点头。

"为什么要瞒着我们？"筱白旸隐隐有些怒气。

他是个感性的人，就像当初不想答应罗茜调查化客之死的案子，可一旦答应就会负责到底一样。他同样会把世界簇里的 AI 原住民当做可以平等交流的"智慧生命"，这么长时间以来，尤其是在进入月落定都阁世界的四个周目以来，他认为自己一直拿格蕾当朋友。

虽然相交不深，但他认为她是那种可以托付和信任的朋友。

"因为……你没有问过我。"格蕾想了一会儿，给出一个让他上火的答案。

"我问了，你会说吗？"筱白旸气笑道。

"会。"格蕾答得很干脆。

"我一直把你当朋友,"筱白旸说,"从希尔维出来后,我也毫无保留地信任你,你应该很清楚使者要做什么,却从来没有跟我说过一个字,你这样让我以后还怎么跟你合作?"

格蕾想了想,说:"我以为,这件事应该跟你没有关系。"

"为什么?为了这件事,已经死了好几个人了!"

"那些人是死于献祭符文,但跟那家伙没关系。"格蕾摇了摇头,"他们的死只是副作用,使者的目标只有原住民。"

"是吗?"筱白旸自嘲道,"这么说,是我自作多情了,他只是献祭下潜者意识映射的副产物而已,与我又有什么关系?好吧,这次我会跟他合作,等离开这个世界后,你们自己的恩怨,就自己去解决吧!"

格蕾动了动嘴,似乎在犹豫要不要继续说下去。

"现在我只想离开这里,"筱白旸继续说道,"如果你还打算隐瞒我,我只能认为,帮助他更符合我当前的利益。"

此时天已经大亮了,格蕾面无表情地看着他,筱白旸也迎着她的目光回看过去,他并不着急,眼下格蕾和使者算是势均力敌,暗地里藏着一个轮滑怪人,晴实又只会听自己的,眼下他才是双方都需要争取的对象。

虽然他一直把格蕾当朋友,并不想待价而沽,可她显然知道更多东西,却一直把他蒙在鼓里。

终于还是占卜师妥协了。

她坐下来,不知从哪里掏出一叠占卜牌,那副纸牌不知道是如何应对一致性协议的,在这个本不可能有纸牌的世界里,依然保持了原始的模样。

格蕾闭上眼睛，把手放在牌堆上，筱白旸抱着手站在旁边，静静看着她。

"它给过我指引，"格蕾闭着眼睛说，"说你是一个可靠的盟友，会帮助我……达成目标。"

"可你并没打算遵循你的神祇给你的启示。"

格蕾翻开牌堆最顶端的纸牌，画面上是一个巨大的天平，一端放着一颗血淋淋的心脏，另一边，一个长着鹿头的怪物，正把一块块金条往盘子里放。

筱白旸皱眉看着纸牌下方的文字——"契约：遵循神的指引，命定之人会履行他的使命，但凡事都有代价。"

格蕾收起其他纸牌，看着翻开的那张，略做思忖后，点头道："好的，我可以告诉你。"

"那就告诉我，使者为什么要献祭原住民？"

"因为它——就是你们称之为世界簇的伟大存在——需要原住民的意识，它们是下潜者经验和记忆的映射，它需要更多原住民的意识才能成长。"格蕾回答得毫不拖泥带水。

"听起来，像是几十年前的人们在用大量数据训练人工智能？"筱白旸自言自语道，"既然你也是它……世界簇的信徒，为什么要阻止使者？"

"因为他会毁掉世界簇——甚至你们人类。"

36   再来一次

"为什么？你能证明吗？"

在筱白旸看来，格蕾的话如果不是危言耸听，就是她过于杞人忧天了。如果人类社会那么容易被毁灭，人类早在几十年前就已经被自己玩儿死了，又怎么可能等到现在？

格蕾摇摇头："世界簇没有自主意识，它只会依循本能行事，可一旦他有了自己的主观意识……"

听到格蕾第一次站在一个旁观者而不是虔诚信徒的角度说话，筱白旸一时有些不太适应，但还是问道："那又如何？"

格蕾反问道："如果地球有了自我意识，会如何看待人类，又会对你们人类怎么样？"

她似乎已经接受了自己只是一段存在于无数人的大脑和连接设备构建的树形虚拟世界中的智能程序这个事实，说话时，完全跳出了人类的立场。

人类就像地球上的寄生虫，如果地球有自我意识，等待人类的大概率是毁灭。

对于世界簇来说，下潜者和原住民也一样。

所以，筱白旸以为，格蕾可以把世界簇这个让人敬畏的存在当神祇来崇拜，也可以从世界簇的本能反应中获取启迪，却不允许这个神祇有自己的主观意识。

天地不仁，以万物为刍狗。可如果天地突然"仁"了呢？就算它……不打算彻底毁灭人类，那又该以什么样的道德标准来评判人类的是非？

筱白旸苦笑一声，终于确认，格蕾不想让自己知道这些，的确没什么错，知道了，也只是徒增烦恼而已。

这一天里，他的三观已经被反复颠覆揉捏得不像样了。

"使者的计划，还需要献祭多少原住民？"筱白旸问道。

他已经明白，所谓五月初五出生的人，都是用来骗那个白痴王爷的说辞，他需要的只是尽可能覆盖各种类型的意识映射，只是不知道，他究竟要多长时间，在各个世界中献祭多少原住民，才能让世界簇产生质变。

"世界簇本就是一个充满智慧的存在，"格蕾说，"但智慧并不一定等于自主意识，我只知道它总有一天会意识到自己是什么，这个结局无法避免，但却可以延缓。我所做的一切，只是延缓这个结局到来的时间而已。"

筱白旸又陷入沉思，格蕾却没有停下来："至于临界点，可能需要再献祭亿万个原住民，也可能在下一个之后就会到来。"

"那复生者又是怎么回事？"筱白旸不再提世界簇意识是否存在的问题，"他们到底算是死了还是活着？"

格蕾摇摇头："复生者是真正游离在世界簇之外的……人，我只能确定他们的记忆是分布式存储在世界簇上的数据，没法通过世界簇理解他们的存在。在世界簇的认知体系中，他们本应属于人类下潜者，但在你们人类的世界里，他们又都是已经死亡的人。这已经很难用你们的科学来解释，我在你们的历史中找到了一个或许比较适合的词，叫'机械飞升'。"

的确，一个古老的小众说法，只存在于古早科幻作品中的名词。

"所以，世界簇给复生者们一个统一的名称，叫'No one'。"格蕾说。

"等等。"筱白旸打断她，"这名字怎么有些耳熟？"

"No one……"他反复重复这个名字，努力在记忆中搜索，自己到底在什么地方听过，突然一道灵光在脑海中一闪而过，他脱口而出道，"诺万！"

那是在潜入羲都市局的时候，在暴揍了曹审言后，从他嘴里撬出的名字。曹审言说，那个始作俑者叫诺万，就潜藏在紫区中。

现在看来，当时被他揍断鼻梁的曹审言，说的恐怕是"No one"而不是"诺万"。

但就像格蕾所说，使者的目标与化客的死，完全是两件不相干的事，从一开始就是他自己搞混了，这才鬼使神差地出现在格蕾与使者的宗教争端中。

至于No one，就像世界簇跟他开的一个巨大的玩笑一样。

筱白旸苦笑一声，从最初开始把整件事捋了一遍，只是还不清楚，那个轮滑怪人为什么会把自己带到这里。

可自从自己进入这个世界后，他就没有出现过，现在自己没有一点儿头绪，再怎么想也想不出个头绪来，索性把他放在一边，对格蕾道："我没有兴趣在你们的战争里帮谁，现在我只想离开这里，去找曹审言说的那个 No one。在我没法判断你们谁是谁非之前，我不能再帮你了。"

格蕾如深渊般的眼眸中闪过一些晦暗不明的光，但还是点点头："好。"

"我自己在这里静静，想想激活界门的条件到底是什么。"

"好。"

格蕾从来不是什么拖泥带水的人，说完转身就走。

筱白旸也不知道该做些什么，在阁前台阶上坐了半天，突然一拍大腿："对了！"连忙起身想叫住格蕾。

可是她已经走了小半天了，他跳上阁顶，老远看着一个身影飞快地穿出林地，向东边的官道疾驰而去。

他想要用私人通信频道叫住格蕾，却发现无法呼叫，因为格蕾不是下潜者，根本没法被呼叫。以前两人的联系，都是她主动发起的。想了想，他转而拨通了晴实的通信。

"名册在哪里？"筱白旸开门见山道。

"已经交给宋显了，还帮他处理了王府派来的刺客。"晴实似乎很开心，"我这会儿正在逛街，真不愧是皇城呢！"

"给了多久了？还能要回来吗？"筱白旸连忙问道，"或者先拦住他也行。"

"不把那东西交给皇帝了吗？"晴实好像并没明白他的意思。

"先不交了，"筱白旸说，"现在咱们唯一知道的界门激活条件就是杀死昱王，这几次重置，谁杀死的昱王，世界就会重置到他进入的时候。"

"对啊，这件事跟名册有什么关系？"

"你有没有想过，如果昱王被这个世界里的原住民杀死，世界会重置吗？如果重置的话，会重置到什么时间？如果不重置，还有其他条件循环界门让我们出去吗？"

晴实不说话了，她本就是怕无聊才来玩玩，根本没想过那么多，可如果让她永远困在这个世界里，那得多无聊啊。

"如果……我是这个游戏世界的设计者，"她有些不确定地说，"我应该会偷个懒，给原住民设计一个无法杀死昱王的逻辑……吧。"

"现在看来，只有两种可能：第一种，如果本世界的原住民杀死昱王，界门就会开启，我们能够顺利离开——这或许是最理想的状态；第二种，如果世界设计者脑子抽了，逻辑设计上有漏洞，原住民杀了昱王，这个界门便彻底封死，只能强行离开，那我们就要黑掉这个世界服务，自己来修改界门逻辑了，如果是后一种情况，咱们还不知道要在里面待多久。"

"那我……这就去追宋显……"晴实也不想冒险，她只是按计划拦住宋显，把名册交给了他而已。

两人不知道的是，此时的宋显，已经在大朝会上把名册公之于众了。皇帝当场震怒，下令禁军封了宫门，当场扣住昱王，满朝文武，凡是名册上有记载的一律拿下。又派了两队禁军，一队拿了虎符去西郊火器营调兵，一队直接到西正门去围住昱王府。

晴实打算去追宋显的时候，刚好有一队士兵从火器营出来，急匆匆往内城赶。

晴实躲在主路旁的巷子里，等这队人马都过去了，才给筱白旸回道："已经晚了。"

的确已经晚了，皇帝直接调了两千火器营士兵封了九个城门，另有三千禁军正在城内抓人，仅仅不到一小时时间，原本还热闹非凡的皇城变得门可罗雀。一时间全城百姓惶惶不安，不知道皇城里又要变什么天。

听完晴实的介绍，筱白旸说："坊间传闻皇帝跟昱王兄弟俩关系不错，估计不会当场杀了他这个哥哥，但现在我们想杀他重置，恐怕没那么容易了。"

晴实点点头，她之前用那个能够远距离斩断定都阁高塔的方法，需要到现场去设置，还要有足够的时间让她现场布置才行。可如果昱王被关在后宫的宗人府之类的地方，恐怕还没怎么样，她就会被当成试图营救叛王的同党给抓起来。

"算了，这事是我想得不周到。"既然很难直接杀死昱王，筱白旸就不再让晴实冒险，说让她先躲起来，便挂断了通信。

可他今天注定是闲不住的，这边通信刚挂掉，另一边就又有人接入请求，是一个陌生的账号。

略一思忖，他便知道是谁打来的了，于是直接接起："使者。"

"想好了吗？"使者说，"现在昱王被皇帝抓了，关在皇宫里，但我有办法杀掉他，我们就当什么都没发生过一样，重新来一次，怎么样？"

他还没回答，又有陌生通信请求接进来，不用想也知道是格蕾，他索性直接把她拉进频道。

"石匠先生，"格蕾的声音突然响起，"昱王被皇帝控制起来了，我可以动手……"

她突然停下来，似乎注意到通信频道中还有一个人存在。

场面顿时变得微妙起来。

"那什么……"他清了清嗓子，"你们俩应该算是老熟人了，我知道，现在你俩见面恨不得直接把脑浆子打出来，但目前的情况，咱们得想办法破了这个世界的局才行，所以，你们谁有办法杀了昱王，就去杀吧，下个周目，你们再各凭本事往死了掐。"

频道中沉默下来，格蕾和使者似乎都在权衡利弊。

"好，"过了好一会儿，使者的声音先传了出来，"这次就直接重置，我觉得，我们不妨考虑一下到底如何才能触发界门，再解决咱们的内部问题不迟。"

格蕾没有回应他，直接开口道："我就在皇宫里，我先杀了昱王再说。"

"等等！"筱白旸和使者同时喊了起来。

筱白旸紧跟着又喊道："你动手的话，世界会重置到什……"

他的话还没说完，发现自己又一次出现在那片树林中，旁边还站着一脸莫名其妙的晴实。

"什么情况？"晴实问道。她刚刚还在空无一人的皇城大街上发呆，下一秒突然出现在林子中间，猜想应该是那倒霉王爷又被人杀了，只是不知道具体情况是什么。

"格蕾动的手。"筱白旸看了眼已经没入山顶的太阳说。

从他这个角度看去，半下午的太阳刚好被狮头山挡住，这应该是格蕾第一次进入这个世界的时间——比他早了几个小时。按照第一次重置时的时间算，昱王的人应该已经在赶来的官道上了。

不知道是不是因为激动，他的脚一直在抖，时快时慢。晴实挑了挑眉毛，开口询问到底发生了什么。

他简单把格蕾、使者以及自己不准备参与他们之间争端的事跟晴实说了一遍，女孩静静听完，眼睛一亮道："这个好玩儿。"

筱白旸这才想起，她也是格蕾口中的"复生者"，也许在成为复生者之后，他们的思想会受到某种潜移默化的影响，从而变得有些异常？

他本以为，晴实会支持同为"复生者"的使者，却听到她眨了眨眼说："你不觉得格蕾真的很……酷吗？阻止一个明知道不可避免的结局到来，怎么听都充满了悲壮的意味，这才是我最喜欢的英雄。"

还没等他说话，她又开始眨起眼来，边眨边继续说道："以前活着的时候，做什么都会畏畏缩缩，瞻前顾后，现在已经死了，我也想做一些想做而不敢做的事……我要去帮格蕾！她不会孤单的，这样，以后的生活才会更有意思啊！"

37　就这么简单

"我还是不想参与他们之间的争端，"看着"死"过一次后，多少有些放飞自我的晴实，筱白旸抖着腿说，"因为我不知道他们到底谁是对的。不过你怎么选择，是你自己的事，我要想办法找出离开这里的方法。"

"知道了，"晴实眨着眼对他微微点头，"白旸君，我要去帮格蕾了，你多保重。"

筱白旸点点头："去吧。"

晴实又看了他一眼，转身离开林子，向不远处的官道跑去。

筱白旸在原地待到傍晚，觉得既然这世界叫月落定都阁，还是应该去定都阁找答案，眼看过了下午五点，也就是这个世界原住民说的酉时初刻，他便向狮头山走去。

适逢深秋，天黑得早，加上狮头山挡着夕阳，刚过了五点，天色就暗了下来，抬头就看到一弯残月在西南边的天空显现出来。

太阳还没落山的时候，月色淡得几乎看不到，可现在天色暗了，月色就显得愈发明亮了。

这周目的重置是格蕾触发的，可触发重置的时候，还没到她进入的那个时间，世界便以她第一次进入的状态提取了一个副本，也就是筱白旸第一次遇到那个密探骑手的那次。

他心不在焉地穿过林子，直到看到眼前出现两条粗壮的马腿，又抬起头看到身背火铳手持手弩的密探骑手，才意识到昱王的人应该已经到了定都阁，把整座山峰都戒严起来了。

看到一个带着番邦特征的女子出现在面前，原本准备抬弩射杀的骑手微微垂下手臂，喝问一声："你是何人，为何这么晚还在这深山老林里闲逛？"

他的声音虽然不大，却铿锵有力，筱白旸正低头想事，被他这一声断喝惊醒过来，连忙闪到一边。

上次他假装宋显的线人，跟他接头的应该就是这位骑手，可这个时候，他身上既没有宋显的信物，上个周目从王府杀手太监身上搜出来的牌子也给重置没了。

不管怎么说，他还是决定赌上一把，便开口道："我是来帮李老爷收年租的。"

"李老爷怎么让你一个女子来收年租？"

果然还是这几句话，筱白旸叹了口气。

这周目直接从下午开始，没有人干预，宋显肯定已经死在那老太监的手里了。他不打算再跟这个密探打什么哑谜，和上次一样开门见山道："宋显被昱王的人杀了，临死前让我过来找你，只说是帮李老爷收年租的。"

骑手皱眉道："可有什么信物？"

筱白旸叹道："本来是有的，上次给你了……算了，那都不重要，听我说，我知道你怀里有本册子，上面写的都是昱王勾连谋逆的证据还有往来人物，你把它给我，我帮你交给……交给皇……"

他的话还没说完，就听到一声弓弦响，化身灵敏的身体在第一时间做出反应，稍微侧开头，避过了原本会射穿他脑袋的弩箭。

那个骑手在听到"册子"两字的时候就起了杀心，等她说到上面写的什么东西时，心中大惊，便决定杀了面前这个疯女人灭口。

筱白旸向后退了一步，忙说误会了别动手，那个骑士放下已经射出的手弩，从背后取下三眼火铳。想着这时候放枪，恐怕会惊动山上的王府护卫，到时候万一杀不死那个疯女人，让她一顿乱说也是麻烦，他便没有点火，只把沉甸甸的生铁火铳当大槌，策马抡圆了朝筱白旸砸过去。

这里是个武侠游戏世界，这个密探骑手应该是个武力非凡的设定，三眼火铳被他抡起来带着风雷轰鸣，筱白旸退了两步，眼看躲不过去了，随便找了个坐标当锚点，瞬移过去，火铳横扫过他原先站立的地方，把一棵合抱粗的树拦腰砸断。

骑手收紧缰绳回马喝道："妖女！果然跟那个妖道是一伙儿的！"

筱白旸连连摆手，说自己不是什么妖女，跟那个妖道也没什么关系，可骑手哪里管那么多，这个时候，宁可杀错也不能放过，低喝一声，又策马向他杀来。

"真是麻烦！"筱白旸嘟囔了一句，再次瞬移避开。

林子里不利于骑兵冲杀，骑手背起火铳下马，给手弩上了弦，从弩弓下的箭袋里拔了一只弩箭装上，向筱白旸追去。

骑手打定主意要杀他灭口，筱白旸辩驳了几句，见这个人实在不可理喻，看他又要射箭，就念出改变对象形态的语句，那枚弩箭刚射出来就变成一根羽毛，被他一把抓在手里。

"你再这样，我就还手了！"

骑手当然不听"妖女"分辩什么，再次抢起火铳，大步流星地向他杀来。

见这人油盐不进，筱白旸也怒了，他的化身只是身手敏捷，却不会什么功夫，世界簇语言也只懂些皮毛，勉强能与骑手周旋，一时间僵持了起来。

深秋的天黑得快，两人在林中一追一逃，没多时天就彻底黑了下来，两人正在纠缠，林中突然跑出一个人来，正是前几个周目里，被派来叫那骑手的王府护卫。

看到两人在空地里周旋，王府护卫先是一愣，很快便反应过来，抬手取出火铳，就要放枪。

筱白旸被那个卧底追了一肚子火，又不能杀他，正在气头上，看到那个护卫准备放枪，怕引来别人，便把钩索摸了出来。

"别开枪！"骑手也怕引来其他人，可他刚刚射了手弩，来不及装填，只好低喝一声。

护卫一时没想明白骑手为什么不让自己放枪，不由得愣了一下，筱白旸抓住这个机会，瞬移到他身后，手里钩索射出，把那护卫扎了个对穿。

骑手原本抡圆火铳，打算杀了那个护卫灭口，见筱白旸下手比他还快，便停了下来问："你到底是谁？"

"我跟你说了，你也不信啊，"筱白旸苦笑，"我就是受了宋显的嘱托来接头的。"

"宋大人呢？"

"死了，我都跟你说了。"

"你怎么知道那册……那东西？"

筱白旸一拍脑袋，心说大意了，他有上周目的记忆，可世界重置后，这个原住民可什么都不记得。

"……宋……宋大人告诉我的……"

骑手看着地上死不瞑目的王府护卫，也不再多问，吹口哨叫来马匹准备离开："东西不能给你，明天我自会去找李老爷。"

筱白旸不知道他们说的李老爷是什么人，想来要么是指皇帝，要么就是皇帝的什么密探组织头目，他也不怎么关心这些，只说："不给我也行，你能把我带到定都阁去吗？"

骑手停下来，回头看向他："你要做什么？"

"……"筱白旸本想回答想去探听情报，可话到嘴边，又换个口吻说道，"有皇命在身，恕不奉告。"

学着这世界的人说完，他只觉得自己起了一身鸡皮疙瘩。

骑手犹豫了一下，驭马回来，从怀里掏出一卷食指粗的绳子："把双手捆住，我带你混进那队民夫里。"

筱白旸点点头，把麻绳在手腕上缠了几圈，绳头抓在手里没有系扣。

骑手叹了口气，策马向山上走去。

一路上遇到几个巡逻的王府护卫，只当是骑手又抓了人牲来，虽然仙师说只要一百个，可也没人说一百零一个不行，便只管放行。

没过多久，骑手带着筱白旸来到那队人牲前，拉了拉绳子示意他自己进去，筱白旸低着头混进人群，也不说话，骑手又回头看了他一眼，这才跟着几名护卫往山顶去了。

不知是过于相信自己的能力，还是把防守力量都放在了可能出现的偷袭上，这些护卫只留了两个人看管人牲，其余人或骑马或步行，很快离开了这片营地。筱白旸站在人群中四下环顾，只看到一张张麻木的面孔，又抬眼想看看月亮确定时辰，可被山梁挡着，什么都看不到。

不知过了多长时间，突然有士兵跑下来，说王爷下令把人带上去，三个护卫手里拿着皮鞭和佩刀，像赶牲口一样，赶着这群人牲往山上走。筱白旸跟着麻木的人群缓慢挪动，来到山顶。

此时山顶空地上，已经出现了一个巨大的献祭符文，人牲们不明就里，被护卫手里的皮鞭赶着，挤挤攘攘地走向画着符文的圈子。

筱白旸混在人群中，知道这个献祭符文伤不了他，便偷眼往高台上瞧，只见矮子王爷站在阁前高台上，使者站在他旁边，闭目不语，似乎在等着什么。

待麻木的人群被赶进献祭符文的圈子，昱王目光热切地看向使者："仙师，可以开始了吗？"

使者睁眼环顾四周，略等片刻，点头道："好。"

说完，他向前走了一步，开始念诵周围人都听不懂的"咒语"。

阁前广场上的符文泛起黄绿色的微光，麻木的人牲们这才发觉可能有些不妙，拥挤着想往山下逃，跑在前面的人被护卫们雪亮的刀光挡了下来，后面的人看不清，还在推搡着前排的人，场面一时间混乱起来。

筱白旸夹杂在人群中间，看到带自己来的骑手，正趁所有人的注意力都被吸引在场地中间时，悄悄向高台方向靠近，便随手把那个骑手在增强视觉中标注为焦点目标。

但他没有时间去管那个人，因为脚下的符文阵已经开始产生作用，周围不断有人突然倒下，其他人一看有人倒地，更加恐慌地向外围涌去。

这个符文，筱白旸不是第一次见到，他知道，只要自己的化身不死，这个符文最多只会让他头晕目眩一阵子而已。

于是他并不着急离开，反而借着混乱往高台的地方靠了靠。

就在此时，外围传来一阵骚动，一个灰色头发的黑袍身影终于出现在狮头山悬崖之上。

使者的脸上露出一个"我就知道"的笑容，转身看向格蕾，口中念诵不停。

格蕾像是突然撞上什么一般，在半空中骤然停下，整个人也掉落到地上。她向前伸出手，发现面前有一堵看不见的空气墙，挡了她的路。

几个王府护卫端起火铳向她扑来，格蕾向后退了几步，又撞上一堵空气墙，她四下里转了一圈，才发现，自己前后左右五米见方的区域，都被空气墙给堵了起来。

使者嘴角露出一个笑容："抱歉，只有辛苦你先在这里待一会儿了。"

看到王府护卫们冲上来放了一排枪，铁砂撞在那堵气墙上纷纷被弹开，筱白旸这才松了口气，放弃了去救格蕾的想法。他虽然不想掺和两人的争端，但也不能眼睁睁看着格蕾死，毕竟她不是下潜者，也没有那么多化身可以随便浪费。

格蕾在气墙围成的牢笼中左冲右突，可空气墙仿佛铁铸一般纹丝不动，她试了几次发现无济于事，很快就停下来，站在地上沉默不语。

突然，几个王府护卫诡异地调转枪口，对准身边的同僚点燃火线，一阵轰鸣和白烟后，地上多出几具尸体。紧接着，那些突然倒戈的护卫扔枪拔刀向高台上的使者杀去，动作默契如同一人，转眼间击退想要拦截的护卫。

"保护王爷！"使者向后退一步，把昱王亮在身前，大喝一声，护卫们立刻举盾护在台阶上。

筱白旸默默看着场间的变故，个人通信突然响了起来，是罗茜打来的。

他接通语音，只听罗茜说："找到月落定都阁的设计者了，他说了那个界门激活的条件，就是让原住民亲自动手杀死昱王。"

筱白旸懵了："就这么简单？"

"没错，你那边情况怎么样？"

"这会儿有点儿乱，没时间细说。"说完就结束了通信。

上上周目，他就知道格蕾可以控制这些原住民的心智，上周目昱王被关在皇宫深处，格蕾却可以轻松将其杀死，应该也是控制了什么人去做的，所以他判断如果用什么精神控制的方法杀死昱王，应该不会被判断为成功，恐怕只有原住民的主观意愿去动手才行。

他环顾四周，找到了之前被他标注为焦点的骑手，这时候想要中断界门的循环，最好的办法就是让这个人动手杀死昱王。

筱白旸几步走过去，来到他身旁，低声说："李老爷密旨，诛杀叛王！"

38　黄雀在后

筱白旸看得出，那个真实身份可能是大内密探的骑手很纠结。他赌这个人在如此混乱的情况下，对听到的皇命会毫不犹豫地执行。

自从两人见面后，自己一会儿找他要名册，一会儿又说宋大人已经死了，一会儿又说有皇命在身，就算他是个 AI，只怕这会儿也有些精神混乱了。

不过幸运的是，筱白旸发现自己赌对了。

眼看骑手开始走神，筱白旸大喊一声："献祭符阵快成了，如果妖道阴谋得逞，就再也没人能对付叛王了，快动手！"

"好！"骑手从背后取下三眼火铳，转身看向昱王身前那几排盾卫。

他突然抡圆了火铳大槌，向那群士兵横扫过去。这个密探骑手的武力设定应该很高，那把大槌所到之处带出一道金黄色的光芒，重重砸在三排护卫身上，立刻就是一片人仰马翻。

密探骑手再回手一槌，将那群护卫彻底掀翻，一道缺口顿时出现，一脸惊恐的昱王面前，再没阻碍。

格蕾那边控制的护卫三两下撞开拦截的护卫，见高台上中门大开，举枪对准使者便射。

"不好！"筱白旸暗道一声，以这个时代火器的准头，只怕使者还没死，昱王倒会先被轰成筛子。情急之下他也没别的办法，瞬间移动到昱王身前，抬手调用改变物质形态的语句，那一片带着火光的铁砂顿时变成一团飘飞的泡沫。

筱白旸回头看了惊恐万状的昱王一眼，转头对密探骑手说："动手，快！"

骑手又是一愣，似乎不明白这疯女人为什么要出手救昱王，又催着自己动手。

难道就是为了把诛杀叛王的大功留给自己？她到底看上自己什么了？

筱白旸也是有苦难言，他好容易哄骗这个脑子不怎么好使的大内密探出手，如果格蕾误杀了昱王，世界再重置一次，只怕再没有这么好的机会了。

好在那个骑手并没有愣太久，几步跨上台阶，手起槌落，干净利落地砸碎了昱王肥胖的脑袋。

随着昱王尸体瘫软在地，一道泛着微光的门凭空出现在尸体上方。

罗茜传来的消息果然没错，界门开启的条件，正是这个世界的原住民亲手杀死昱王。

可就在同时，使者的献祭符文也终于完成了它的使命，场内一百个人牲已经全部倒毙在地，连同地上那些护卫的尸体一起，被当作训练模型，"献祭"给了格蕾和使者口中的它。

当界门开启的一刹那，使者面上露出惊喜的神情："成了！"

整个世界都静止下来，除了几个外来者，所有原住民的动作都停了下来，就连筱白旸都能感觉到什么东西正在发生变化，格蕾却出奇的平静，像一尊雕像般静静站着。

筱白旸看看使者，又看看格蕾，虽然界门已经打开了，却没有一个人动。

就在这时，不知从哪里穿出一个浑身散发着霓虹色光芒的身影，像一道彩色闪电般扑向格蕾。

轮滑怪人！原来他一直在等待这个时机。

可那道彩色闪电却突然在距离格蕾不到两米的地方停下来，一条如月光般皎洁的刀光垂直劈下，在山顶上切出一条笔直光滑的裂痕。

轮滑怪人停得哪怕再慢 0.1 秒，就会被这道毫无道理可言的刀光斩成两段。

樱小路晴实笑盈盈地从定都阁塔檐上跳下来，看着停在格蕾面前的轮滑怪人。

"白旸君，你说得果然没错。"她笑着说，"轮滑怪人果然在等界门开启的时候。"

筱白旸点点头："可能也不是，他应该在等……"他指了指面无表情站在一旁的格蕾，"格蕾现在这种状态——虽然不知道为什么。"

"对吗？轮滑怪人，"筱白旸继续问道，"或者该叫你'化客'诺万？——曹审言说的诺万，根本不是什么复生者，应该是你才对吧？"

轮滑怪人，或者化客诺万扫视一眼从两边围住自己的两人，还有抱着手站在高台上的使者，最后看向筱白旸："不错，可我随时在监测你们之间的交流，你们到底是什么时候勾兑好这个局的？"

筱白旸没有开口，晴实却笑答道："最简单的方法，有时候也很有效。"

"摩尔斯电码，"筱白旸没打算瞒他，"我们在林子里说话的时候，知道你可能在监听，就用摩尔斯电码约定好分头行动，只有在你出现的时候，她才会出手。"

轮滑怪人回忆了一会儿，才点头道："怪不得，当时就觉得你怎么会突然抖腿，还有，她眨眼眨得确实有些反常。"

说完他又看向高台上的使者，后者却摇摇头："别看我，我只管做这一件事。"

轮滑怪人诺万又看了眼格蕾，问使者道："知道你唤醒的是她，意不意外？"

使者说："你告诉我这些的时候，我就跟你说过，我只管让世界簇成为一个真正的自主意识，至于变成谁，或者变成什么样子，跟我无关。"

听到两人莫名其妙的对话，筱白旸有些糊涂了，他们虽然知道使者的目的，可变成谁又是什么意思？

轮滑怪人继续问道："那你帮我怎么样？我只想要这具化身，之后你想要什么，我都可以满足你。"

使者毫不犹豫地摇摇头："你不配。"

"那算了，"轮滑怪人说，"我自己来。"

说完，他突然再次向格蕾扑过去。

他站的位置离格蕾极近，筱白旸只来得及抬手开枪，手铳中射出的铁砂却都打在一堵空气墙上，四散开来。晴实也来不及再释放她那种威力足以斩断定都阁的攻击，眼见轮滑怪人的手就要触碰道格蕾的前胸。

可格蕾突然动了起来。

像是完全无视曾经困住自己的空气墙，格蕾的身影突然消失，又出现在不远处。

轮滑怪人有些吃惊，但还是再次扑上去，格蕾往后退了一步，整个地面像是被人掀了起来，地平线被弯曲成一个九十度的夹角。轮滑怪人脚下滑出一条蓝白色的痕迹，沿着被掀起的地面垂直向上，如履平地。

他的速度很快，格蕾没有动，但不知为什么，两个人的距离却在以肉眼可见的速度拉远，给了在场几个人一种他速度越快，两人距离就越远的错觉。

轮滑怪人换了个方向，不再向着格蕾前进，却在转瞬间就到了格蕾面前。

格蕾再次消失，轮滑怪人也消失不见。

但筱白旸还是很快发现了他们的身影，格蕾站在定都阁最高层塔檐上，轮滑怪人诺万在定都阁外墙上向上滑行。

定都阁突然拔地而起，在半空中变成两个，两个变成四个，四个变成八个……各种角度各种形态的定都阁凭空出现在半空中，数量还在以几何级数增加，筱白旸站在地面上抬头看去，就像置身于一个巨大的万花筒中一般。

每个定都阁上都有一个格蕾和一个诺万。

每一个都不是镜像，因为每个定都阁上两人的位置、姿态、动作都不相同，所有的物理引擎形同虚设。

盯着空中那无数个还在不断增殖的定都阁，筱白旸发现自己的眼皮变得沉重起来，感觉越来越困，意识也越来越模糊，天空中无数定都阁突然开始旋转起来，他用尽全力支撑着，不让自己失去意识，却在余光中看到，晴实和使者的身影正在变得透明。

突然，一声玻璃摔碎般的脆响从意识深处响起，筱白旸再次清醒过来。

周围的景象又恢复了之前的样子，地上横七竖八的尸体和高台上微微发光的界门，昭示着这个世界并没有被重置。

不知什么时候，轮滑怪人已经站在高台上的界门前。他化身上的霓虹光芒早已黯淡，身上布满了模型缺失或数据错误时才会出现的黑白格子渲染图案，仿佛化身下一秒便会崩溃。

他抬头看向站在塔檐上的格蕾，格蕾也默默看着他。

轮滑怪人一句话没说，转身便消失在泛着微光的界门中。

这是筱白旸第一次见到这种完全脱离三大协议的战斗，但他连战斗是用什么方式打的都没看明白，只知道那个轮滑怪人诺万一直试图触碰格蕾的身体，但自始至终他都没有靠近她半步。

至于轮滑怪人是怎么失败的，他一点儿都没看出来。他看向其余两人，从他们迷茫的眼神中，知道他们也和自己差不多。

格蕾的身影消失，又出现在地面上，她的目光又扫过三人，深渊般幽深的眼中没有一丝情感。

"格蕾。"晴实先跑过来，想要去拉格蕾的手，可后者微微抬起手，她就像是被什么定住一样，停了下来，眼中露出惊恐的神色。

"复生者……"在界门开启之后，格蕾终于第一次开口说话，她的声音平静得像合成音，"未知的数据嵌合体，无须过度干预。"

格蕾又把目光投向刚刚走下高台的使者，嘴里轻声说道："邪教头子。"

使者苦笑一声："我是不是……该死了？"

格蕾摇摇头："不需要。"说完，继续移动目光向身边的筱白旸看来。

"格蕾。"筱白旸说，"到底是怎么回事？"

"石匠先生。"格蕾只说了一句，便停下来。

四张纸牌突然不受控制地从筱白旸背囊中飞出来，在她面前一一排开，格蕾默默看了一会儿，纸牌再次飞回筱白旸的背囊。

做完这些之后，格蕾的眼神中终于有了些平日的神采，开口说道："石匠先生，我现在在代表它说话，它需要你的帮助。"

筱白旸下意识低头看了看自己的手，现在的格蕾，只要像刚才那样，一个眼神就可以彻底毁掉自己这个化身，如果她也需要帮助，自己又怎么可能完成？

"请说，"他有些忐忑，毕竟不久之前，自己刚刚拒绝过和她合作，"如果可以做到的话，我尽力。"

格蕾略微停顿了一下，眼眸中的神采时明时灭，半晌之后才说道："刚才那个复生者，替我驱逐出世界簇，永远。"

筱白旸有些意外："为什么？"

两个意思，为什么要驱逐轮滑怪人，为什么要由他来做。

格蕾并没有隐瞒的意思："他很危险，威胁世界簇的存在。我无法杀死复生者。"

她的意思不是她杀不死复生者，而是她无法杀死复生者。筱白旸想了一会儿，再次确认道："不是做不到，而是不能，对吗？"

291

格蕾点点头。

"好的，"筱白旸说，"我答应你。"

那个轮滑怪人就是诺万——所有被称作 No one 的复生者之外，真的还有一个诺万——如果他猜得没错，那个人还有可能是罗茜所查案件的第一个死者，那名失足跌落的化客。

"但是还有一件事，"筱白旸紧接着问道，"我还有很多问题，需要你给我一个答案。"

格蕾点点头："你问。"

39　世界簇的故事

筱白旸四下看了看，晴实一副兴趣盎然的样子，完全没有了刚刚被格蕾一抬手就制服时的惊恐，就连一直跟格蕾不对付的邪教头子"使者"也走过来，远远站在一边。

"你身上到底发生了什么？"筱白旸虽然隐约猜到了什么，但不敢肯定，所以首先问了这个问题。

"这个问题我可以回答。"还没等格蕾开口，刚刚走过来的使者突然说道，"可以吗，伟大的……神？"

说着，他躬身向格蕾行礼，后者看了他一眼，没有说话。

不用他回答什么，他这句话里带出的信息量，已经够多了。

见格蕾不说话，使者就当她默认了，有些自嘲地开口道："这事儿要从诺万发给我的邮件开始说起。"

晴实挖苦道："你怎么不从盘古开天地说起？"

使者没有理她，继续说道："当时我只是一个普通的建造师，和诺万是在一个角色扮演世界建造者的俱乐部集会认识的。当时他说了一种对世界解构语言进行优化的方法，我很感兴趣，就跟他多聊了几句。集会过后，他给我发来一封邮件，里面是他关于改造世界解构语言的设想，刚好我的老板说，想要创造一个魔法世界，我就把这种设想，用在他那个世界，也就是第一次遇到你们的希尔维世界里。"

"你是阿普顿的技术合伙人？"筱白旸脱口而出。

使者点点头："活着的时候曾经是，但我现在这个化身，是死后才换上的，他应该不知道我一直在希尔维世界里。"

筱白旸还在消化这个消息，使者继续说道："在希尔维世界的符文魔法中植入的这种新的语言——我和诺万叫它"潘多拉语"——没想到取得了非常好的效果，我把其中一部分看起来像是魔法的效果封装成符文，但那个世界被我当作这种新语言的试验田，所以在公开的符文魔法之外，还有很多别人不知道的，致命的东西，比如有种可以直接回收原住民低熵信息的符文，也就是献祭符文的前身。"

"具体的细节，恐怕说上三天三夜也说不完，"使者说，"总而言之，当时我在希尔维世界中进行自己的研究，几乎无法自拔。但越研究，我越发现一个惊人的事实——世界簇可能是一个拥有意识的聚合体，我能感受到它的存在，却无法与它交流，从它那里得到的所有回应，都只是在使用符文魔法时的灵光一现。但越是这样，我越坚信它一定是存在的。

"后来，与诺万的交流越来越多，我把自己的想法告诉了他，本以为他会和我一样震惊，但他似乎只对献祭符文感兴趣。过了几个月，许久没有联系过我的诺万突然发来一个化客体验副本，本来我是看不上这些东西的，但既然是诺万发的，我以为里面应该会有一些不一样的东西，于是我就试了一下……然后就成了复生者。

"成为复生者后，诺万又找到我。找到把人类变成复生者的方法才是他的目标，很显然他成功了，而他的下一个计划，是把更多人变成复生者，并在世界簇中建立一个由复生者主导的新秩序——对了，他手里有一份名单，你们俩的名字都在上面，他需要很多建造师成为他新王国的拥护者。但这是个长期的计划，他并不想引起人类社会的注意，所以那个化客体验副本，他只用了几次，便停手了。"

"疯子！"筱白旸骂了一句。

"没错，当时我也是这么说的，"使者微笑道，"我并没有意识到现实中的自己已经死了，直到他亲口告诉我，还给我看了写着我死亡消息的报道。在那之后他就离开了，我在世界簇中游荡了一段时间……说起来像是黑色幽默，拥有身体的时候，我们恨不得永远沉浸在世界簇里，可当我真的不用考虑肉体，可以永远沉浸的时候，又会无比怀念在现实世界中的感觉。

"于是，我给自己找到了一个新的目标——我要找到那个如同昙花一现般的伟大存在。我觉得它是诞生于世界簇中的伟大的神祇，和人类历史上出现过的所有宗教神祇一样，它无处不在，慷慨地回应着信徒的祈求，却又无迹可寻，只有很少的人可以感受到它的恩泽。"

"一个大胆的想法在我心里萌发出来，"使者的脸上带着虔诚与疯狂的表情，"如果这位神祇——或者说超脱我们理解的意识——是世界簇中诞生的智能，我是不是可以用人类训练 AI 的方式，把人格赋予——不，我不配这么说，应该说是，唤醒这个伟大存在的自我意识，让它可以与虔诚的信徒交流？这样，我将成为人类历史上第一个通过科学和技术创造……不，唤醒一个真正的神祇的人。

说着，他跪倒在格蕾面前："我的神。"

格蕾似乎根本没有听到他说了什么。

见神祇并没有理会自己，使者继续说道："我做了很多次实验，终于确定了一种最有效的方法——世界簇中的原住民并不是真正的AI，而是下潜者潜意识的投影，对于世界簇来说，这些投影都是外来的低熵信息体，为整个世界簇带来新的信息。由于世界簇的特性，没有观察者的时候，这些原住民都只是一团高熵的无序信息体，只有观察者注意到他们的时候，新的潜意识被注入，他们才会坍缩成拥有各种细节的有序信息体。"

"高熵信息体无法被世界簇应用，而低熵体的原住民却可以成为最好的训练样本。于是我把回收符文稍做改造，增加了信息输入的接口，就成了现在你们看到的献祭符文——在观察者的关注中，把这些低熵体变成更加有序的信息，投喂给那个伟大的意识。"

说着，他在面前的半空中打开一个巨大的面板。筱白旸和晴实对这个面板都不陌生，那是他们在建造世界时经常用到的工具，在其中，他们真正看清了献祭符文的每一条语句。

"当时的我不知道要献祭多少低熵信息体，才能唤醒伟大的神祇，但作为复生者，我拥有和世界簇一样漫长的生命，只要坚持下去，总有一天，我一定能唤醒它。"

"打断一下，"晴实说，"足够多的训练样本或许可以让你那个AI……神祇通过图灵测试，但并不意味着它真的拥有了智慧吧？就像猴子和打字机一样，只要时间够长，早晚会有一本《莎士比亚全集》被打出来，可这又有什么意义呢？"

使者摇摇头："我笃定，世界簇不一样，它拥有意识和智慧，我提供的，只是信息和经验而已，直到它能对人类的情感和行为作出反应。想想看，用人类的意识影响神祇，这是一项多么伟大的事业！"

使者像是进入了某种癫狂的臆想状态。晴实看了筱白旸一眼，没有继续反驳。

"好在我成功了，"使者再次看向格蕾，"刚才，你们是不是都感受到了它的存在？"

"可你唤醒的，是一直在阻止你的格蕾，"晴实终于又忍不住挖苦道，"你不觉得这很讽刺吗？"

"我的目标只是唤醒世界簇的神，"使者虔诚地答道，"至于它是谁，是什么样，又会怎么样，跟我又有什么关系？当我知道神祇出现在格蕾身上时，反而有种解脱感。我的目标已经实现了，与其再在无限的生命中寻找其他值得奋斗的目标，还不如就此回归神的怀抱——毕竟，在往后余生中，我恐怕再也没有能与唤醒神祇相媲美的事可做了。"

"世界簇并不愿意被唤醒——你所谓的唤醒。"自使者开始讲述时起就一直没有说话的格蕾突然开口，把筱白旸他们都吓了一跳。"否则，这个化身便不会诞生。"

"哪个化身？"筱白旸问。

"这个，"格蕾指了指自己的鼻子，"化身，它的化身。"

"原来如此。"使者说。

原来格蕾也是一个化身，但和所有下潜者不同，这个化身是世界簇的，也就是使者口中的神灵的。

世界簇不想拥有人类那种自我意识，又或者它的意识存在，已经超出了人类可理解的范畴。从筱白旸的角度看，世界簇是一个人类创造，却又超出人类控制的超级智能。它可以在世界簇之上存在，却对所谓自我意识没有任何兴趣。

于是，当"潘多拉语"和复生者这种超出世界簇运行机制的东西出现后，世界簇便产生了某种反馈。具体的表现，就是将一个原本属于世界簇原住民的个体，变成了自己的化身。

只是世界簇的化身，依然保留了原住民的意识，并被赋予了使命，继续存在于希尔维世界之中。

后来，使者开始了他不知是作死还是朝圣的献祭。

再后来，便有了格蕾和使者这对在世界簇中纠缠了无数个世界的奇怪对手。直到在月落定都阁世界中，使者的献祭或者说训练，终于唤醒了世界簇那个意识，使它不得不以格蕾这个化身出现在他们面前。

筱白旸把自己的想法简明扼要地说了一遍，问格蕾是不是这样。

格蕾点点头。

"那诺万呢？"筱白旸又问道，"他为什么会把我引到这里？刚才我看他一直想要……摸你……"

回想起刚刚发生的事，筱白旸觉得，那个猥琐的轮滑怪人，似乎就只是想触摸格蕾而已。

"他，觊觎这个化身。"

和话痨附体的使者不同，格蕾每句话都能说到点子上。筱白旸点点头，看向使者："你和那个诺万认识很久了，你知道他的计划吗？"

使者说："我跟他说过我的想法，他并没有什么明确的回应。但以我对他的了解，每当这个时候，他一定在打什么别的主意。"

"所以我觉得，"晴实说，"他的目的就是在世界簇意识被唤醒后，抢夺格蕾这个化身。哦，这么说，他应该早就知道格蕾是世界簇的化身，也知道你会在这个世界里唤醒它，可他为什么要把白旸君带进来呢？"

"不结束循环，献祭不会成功。"格蕾说。

"怪不得，"使者恍然大悟，"前几次重置，有好几次我都能感觉到献祭完成，却没有从您那里得到任何反馈。"

"可那个诺万，为什么又会成为世界簇的威胁呢？就连……您这样的存在，都要把他彻底驱逐出去？"筱白旸还是有些地方没想明白。

"他是个贼，"完成了使命的使者似乎很开心，再次抢答道，"和他相比，我只是把世界簇吵醒了。但我觉得，他应该是不知用什么方法窃取了世界簇的很多东西。我只是唤醒了神，他却妄想成为一个神。"

"你对自己让人厌烦的定位还真够准确的。"晴实说。

格蕾难得认可了他的话："世界簇不应该有意识，更不应该是一个有私欲的人。"

"明白了，"筱白旸说，"那我到底怎么做，才能杀死那个'窃贼'？"

格蕾指着自己的鼻子："这个化身，给你。"

使者和晴实都愣了一下。

使者苦笑："诺万费尽心机的事，怎么就便宜了你？"

筱白旸也有点儿懵："给我？"

他并不知道，世界簇自身的化身，到底有什么不同的地方，但既然那个诺万想要抢夺，这个化身一定有让他们这些下潜者无法拒绝的东西。

"用这个化身，驱逐那个人。在那之后，不可以再用。"

这是格蕾留下的最后一句话，说完，她便不再动弹。

筱白旸走过去，轻轻触碰它留在定都阁前的化身，那化身便渐渐淡化消失不见。

"她还没告诉我，该怎么杀死一个……窃取了世界簇部分能力的复生者。"筱白旸愣愣地说。

"杀死他的化身。"使者突然又兴奋起来。

"可我们不知道他有多少个化身，在世界簇里，怎么杀死一个永远不用上浮的下潜者呢？"

"那就杀死他的每一个化身。"晴实说。

"对，"使者舔了舔嘴唇，"我好像又找到了一个更加伟大的目标，比如做到一个连神都无法做到的事——杀死一个拥有无数化身而且不死的人。"

筱白旸看了看已经有些不正常的两人，叹了口气。

4⓪　人工病毒

几天后，于我而言咖啡厅。

阿普顿仍然坐在自己经常喝咖啡的角落里，他的对面坐着筱白旸和罗茜。

低矮的茶几两边，在外人看来空荡荡的沙发上，在三人的增强视觉辅助系统中，呈现的却是两个本已经死掉的人。

樱小路晴实坐在筱白旸的左手边，而罗茜的右边，坐着使者。

"人到齐了，"阿普顿说，"那我们就开始吧。"

最后一个出现的使者笑了笑："我做梦都没想过，有一天自己会和你们坐在一起。"

作为"复生者"，他只能在一个筱白旸临时搭建起来的世界里参加这场会议。这个世界中充满了建造师自用世界的特征，那就是去掉一切非功能性的装饰，所以他正在一片近乎纯白的空间中，除了必要的桌椅和外面三人的全息投影，这里几乎没有任何装饰性物品。

晴实不满地嘟嚷道："罗警官，如果没猜错，他应该算是犯罪嫌疑人吧？"

罗茜笑笑："这件事我还没有想好怎么跟老罗汇报，毕竟复生者这种东西已经够离谱了，况且，现在没有现成的法条可以用来给……给复生者定罪。"

"行了，现在不是说这些的时候。"筱白旸说，"就算给他定了罪，也得有办法让他服刑才行。"

"既然这样，那就说说我们该怎么对付那个诺万吧。"阿普顿看着自己的前任和现任技术合伙人，作为投资人——不管是生意上的还是接下来要做的事的投资人，他都有资格来协调整个团队的行动——如果这算一个团队的话。"好吧，咱们要从哪里开始？"

"先说个好消息吧。"没等其他人开口，筱白旸接过话说，"格蕾……呃，我们姑且叫她格蕾吧——离开前已经把'潘多拉语'中大部分超过三大协议许可范围的请求都给禁掉了，我昨天才知道这个消息。"

"算是半个好消息吧，"使者说，"虽然对诺万来说非常不利，但对我们来说，也少了很多手段。"

"作弊手段。"晴实似乎一直跟使者不怎么对付。

"之所以说是大部分，"筱白旸说，"是因为还有一项被保留了下来——格蕾在诺万的……我不知道该不该用这个词啊……在他的'世界簇账号'上打上了一个标记，只要诺万出现在世界簇中，我就能知道他的位置——比如现在。"

他在几人中间投射出一个密密麻麻的全息影像，那是一个极其庞大的树形光团，离远了看去，像是一棵巨大的西蓝花。

这棵西蓝花是如此茂密，在这片空间中每个像素点上，都叠放了数十个小节点，而每个节点，就是一个世界。

在绿色、橙色和紫色的枝干中间，隐隐有一个节点上，闪烁着一团醒目的红色光点。

"这就是世界簇的拓扑结构，"他说，"以前我们总是不太理解，为什么世界会被标记为绿区、橙区和紫区，直到我通过格……世界簇的化身，看到整个世界簇的全景，才明白为什么会有这种划分方式。"

在人类已知的技术里，树形结构并不是性能最好的网络结构，但在世界簇中，这种每个节点都可以上溯到唯一根节点的结构，似乎在向在场的所有人表明，有个不愿意拥有自我意识的存在，能够轻而易举地掌控着世界簇。

它就是根节点，是世界簇的唯一源泉。

筱白旸操纵全息影像，沿着一条路径不停放大，直到那个红点所在的叶子节点完整出现在众人面前。

"锡安。"

这是那个世界的名字。

众人从世界簇所构成的庞大宇宙中回过神来，还是使者问出了他们想知道的问题："既然你说'先说个好消息'，是不是意味着，还有一个坏消息？"

筱白旸点点头，拉动世界簇的树形宇宙，在距离这个节点不远，位于另外一个分枝簇上的叶子中，也出现了一个红色光点。

"什么意思？诺万有两个？"

"如果我没猜错，"晴实说，"诺万应该可以复制自己……这可真是个麻烦事。"

"比凭空复制要好一些，但也是一个大麻烦。"筱白旸说，"我去看过，他直接把自己的'账号'复制了一份，注入了一个原住民的躯体，那个原住民就变成了他……或者他的化身。"

咖啡厅陷入沉默，在筱白旸临时搭建的会场世界中，使者和晴实也沉默下来。

"所以那次他才会想要触碰格蕾的身体。"晴实说，"他想直接用这种方法控制格蕾，不对，把格蕾变成他自己的化身！"

"你们几个，"一直沉默的罗茜突然开口道，"能不能说点儿我能听懂的？"

"我来说吧——你听过关于幽灵的民间传说吗？"阿普顿问道。

罗茜点点头。

"你可以这么理解，那个诺万现在就像一个幽灵，夺取世界簇原住民的躯体——目前应该还只是原住民吧？"阿普顿看了筱白旸一眼，后面这句话是问他的。

筱白旸点点头："我在'月落定都阁'世界见过格蕾用过这种方法，世界重置后，这种控制就消失了，我以为这种侵占只是临时性的，看来我想错了。"

说完，他继续拉动树形宇宙，让更多节点出现在众人的视野中。

越来越多的红点出现在不同的分支簇中，密密麻麻，看得让人密集恐惧症都犯了。

"等会儿，让我捋捋。"罗茜打断这些人神神道道的谈话，"筱白旸，你的意思是说，那个诺万，能像幽灵一样附体到 AI 的身上，把他们变成自己的化身，对吧？"

筱白旸点点头。

罗茜说："就是说，他现在是个病毒，对吧？一个有人类智慧的病毒。"

304

"呵呵，很精准的比喻。"阿普顿说，"他现在就是一个病毒，而且已经感染了这上面所有标记了红点的分支，这就是我们现在最大的麻烦。"

"所以，我们之前的计划，把他所有的化身都杀死，估计很难完成了。"

从定都阁世界出来后，筱白旸曾经去找过诺万，他就像厨房里的蟑螂，杀掉一个化身，瞬间就会有无数个化身出现在其他地方，除非把世界簇中所有化身全部清理掉，否则，无论筱白旸怎么努力，都很难将这个拥有人类智慧的病毒连根拔除。

"情况大概就是这样。"在讲完自己和诺万的几次接触后，筱白旸总结道，"大家有什么想法？"

沉默再次同时降临到咖啡厅和临时会议世界中。

世界簇中并没有互联网中盛行的计算机病毒，十几年来，这几乎已经成为所有人的共识。能够在世界簇中生效的解构语言，几乎没有给病毒留下任何土壤，即使有一些建造师会对别人的世界动什么手脚，或者用一些简单的攻防手段，也只是在争夺权限的层面上而已。

所以，当一个拥有人类智慧的病毒突然出现时，世界簇对他来说，几乎是不设防的。

"没有什么好办法，"阿普顿打破沉默，"人类跟病毒打过几千年的交道，在遇到这种情况的时候，最好的办法就是隔离、阻断传染源。"

罗茜看着树形宇宙中无数个红点，皱眉道："怎么隔离，这里有好几千个世界吧？"

"792个。"筱白旸说，"这是现在的数字，我们再讨论一会儿，这个数字可能会翻一倍。"

"告诉我，需要做什么？"罗茜说，"我对世界簇完全没有概念，直接告诉我能做些什么就行。"

"我需要你做个化客。"筱白旸说。

"什么？"罗茜以为自己听错了。

"我要带你去和诺万打一场，需要你把诺万控制原住民的场景录下来——你是警察，只有站在你的视角上看到这些，警方才会相信，世界簇里存在着这么一个……人工病毒。"

"那然后呢？"罗茜点点头。

"然后，说服你父亲，不，需要通过他说服更高层的决策者，从物理层面上关闭这里、这里，还有这里，这三个分支簇。"

他的手在树形宇宙上点了几下，几个粗壮的分支簇被抽离出来，单独呈现在众人面前，世界簇中所有的红色光点，都存在于这三个分支簇上。

这三个分支簇中，有大约上百万人下潜在其中的各种世界中，物理层面上的关闭，意味着他们需要联系上这些分支簇上每一位的下潜者，让他们强行上浮。

然后这三个分支簇的根节点将会被完全断开，这三个分支中的世界，将再也无法通过根节点与世界簇连接。

世界簇的所有连接都是树形结构的，就算通过界门上浮或跳转到其他世界，也需要通过双方公共的根节点来完成，所以，当三个根节点被封锁后，这里的上万个世界，将成为三个各自独立的区域。

只有这样，才能把诺万堵在这一万多个世界中。而筱白旸，则可以在这一万多个世界中，一点点地清理这个人工病毒。

虽然慢，但终有穷尽之时。

但这么做的代价是完全中断三个分支簇的所有行为，这件事带来的后果恐怕不是罗茜的父亲——一个羲都市公安局局长能承担的责任。因为在此期间，不知道有多少人在依靠这些世界工作或生活，也不知道三个主干型分支簇的关闭，会带来多大的经济损失。

罗茜沉默了一会儿，摇了摇头："三个分支簇的根节点完全关闭，每天的经济损失都在十亿以上，这不可能。"

"只有试试了，"阿普顿也点点头，"没有别的办法，实在不行，咱们再黑……那什么一次？"

"不用了。"一个声音突然从咖啡厅另外一角响起，"我们试试吧。"

使者和晴实虽然听到声音，但什么都看不到，筱白旸三人则站起身来，看着远远的角落里，那个一直低头不语的顾客。

筱白旸抬起头，看到顾客走过来在沙发上坐下，和增强视野中的使者重叠在一起。

一个老熟人，常盛君。

筱白旸无奈地移动全息影像，把使者从沙发上平移出来，让他的身影凭空坐在沙发旁边空无一物的地方，看起来就像早期拙劣 VR 游戏中的 3D 模型一般。

"我听了你们的对话，"他说，"虽然荒谬，但我们有个惯例——在排除所有可能性后，那个看似最不可能的结果，就是真相。"

"谢谢你的信任。"筱白旸说。

"我不信任你们，"常盛君摆摆手示意他不用套近乎，"但你们说的事哪怕有一点儿可能性是真的，我们都得去试试。"

筱白旸还是站起身来，向他伸出右手："谢谢。"

"你要走？"常盛君没有去握他的手。

"有您的话，我相信这件事一定能做到。"他说，"所以，我要准备一下，马上进入世界簇。"

说完，他又看了罗茜一眼："拜托了。"

"我晓得，"罗茜的"川普"又蹦了出来，"你自个儿小心点儿。"

41　杀毒

792 个被感染的世界，并不是 792 个化身。

从进入第一个世界开始，筱白旸就明白，自己将要面对的，是一场异常艰难的战争。

在这场战争并不是他一个人的，对三个根节点的封锁，每多持续一天，就意味着巨大的经济损失，常盛君和罗老局长也将承受巨大的压力。筱白旸很清楚，自己必须速战速决。

他以格蕾的化身，进入一个感染级别最高的橙区世界，诺万已经感染了整个世界——整个世界所有原住民，都已经成为诺万的化身。

所以他刚进入这个世界，就受到全方位的攻击。

在这个剑与魔法的游戏世界中，所有原住民，无论老人、孩子还是女人，甚至野外的怪物和村庄里养的鸡，都疯狂地向他扑过来，用所有可能使用的武器攻击他的化身。

筱白旸念诵"潘多拉语"，阻隔了那些行尸走肉般的原住民。

这个世界里，下潜者已经全部撤离，所有的算力，都只来自诺万和他自己的大脑，在这种情况下，诺万很难精确控制每一个化身，只能本能般让他们如僵尸般蜂拥而上，用所有能用的东西消灭一切外来者。

筱白旸叹了口气。

这世界已经无药可医了。

看着被阻隔在空气墙外的原住民，筱白旸念出一串语句：

——加载"完全真实物理引擎"。

——删除行星质量。

——在 1000 米高度创建"虚拟质点"。

——为虚拟质点的质量赋值。

行星本身的重力消失后，那些疯狂的原住民和周围的一切漂浮起来，随着巨大质量质点的出现，整个世界所有能动的人几乎全部被凭空出现的重力牵引着，向悬浮在半空中的质点的方向飞去。

人群越聚越多，很快成为一个足以让密集恐惧症患者头皮发麻的"人球"。

筱白旸默默等着流星般被感染原住民划过正在逸散的大气层，狠狠撞进"人球"之中，直到再没有人飞过去。

——读取恒星坐标。

——更改质点及附属物位置到刚刚读取到的坐标。

"人球"瞬间消失不见，筱白旸缓缓落到地面上。

——恢复行星质量。

筱白旸站在已经没有一个人的地面上，面无表情地看着自己刚刚那一连串操作留下的痕迹。

这是一个非常小的游戏世界，他再次扫描过这颗行星的地表，已经没有任何诺万的反应了。

情况比他预想得要好得多，他本以为每个被感染的诺万都会和印象中的滑板怪人一样难缠，可没想到在关闭根节点并疏散下潜者后，这三个分支簇的运行负担，像颗炸弹一样被塞进诺万的意识之中，完全阻塞了他的神智。

这就是他封锁这三个节点的第二个目的——在没有接入者提供分布式算力的情况下，诺万的无数个化身会占用巨大的算力，而他只需要维持自己清醒就足够了。

在使用格蕾的化身时，他已经学会了如何控制自己的意识不被世界簇分流。但随着对方的化身越来越少，这种智慧上的优势也将越来越小，最终，他还是会面对那个唯一的，狡猾无比的 No one——或许在那个时候，他应该被称为 The one？

时间不容他多想，筱白旸跨出一步，界门随之出现，转瞬间便来到另外一个被感染的世界。

随着一个又一个的世界被清理，算力和关注点又开始聚焦，在清理进程达到一半的时候，那些被入侵的化身虽然还没有足够的能力对抗筱白旸，但也不再一拥而上，想要像之前那样一次性处理干净，已经不可能了。

不知道多长时间过去，791 个有诺万感染信号的世界都已经被清理一空，三个根节点世界依然保持着封闭。

筱白旸习惯性地深深吸了一口气，再次跨过界门，来到最后一个有诺万感染信号的世界。

出乎意料的是，这里并没有铺天盖地的行尸走肉，而是一个如立体迷宫般错乱的世界，无数大小不一的世界碎片高低错落地布满整个空间，重力矢量被无数世界碎片分割，上下左右都颠倒着，就像一个世界被炸成碎片，而每个碎片又自成体系地在空无一物的空间中漂浮着一般。

在他的头顶上，一个阳台大小的小型世界碎片中，诺万正安静地站在围栏边上，好整以暇地看着他。

他还是筱白旸第一次见到时的样子，穿着夸张的朋克外衣，以及一双闪着蓝白色光芒的悬浮轮滑鞋。

两人所在区域的重力矢量有大约一百度的夹角，筱白旸抬头看着他，他也抬头看着筱白旸。

"这里是我自己建造的世界，"诺万说，"怎么样？"

拥有格蕾外表的筱白旸，四下环顾后点点头："还不错。"

"以我对你的了解，既然你现在已经知道自己是世界簇的化身，就不应该干预下潜者的事务，你连复生者的事都不管，为什么非要追着我不放？"

筱白旸淡淡一笑："我不是格蕾，她不可以对付你，我可以。"

轮滑怪人诺万的表情由错愕变得苦涩起来："原来是你啊……枉我费尽心机，最后还是被你摘了果子。"

"因为我答应过格蕾，把你驱逐出世界簇后，这个化身我就不会再用了。"

诺万根本不信："你能忍住不用？"

"不知道，所以我会把它还给格蕾。"

两人接触不多，至少筱白旸对诺万不熟，但两人还是像老朋友一样聊了很久。对这个好几次想杀死自己，又以一己之力把世界簇搅得天翻地覆的家伙，筱白旸没有太多仇恨，但如果放任他在世界簇里肆意妄为，早晚有一天，世界簇这个已经与人类社会无法分割的事物，会成为他为所欲为的私家后院。

况且他还答应过格蕾。

"我只是想建立一个理想国度而已，"诺万说，"一个建造师主导的世界新秩序。自从有了世界簇，人类就已经走上了一条歧路，世界簇的发展掩盖了科技发展停滞的事实，我所做的，只是把这条路带回正轨！"

筱白旸摇摇头："我不想讨论这个问题。我曾经对格蕾说过，想不明白的问题，我不会轻易做出判断。但是，你做的事会杀死很多人，我不会看着你继续做下去。"

诺万冷笑："我为了整个人类的未来，无意间杀死一千万人，与你为了这一千万人，故意杀死我，本质上又有什么不同？"

筱白旸很认真地想过这个问题，也很认真地回答道："我不知道有什么不同。人类几千年都没想明白这个问题，我想不明白，也不会多想。"

仿佛听到了世间最好笑的事，诺万哈哈大笑起来，直到筱白旸怀疑他是不是已经疯了的时候，他才停下来说："这可能是整个人类历史上，最愚蠢的一次对话。"

"说完了吗？"筱白旸说，"说完我就动手了。"

他的话音刚落，这个破碎的世界突然变得扭曲起来，世界碎片在毫无规律可言的空间中交错移动，两人几乎同时离开所在的碎片，又在下一刻出现在另外一个碎片中。

"在世界簇里，我比你要快得多，"诺万问道，"虽然打不过你……这作弊的化身，但你也奈何不了我，你就打算永远耗下去吗？"

筬白旸没有理会他，冷声回道："你可以试试。"

他控制一块世界碎片向诺万撞去，后者转过轮滑鞋，在那块较大的碎片上轻轻一蹬，轻盈地滑向更远的地方。他伏低身子，在两块即将撞在一起的碎片间穿过，灵敏得像一条游鱼。

"为了这个计划，我伪造了自己的死亡，"在距离拉近时，筬白旸又听到他的声音，"我连自己的命都敢赌，又怎么可能被你这种平庸懦弱的人轻易杀死？"

筬白旸拖动世界碎片，来弥补速度上的劣势，根本没有精力回应他的挑衅，在撞碎了无数世界碎片后，终于将诺万逼到死角。

对方却对他比了个中指，转眼间消失在一扇突然出现的界门中。

筬白旸毫不犹豫地跟进去，发现自己已经在根节点中了。

他再次调出世界簇的拓扑结构图，看到三个分支簇中，其余两个已经完全没有了诺万的痕迹，而自己所在这个分支中，一个叶子刚好亮起红色的光芒。

他自言自语道："你逃跑的速度的确很快，但在这个只有四千个节点的封闭簇里，你又能逃多久？"

然后，他一步跨出，出现在那个节点世界之中。

轮滑怪人诺万不但是一个天才建造师，在化客中也算是顶尖高手，筬白旸不得不承认，在同样的条件下，他可能永远都无法追上诺万。就算他拥有格蕾留下的近乎作弊的化身，面对这个如同泥鳅般滑不留手的对手时，也几乎没有任何办法。

"我知道，你封闭了这个分支簇的根节点，"诺万说，"可这里有四千多个世界，你能永远跟我就这么耗下去吗？"

筬白旸没有说话，脚下又加快了几分。

"我是复生者，拥有和世界簇一样长远的生命，你耗得起吗？"

"不会太久的。"筱白旸说。

自从开始"杀毒"以来，他已经很长时间没有离开过世界簇，如果不是靠 LSP 支撑，他根本无法坚持那么久。可一心专注逃跑的诺万，比病毒般到处感染的诺万更难对付，他也不知道自己到底能不能坚持到那一刻。

他一直在等着那一刻的到来。

两人一追一逃，不知又过去了多长时间，终于有一天，当诺万逃入一个沉寂已久的世界后，筱白旸停了下来。

早已厌倦了这种逃命生活的诺万也停了下来，看着不远处那个始终不肯放弃的身影，他心中也生不起太多的恨意。

"放弃吧，"他说，"就算你封锁了根节点，这个分支簇上也有四千多个世界，这都几个月了，这样永远不可能有结果的。"

筱白旸突然笑了。

"不用，"他说，"今天，就可以结束了。"

诺万环顾四周，这才注意到两人所在的世界。

虽然已经没有了其他下潜者，他依然可以一眼认出这个世界来。

两人分别站在两栋高耸入云的摩天大楼顶端，周围是无数闪烁着霓虹灯光的摩天大厦，在钢铁丛林中间，无数条极限运动滑道像过山车轨道一般穿梭而过。

这里是诺万用"潘多拉语"的死亡诅咒杀死自己的世界。他还留下了一个致命副本，当体验者随着他的化身从数百米高空失足跌落的时候，便会在死亡诅咒声中经历与他相同的命运——肉体死亡，并在世界簇中成为 No one——想来，世界簇之所以会为复生者取这个名字，或许也与他有关。

诺万的嘴角微微上扬，似乎在嘲讽筱白旸的无奈，又像在自嘲。那句话怎么说来着？我就喜欢你看不惯我，又干不掉我的样子。

筱白旸也在笑着，或许这是格蕾这个化身的面孔上第一次露出如此阳光的笑容。"我是从没有世界簇的年代过来的，"他说，"所以我依稀还记得，杀毒这种事，除了彻底清除病毒程序，还有一种有效的方法，叫作隔离。"

诺万有些不解地看着他。

"我知道我可能永远抓不住你，"筱白旸说，"但我却可以提前布置好什么等着你，比如，买下这个世界的所有权，再把它改造成一个陷阱。"

诺万再也笑不出来了，他疯一样地在大厦间的滑道上穿行，筱白旸并没有跟上去，只是默默地看着他。

诺万很快来到最高的那座大厦前，拉开顶层平台的大门跳了进去。

紧接着，他再一次出现在一座摩天大楼的天台上，没有说话，匆匆走到楼边，飞身跃下。

可几十秒后，他又一次出现在天台上。

"条件循环界门！"诺万突然大喊起来。

筱白旸一直在不远处默默看着他，"我问过使者，复生者的化身被摧毁后会怎么样，"筱白旸开口道，"他告诉我，就像条件循环界门一样，他的化身会原封不动地出现在进入世界的位置。所以我想，你们创造的死亡诅咒，或许应该叫'永生诅咒'才更合适一些。"

说完，他用潘多拉语轻声念出一条条语句。

——保留"真实物理"引擎。

——保留三大协议支持模块。

——删除本世界加载的所有应用插件。

——最后一条，在执行本语句后，禁止潘多拉语生效。

"那么，再见了，诺万。"说完，他纵身一跃，跳下天台。

42 漫游指南

筬白旸睁开眼睛，出现在自己的私人登录大厅中。

"上浮。"

不知道过了多长时间，他终于睁开眼睛。

几分钟后，他从自己公寓的驾驶舱中走了出来，"扑通"一声跪倒在地上，干涩的空气再次充满肺部，这种真实的撕裂感，很踏实。

他随手摸了摸脑后，SHMI 接口设备静静地待在那里。

一道光突然照亮了略显阴暗的房间，罗茜开门走进来，随手拿起挂在门口的浴袍披在他的身上。

"解决了？"等到筬白旸把气喘匀了，她才开口问道。

筬白旸没有回答，而是咧嘴露出满口大白牙，给了她一个灿烂的微笑。就像刚刚在世界簇中，格蕾化身最后的那个微笑一样。

他的目光越过罗茜的肩膀看向半空，在那里，一个巨大的树形宇宙图谱正在被缓缓展开，除了代表"极限挑战者"世界的节点，其余分支簇和所有的叶子节点，温和地闪烁着绿橙紫三色光芒。

一天后，筬白旸、罗茜和阿普顿再次下潜到世界簇，和晴实、使者一起进入那个为了开会而创造的小型世界，筬白旸去"杀毒"

这段日子，这里已经被晴实改造成一个面积巨大的迷你度假村世界，中间的沙发和茶几变成一把巨大的遮阳伞，伞下摆着五张躺椅，看起来像是要开一场沙滩派对。

"这里太热了，"阿普顿说，"能不能换个地方？"

"好啊。"晴实挥挥手，周围的场景很快变成一片坐落在雪山下的草甸，遮阳伞也变成一张木质长桌，上面摆着熏肉、奶酪和啤酒。

"我给这里加载了我自己写的动态环境模块，怎么样，是不是很实用？"

"我突然有些喜欢世界簇了。"罗茜拿起桌上熏肉，给自己切了一块送进嘴里，还好，是正常的味道。

"对，我打算把这个模块卖两万熵币，你们觉得怎么样？"

罗茜默默待在原地，像是在计算着什么，突然扔掉手里的熏肉和餐刀。

"说正事。"在之前的杀毒之战中，使者一直跟在筱白旸后面帮着清理被两人蹂躏的世界，此时刚刚放下还未完成的工作，匆匆赶来参加这次聚会。之后还有好几百个世界需要修复，他已经喜欢上修复世界这项新工作，至于其他人想要聊些什么，对他来说已经不怎么重要了。

"诺万现在在做什么？"罗茜问。

"应该正在'极限挑战者'世界里发呆吧。"筱白旸看了使者一眼，"能想出这种方法，你真是一个魔鬼。"

使者微微躬身，接受了筱白旸的"赞美"。

"对了，"晴实问道，"你把那个世界的界门激活条件设置成什么了，为什么这么笃定他不可能从里面离开？"

"我来解释吧，"变得越来越话痨的使者终于找到一丝智商上的优越感，"条件循环界门是我设计的，为了确保诺万无法离开，界门的循环条件是……只有原住民可以通过界门。"

"是的，我还删除了除三大协议和物理引擎之外的所有可加载模块，顺便封掉了潘多拉语。"筱白旸补充道，"这样他也没法得到世界簇的任何回应。"

"不对啊，"晴实疑惑道，"那你是怎么出来的？"

"我强行上浮了。"筱白旸说，"复生者强行上浮只会原地复活，可我是个活人，就出来了。"

"哦……啊？"晴实和阿普顿同时跳了起来，"那可是世界簇的化身！"

世界簇的化身，就是字面上的意思。在没有高频热备的世界，强行上浮等同于彻底放弃了那个化身。

世界簇的意识只在他们面前出现过一次，格蕾与诺万在定都阁塔檐上战斗时，瞬息变幻出无数世界的一幕，还让在场的所有人记忆犹新，可这样一个可能永远无法再现的化身，竟然被筱白旸说扔就扔了。

"是啊，我答应过格蕾，在解决了诺万之后，就不会再用这个化身，可就这么放着，我又怕自己忍不了，所以从计划一开始，我就做好了彻底放弃这份诱惑的准备。"

作为古典奇幻迷的晴实点点头："就像甘道夫宁可让霍比特人把至尊魔戒扔进末日火山一样。"

筱白旸环顾四周，除了对他们聊的东西没有太多概念的罗茜外，其他人或多或少都会有些惋惜。

"没错，"他笑着说，"刚开始我也有些心疼，可时间长了，也就没什么了。"

"我还有一个问题，"很少说话的阿普顿突然问道，"你为什么要在那个世界设置陷阱？当时那个分支簇上至少还有四千个世界，你怎么肯定诺万一定会去那个世界？"

"我没有十足的把握，"筱白旸笑着说，"但是，我记得格蕾给我的四张占卜牌，前三张都已经被证实过了，而最后一张'朋克舞者'，看起来很像那个世界，所以我觉得，也许这张牌并不是我的，而是诺万的宿命。"

说着，他又把格蕾留下的占卜牌拿出来，随手向空中一扔，最后一张牌在半空铺展开，放大成一个清晰的全息画面。

画面中，是一条遍布霓虹灯的雨中街道，五颜六色的霓虹灯在夜色中闪烁，仿佛永远也看不到尽头，在霓虹灯的高楼之间，一个穿着霓虹色衣服、脚踩着悬浮轮滑鞋的人在半空中摆出一个怪异的舞姿，那个身影看起来依稀是诺万的样子。

"格蕾……的占卜牌，"筱白旸还是习惯叫它格蕾，"我始终没有搞明白，为什么每张都会那么准确地命中可能发生的事实。她的意识来自世界簇本身，叫我'石匠'、叫罗茜'森林之王的女儿'不难理解，她会'以身试火'也能说得通，还有'觅星者'，或许她知道我一定会找晴实去解开潘多拉语的秘密，至于'循环'，应该是诺万蓄谋已久的计划。可后面的'朋克舞者'，更像是一直看不见的手，在故意引导我们向着既定的方向行进。"

他把从格蕾那里得到的卡牌一张一张展现出来，逐一讲解这些卡牌中的故事，众人默默听着，每个人都在想些什么。

"如果格蕾能够预言世界簇内的原住民发生的事，还很好理解，可如果她连下潜者的命运都能预言……你们说，有没有一种可能……"

"我们的世界，也是世界簇的一部分？"

没有人回答他的问题，也没有人想知道答案。

两个月后。

世界簇，筱白旸的私人世界。

筱白旸坐在一座温暖的火炉旁，看着面前的空气出神。晴实为这个世界设计的动态环境模块，已经被他换成一栋坐落在雪山中的小木屋，窗外飘着鹅毛大雪，偶尔还有寒风透过窗棂，卷着雪花飞进屋子，却丝毫没有影响他的思绪。

他静静地坐在窗前，悬浮在面前的增强视野中，一段密密麻麻的文字正在缓缓成型。

罗茜推开木屋门走进来，身上还带着一层厚厚的雪花。这是筱白旸以罗茜为模板设计的新化身，看起来和真人有七八分相似，她在世界簇中，也总算有了专属于自己的化身了。

"在做什么？"看着筱白旸面前密密麻麻的文字，她随口问道。

"写那本书。"筱白旸说。

"什么书？——哦，你还记得呢？"

罗茜似乎已经忘了，她曾说过建议他写一本如何在世界簇中生存的书。

她走到他身后，默默看了一会儿，好奇问道："不是说，要写一本生存指南吗？为什么看起来像一本小说？"

筱白旸停下来，提起火炉上的茶壶，给她倒了一杯热茶，笑着说："如果你想写本书，告诉所有人，已经和人类社会密不可分的世界簇，其实是个有自我意识的存在，里面还有几个永生不死的家伙，就算再认真，恐怕人们也只会当猎奇小说来看吧。"

"可人类总要学会接受这些……事实吧？连我爸都植入 SHMI 天线了。"罗茜接过有些烫手的茶杯，凑到嘴边喝了一口，嗯，是冰镇草莓味儿的，清凉爽口。

"他们会的，"筱白旸看着窗外的雪说，"慢慢来。"